百年寫作十二講

閻連科
的文學講堂

二十世紀卷

中華書局

閻連科
著

○　閻連科近影

目錄

第

一

講

精神經驗

：

20 世紀文學的新源頭

精神經驗：20 世紀文學的新源頭

第一課，讓我們以斷想、隨想的方式，自由隨意地進行一種 19 與 20 世紀寫作分化與分野的討論。

20 世紀文學並非起始於 1901 年 1 月 1 日。我們在談論 20 世紀文學時，並不會因為 1901 年產生了甚麼作品，就認定它為 20 世紀的開門之作 —— 開山之作。文學的新舊與頭尾，並不以時間的開端、尾末為里程之碑，而以具有里程碑意義作品的出現為開端和收尾。

作品大於時間，時間服從於作品，這是人們對文學與藝術的敬意。現在，當人們說卡夫卡是二十世紀最偉大的作家，是他帶來了整個二十世紀文學天翻地覆的變化時，人們是漸醒漸悟的，逐步發現的，並不是在 20 世紀到來之後，人們隨着日曆的一頁頁翻去而發現。更不是 1912 年，卡夫卡寫出了《判決》《變形記》等和 19 世紀完全異樣的作品，人們就發現了他。人所共知，卡夫卡在生前只出版過幾個短篇集，而多數作品，是在他死後由他的好友馬克斯‧布羅德（又譯布勞德）先生違背他的遺願整理出版的。這之後，從這些作品問世伊始，圍繞着這些作品所產生的研究文獻，一篇篇、一本本、一部部，由少到多，直至浩如煙海，無法統計。在 20 世紀的作家中，卡夫卡不過寫了一百多萬字的小說，不包括他的那些美如散文和思想隨筆般的日記和書信，而圍繞着這些小說所產生的研究專著，足可以

堆成如布拉格城堡般的山脈，可以幫助卡夫卡建造一個超過皇宮般輝煌、壯觀的文學研究博物館或者盧浮宮。

作家對批評家的這種繁複的研究與發現，總是懷着敬意的尊崇。而到了作家對作家，事情就來得簡單、草率和直接。他（她）喜歡他，就直接告訴讀者喜歡或者甚喜歡，而只有不喜歡時，才說得謹小慎微、言輕語細，生怕被人聽了去。加繆、貝克特、博爾赫斯、馬爾克斯、納博科夫、君特·格拉斯、安部公房等，他們從來都是直接高喊地說出自己對卡夫卡的愛，用最敬仰的文字，把他和他的作品寫進自己的文字和作品中。或者索性，近乎就照着他的樣子寫作去，如日本作家安部公房一樣。由此而言，當我們說出在卡夫卡身後這一串大作家對他由衷的喜愛時，我們已經不難理解卡夫卡對世界文學的影響了。不難理解，圍繞着他形成的研究專著無異於一家印刷工廠了。然我在這兒想說的，恰恰不是卡夫卡對世界文學的影響，而是卡夫卡這種世界影響的不可模仿性和不能再生性。

具體說，就文學而言，最難受到影響的是其思想性，最易受到影響的是其技術性。寫甚麼，終歸是人類 —— 作家、讀者、批評家共同面對的問題，而怎麼寫，卻更多是作家個人必須獨立面對的問題。2010 年前後，我去參加法國的巴黎文學節，文學節中有一個環節，是每一個到法國的外國作家，都要單獨到一個地方 —— 不受任何人的影響，儘可能地脫口而出，說出你最喜歡的兩個作家或兩部作品的名字來。因為我在這個環節完成得比較早，閑來無事，就出來和譯者

站在門口，偷聽別的作家在這個問題上的回答。作家們一進一出，一問一答，其中有來自美國、英國、摩洛哥、西班牙和阿根廷的作家等，我所聽到的這十餘個作家回答的問題，讓我感到相似到驚人的地步：他們幾乎全部回答是喜歡卡夫卡，過半的人回答喜歡的作品是《百年孤獨》。其回答之整齊和統一，如中國應試考試中統一、正確的標準答案般。

這使我在那一刻，感到了文學索然無味的單調。而之後，我就不斷去思考以下的問題：

一、大家為甚麼沒人回答說我喜歡十九世紀的作家和作品？比如托爾斯泰、陀思妥耶夫斯基、巴爾扎克和福樓拜、雨果或果戈里，再或更早的但丁、塞萬提斯和莎士比亞等。我相信，大家對後邊這些因時間而進入傳統經典隊伍中的作家與作品，一定是都看過甚或更為熟悉的，可卻為甚麼沒人說出他們的名字和作品名字呢？

二、為甚麼談到 20 世紀的作家時，都異口同聲要回答卡夫卡，談到作品時，又多都回答《百年孤獨》呢？

三、卡夫卡到底在文學上給作家 —— 非讀者的遺產是甚麼？換句話說，卡夫卡到底給 20 世紀文學帶來了哪些影響和變化？而變成了作家的老師或作家們寫作的教科書？

這些問題，我一天天地想，一年一年地想。後來我從另外一個角度慢慢明白了一個早該明白、但卻遲遲不能明白的問題。1996 年，法國的龔古爾小說獎，差一點授予年僅 27 歲的女作家瑪麗·達利厄

塞克的小說《母豬女郎》。從報紙上的消息看，之所以是《母豬女郎》入圍龔古爾獎的短名單，是因為她繼承了《變形記》的創作方法。小說寫一個賣化妝品的商店，因一美麗少女的入職，生意火爆，顧客盈門。但這位漂亮的女店員，因為漂亮卻不斷遭到性騷擾，且為了保持美而性感的身材，她又不斷地胡吃海塞，因此，她開始發生着體形變化，眼睛變小，鼻子變大，頭髮脫落，胸部異常等等等等。到最後，她終於成了小小的乳豬，被老闆遺棄，被男友遺棄，被政客利用後一腳踢開。在無路可走之時，她到公園過着真的動物般的生活，吃草嚼花，生存原野，回歸原始。接下來種種原因，又被警察追捕。在被追捕的過程中，她與一個變成狼的富翁相遇，過了一段平靜而相依相愛的生活，而後，狼富翁又不幸死去……小說的最終，是母豬女郎回到了母親圈養的豬圈與豬為伍，可又要被母親當成真豬去賣掉。在即將被賣掉時，她忍無可忍，開槍殺死了買豬的人，並把槍口對準了母親……

　　這是一部在法國、在歐美都相當暢銷的小說，被翻譯了幾十種語言。一個作家這樣寫作沒有問題，這是她認識世界、人生和人的個體的具體方法。就是一個在世界上卓有影響的獎項，頒給這樣的小說也沒有問題。它給這部小說發獎會自有其合理之處和說得出來的文學道理。但到1998年，因為《母豬女郎》在中國得以翻譯出版，我特意找來這部小說認真看了一遍。覺得小說很好，但總有太像《變形記》的不可彌補之憾。且無論你怎麼解說，都無法脫開《變形記》直接的

影響與籠罩。隨之，我又想到日本作家安部公房的小說 —— 再次讀了這位被稱為「日本的卡夫卡」或「東方卡夫卡」的《箱男》和《砂女》，第二次的閱讀，不得不稱安部公房是一個日本獨有而偉大的作家，但也不得不為他偉大的寫作，留下隱隱無奈的一聲歎息。——因為你忽然發現，當傳統中的「變異類」小說，到了 20 世紀初的《變形記》以後，世界上一切與此相似的寫作，都將難有超越的意義。

20 世紀，在產生了卡夫卡和他的《變形記》之後，世界文學中也就有了 —— 並會繼續有着層出不窮的類似並還同樣優秀（不是超越）的作品和這種作品存在的文學的悲傷。也因此，我明白了 2010 年前後，我在巴黎文學節聽到的十幾個國際作家為甚麼都異口同聲地回答喜歡的作家是卡夫卡，多半作家都回答喜歡的作品為甚麼是《百年孤獨》了。因為，自 21 世紀之初直到現在，人們的寫作都還在 20 世紀對現代性求新創造的慣性裏。人們一直還沒有明白，屬於 21 世紀的文學是甚麼；或者說，屬於 21 世紀 —— 那種與 20 世紀完全不同的作品，也許被哪位神一般的天才已經寫了出來，只是同卡夫卡當年默默無聞時一樣，正隱藏在哪個國家、哪種語言的背後，等待着人們去發現和挖掘。但是現在，人們還沒有發現它，沒有遇到它，沒有等到它的到來。所以，幾乎所有世界各國的文學，都不得不沿着 20 世紀文學的慣性去寫作，不得不異口同聲地回答，他所喜歡的作家是卡夫卡。在寫作的事實上，就文學的繼承與創造言，真正便易、可資去借鑒、學習和模仿的，多在其寫作的方式、方法與技巧上，而真正難以

継承的，是作家的情感、靈魂和思想。19 世紀托爾斯泰那種偉大的、帶有強烈宗教色彩的博愛思想，我們怎樣去模仿？怎樣去學習？《戰爭與和平》中上百個人物所組成的故事，並非後來者沒有這樣構置、編織的能力，而是作家那種天然渾成的對人性認識的深度和普遍性，我們難以學習和繼承，難以借鑒和超越；陀思妥耶夫斯基寫作中對人的從內心到靈魂縷縷紋刻的筆墨，也許可以滴落在我們的稿紙之上，可他與生俱來的對苦難的熱愛與擁抱，又有誰能真正的學來呢？從這個意義上說，卡夫卡在 20 世紀之初的寫作，正是天才的無意識地繼承了人的靈魂與生俱來的苦難性，如格里高爾、K 和《飢餓藝術家》中的藝術家、《在流放地》中的「犯人」等，他最重要的作品中的人物，無不是帶着靈魂的苦難，承受着毫無出路的虛無和宿命，而又在寫作方法上，完全背離着十九世紀現實主義的故事的因果關係，開創了獨屬於他的方法上的零因果[1]。從而，他也就適逢其時地在 20 世紀之初，當整個世界文學都不約而同地渴望擺脫 19 世紀文學那高山大河的壓迫與束縛時，適時的寫作，適時的出現，而又恰在其時地被接納、被借鑒，於是，在人類 20 世紀的文學中，卡夫卡就具有了全新的 20 世紀文學燈塔之意義。也正緣於此，也才使 20 世紀文學中，凡有獨創意義的偉大作家，無不把他作為未來長路上創造的燈火，迷茫海洋中寫作航行的燈塔。所以，後來者如在 20 世紀 40 年代之後的作家們，加繆、貝克特、納博科夫、馬爾克斯、博爾赫斯、君特·格拉

1　閻連科，《發現小說》，南開大學出版社，2011 年 7 月，第 76 頁。零因果主要是指文學關係與情節邏輯的「無因而果」，如格里高爾在一夜之間變為甲蟲那樣。

斯、略薩以及再遲晚的美國作家羅斯、南非作家庫切、印裔作家奈保爾和魯西迪等，還有無數無數的 20 世紀的畫家與藝術家，都在自己的作品中深藏着卡夫卡的影子。如此說來，這就不難理解，卡夫卡在 20 世紀文學中的燈塔意義了。不難理解，在 21 世紀之初，在巴黎的那個文學節上，幾乎所有的作家，都不約而同、異口同聲地回答，他們最崇敬的作家是卡夫卡。就連當今中國那些完全寫實、落筆如皇帝批章般的正能量的「現實主義」作家們，張口閉口，也都把卡夫卡掛在嘴邊上，卡夫卡像是所有作家的親戚般，他像是所有文學合法、正當並高尚的法律保障一樣。

----------●----------

關於文學中靈魂、思想、精神的難以借鑒性，在 19 世紀的寫作中，已經得到了極好的證明。19 世紀，每個作家寫作的方法，千差萬別，但大體都還可以歸位到現實主義或批判現實主義，再或浪漫現實主義的範疇。而真正使他們差別為甲是甲、乙是乙，丙決然不是甲或乙的，是他們的文學之精神；是他們對人和世界那種不同的認識與體驗。是他們在對人性的理解與刻寫，在文學上的根本差別和不同，及因之反向所導致的故事與敍述方法的不同。所謂作家風格的不同，更根本的，是每個作家對人和世界認識的不同，從而決定了他們寫作風格、表達方法上的大相徑庭。果戈里的誇張與幽默，深得陀思妥耶夫斯基的喜愛，但在陀氏的寫作中，卻幾乎沒有果氏的影子。陀氏曾經潛心要學習和模仿托爾斯泰和屠格涅夫的「重大主題」，而結果終為

一次失敗的嘗試。巴爾扎克和雨果為同代同域的巨擘雙雄，一個被簡單、清晰地稱為「批判現實主義」，一個被簡單、清晰地稱為「浪漫現實主義」，好像他們的差別，是在現實主義基礎上的方法與風格。即：甲為寫實，乙為浪漫。換言之，是他們不同的寫作方法，形成了甲隊與乙隊的差異。情況似乎確實是這樣，又決然不是這樣兒。我以為，而真正使他們差異的原因，一個是作家對人和現實，主張一種庸常實在的態度，一就是一，二就是二，一決然不會成為二。而另一個，在對現實與人的認識上，更有一種宗教與理想的態度，相信寬恕和愛，可以照亮並拯救人的靈魂的黑暗。人只要有愛與寬恕的精神，一會大於一、大於二，等於三、等於四，等於無窮之大。所以，他們文學的姿態，一個表現為實寫的狀繪，另一個則為理想的「浪漫」，為更加廣闊、激情的愛與寬恕，而非對庸常、慾望的理解與批判。

因此，籠統也是粗淺地說，19世紀把作家們分為彼此高下的，是他們以文學的視野去認識世界和人性的左右、高低與深淺。而20世紀，把作家們分為彼此左右、高下的，則由此延伸到了作家們對文學的認識；對文學本體的認識。而在作家對人與世界的認識上，主要形成的透視、剖析、判斷與定位，取決於作家本人的經歷與經驗，諸如出身、家庭與所處的環境等，帶有一種天然性和宿命性，多與作家本人的命運相聯繫。而閱讀與借鑒，則為次要與輔助，有着啟悟和助推的意義。一般說來，在對人與世界的認識上，起決定作用的，是作家個人與個人聯繫的命運。一如我們無法設想托爾斯泰出生在一個貧

民家庭，能夠寫出那樣的作品；也無法設想，陀思妥耶夫斯基不出生在貧困家庭，沒有被流放的經歷，能夠寫出《死屋手記》《罪與罰》與《卡拉馬佐夫兄弟》等作品。19 世紀，每一部偉大的傑作，都與作家的家族和個人命運有着更為密切的關係。而 20 世紀的寫作，每一部獨具個性、在文學上更有開創意義的作品，卻多都與他的閱讀開始加深着更為密切的關聯。這時的傑作，不脫離作家的家庭、家族與作家個人命運的關係，卻進一步加深了他與他人作品及文本創造更為急切的聯繫。

換言之：19 世紀作家的創造，多都在人與世界上；20 世紀作家的創造，多都延展至文本本身上。正是這個原因，我們也才看到，衡量 19 世紀偉大作家的偉大貢獻，不能不考查他在文學的人物畫廊貢獻了多少、多麼獨特的人物。這些人物在世界上有多大的普遍意義。而考查 20 世紀偉大的作家，雖然也要考查他在文學人物畫廊的貢獻，但更側重考查的是，他在文本創造上的貢獻。一如《尤利西斯》之於喬伊斯，決然不能忽略布魯姆作為文學人物的存在，但更具文學價值的，是《尤利西斯》在文本方法上對「意識流」寫作的巨大貢獻。伍爾夫和普魯斯特也亦然如此。再如博爾赫斯，一生的寫作，就人物而言，無論他多麼瞧不起托爾斯泰的長篇大論、囉囉嗦嗦，乃至於瞧不上所有長篇小說的累贅與繁複，可畢竟，博爾赫斯筆下的人物，卻是無一能和托爾斯泰筆下不朽的人物相提並論。但是，博爾赫斯所創造的獨有的敍述，把文學從故事、人物、現實朝想像、迷宮、玄學乃

至宇宙、哲學的轉移，倘若托爾斯泰可以讀到，又不知他該做怎樣的評論和感慨。會不會驚恐地向人們發問：「這也叫做小說嗎？！」可是，到了 20 世紀後，那就的確也是小說了。也是不凡並偉大的小說了。由此延伸至馬爾克斯的《百年孤獨》，故事之跌宕與浩瀚，人物眾多至百餘，真可與《戰爭與和平》相提並論呢。然就人物、人性的深刻性與複雜性，又哪能和《戰爭與和平》中四大家族裏的貴族、婦人、將軍、士兵乃至於無數普通小人物們同論同說。但據此，我們決然不能說《戰爭與和平》就高於或更偉大於《百年孤獨》。它們二者的偉大，不可同論共比。完全沒有誰更偉大的可比性。試想一下，《百年孤獨》中敘述的方式與結構，《戰爭與和平》中有沒有？對人、世界與敘述故事的半因果[2]的方法，《戰爭與和平》中有沒有？對人和人類的認識，《戰爭與和平》的貢獻是不可比擬的。對文學和文本創造的認識，《百年孤獨》的貢獻卻是《戰爭與和平》完全沒有的。

這就是 19 世紀與 20 世紀文學的巨大分野。我們不能想像，在 19 世紀的寫作中，作家缺少人文情懷和對人的深切的關注會是甚麼樣。但在 20 世紀，這些東西有時卻是可以拋棄或暫時忘卻的。卡爾維諾的許多小說，人物都是敘述的船隻，只負責把敘述從此岸渡到彼岸去，而並不負責帶着讀者走入人物的內部與心靈。《如果在冬夜，一個旅人》尤為如此，堪稱為一部關於文本敘述的傑作，但其整個故事對人的認識，淺到河流埋不住過河人的腳脖兒，甚至常有乾涸、斷

2　同前，《發現小說》，第 107–113 頁。指文學關係之情節邏輯中存在因果聯繫，但因與果又互不對等，或因大於果，再或果大於因的文學聯繫。

流的危險，但這並不影響卡爾維諾和它成為 20 世紀具有代表意義的作家和作品。

現在，把問題重新引回到卡夫卡和他的寫作上，回到我們最初談論的問題上。當我們把 20 世紀文學主要在文本創造上的着力與 19 世紀文學對人的發現與創造上的着力，籠統而粗野地分開談論時，我們發現卡夫卡卻天才地把二者統一在了他的文學中。無論是對文本的創造，還是對人的發現與書寫，他都相對完美地結合在了一起。在寫作的方法上，他「無意識」地在敘述中完成了「零因果」的敘述，用「文學的黑洞」[3]，去彌補故事中的邏輯空白和斷鏈的縫隙。然在對人的發現與認識上，K、格里高爾與「藝術家」等，又都不辱 19 世紀乃至更早以來的文學使命 —— 對人與世界的深刻認識。所以說，他是 20 世紀文學的開端，是真正的一個世紀和另一個世紀文學承上而啟下的世紀的里程碑。也正因為此，所有的作家，都從卡夫卡那兒看到了自己的所需，視他為創造的庫藏，而每個作家又都有打開那個庫藏的鑰匙，各取所需，自願認領，似乎取之不盡、用之不竭。這也就出現了無數 20 世紀的卡夫卡的後來者。在這後來者中，成千上萬，年年歲歲，使這支龐大的作家隊伍，分化為三個類型，或至少是鮮明的三個類型：

一、腳踏實地，真切而紮實的學習者 —— 或說實實在在被啟悟的作品，如瑪麗·達利厄塞克《母豬女郎》等，在這一系列中，還有世界上許多我們沒有讀到的作品以及中國的一些模仿者。

3　同前，見《發現小說》，第 81–87 頁「零因果的黑洞意義」。

二、被啟悟而超越或盡力超越的人。如貝克特和他的《等待戈多》，馬爾克斯和他的《百年孤獨》，卡爾維諾和他的《分成兩半的子爵》《樹上的男爵》以及日本作家安部公房和他的《箱男》《砂女》和中國作家莫言與他的《生死疲勞》等。這兒多說幾句，《生死疲勞》中關於人的六道輪迴，人變為豬，變為牛，變為狗的敘述，完全來自中國的佛教，和卡夫卡似乎沒有關係。但你的作品出版之後，已經脫離了你創作初期的構想、種子與土壤，交給讀者與論者，這樣一種分析，是人們討論、分析文學的權力，和作家本人及作品沒有了干係。更何況，中國作家的寫作，與卡夫卡的關係同拉美文學的關係一樣，千絲萬縷，根根線線，甚至某些聯繫，連作家本人也不為其所料和所知。當卡夫卡荒誕的種子，在自己的墨瓶生根時，我們會以為那是本土本水的根苗之成長，忘記了異化與荒誕，在 20 世紀文學中的遍佈與擴散，無論如何，逃不開卡夫卡最初的播撒和初育。

三、從卡夫卡處看到了燈塔的光亮，卻背光而行，朝黑暗的地方獨然航駛而走去，去開創一條自己的文學道路與航線。這一點如博爾赫斯與納博科夫等，他們深深地推崇卡夫卡，卻不真正或盡力不真正在自己的作品中嘗試與借鑒。一種寫作的距離，冷冷地隔離在彼此的中間，生怕那種距離有熱切的聯繫或相近。就此而言，博爾赫斯是這方面典範中的典範。獨自的創造，讓卡夫卡依然卡夫卡，博爾赫斯終究博爾赫斯着，使其彼此的差別，南轅北轍，千里萬里。

這三種和卡夫卡相聯寫作的人，其作家與作品的結果，不言而

喻，有目共睹。第一種我們不需要再去談論甚麼，也就到此收聲打住。但因此，卻讓我重新去打量、審視我曾經非常喜愛的安部公房的寫作。他的寫作在日本現代文學中獨一無二，其價值無可取代，也在世界上有相當影響。可在今天，當時過境遷，歲月挪移，我們重新去打量這些作品時，心裏總是會隱隱地泛起一絲一層的懷疑 —— 這種懷疑，其實是從我對自己的懷疑開始的。我們沒有如博爾赫斯一樣背離（逃離）卡夫卡，可其寫作又不能超越卡夫卡，那麼將作品放在更大、更寬闊的背景去說時，能留下的創造價值 —— 非借鑒性與被啟悟性的部分，到底還有多少呢？盡人皆知，文學的唯一價值是創造！無論是思想、語言、人物、敘述與結構等，沒有創造，也就沒有價值。價值即創造，如同一就是一，二就是二，鳳凰決然不會等於雞一樣。文學的生命力，也即文學的創造力和創造度，猶如雞與鳳凰的價值不能混為一談般。當文學失去了創造時，也就失去了文學性。只不過是我們在甚麼境遇裏來討論這些而已。是在一個關閉的籠園來討論，還是到一個更為開放、廣闊的天下去討論。也正是從這個意義上說，我懷疑我自己。也慢慢懷疑起了在日本早有定評的安部公房。這個懷疑，就起始於安部與卡夫卡的關係，起始於把安部置放在世界文學的舞台上，讓他離開東方、離開日語的文化語境後，他是超越了卡夫卡，還是停留在卡夫卡搭建的文學舞台上。

從這個角度說，無論怎樣，《百年孤獨》是超越或說跳出了卡夫卡的創造又有了拉美的新創造。《百年孤獨》這部被中國作家，也被全

世界的作家說爛、說煩的作品 —— 誰談論它，都已顯得除此之外，他再沒有讀過別的作家和作品。馬爾克斯在我們的嘴上，像已經嚼透、似乎完全沒了味道的口香糖 —— 可將其果真吐掉時，你會發現那殘留的幾乎沒了的那最後的味道，也是令人風塵戀戀的。如此這般間，也就只好由它掛在嘴上了 —— 誠實地說，儘管馬爾克斯在看完《變形記》後說過那句著名的話，我們發現，他除了早期的短篇外，是都在盡力不讓他的人物成為格里高爾的。都讓自己成為後來者中的創造者和儘可能的超越者，而不是一個簡單的受了啟悟的模仿者。而最終，他也確實還是讓格里高爾的「零因果」，在自己的寫作中成了有巨大創造的「半因果」。讓卡夫卡在《變形記》《城堡》等作品中留下的文學鏈條的縫隙和「黑洞」，由拉美的歷史、現實去填補起來了。由此而言，我們不得不承認，在二十世紀上半葉，文學過分偏離於歷史與現實的形式與創造，是拉美的作家把這一偏離重又拉回到了歷史和現實的軌道上。使形式與內容，重新成為文學的兩輪與雙翼。正緣於此，並不好讀的《百年孤獨》，在全世界被經書般廣泛、大眾乃至於通俗性地被接受，也就不再是難以理解的事情了。

　　返身最初，回想在巴黎那個文學節，有多半作家異口同聲地回答說，他最推崇的作品是《百年孤獨》時，也就自然不難理解了。

　　　　　　　　　　　●

　　現在，我們來談論卡夫卡的寫作姿態、狀態與態度。或者說，他面對自己文學的內心境遇。我們在這兒說的境遇，是一個作家面對文

學的內心境遇，而非一個作家的人生遭際。一個作家面對自己文學的內心境遇，決定他寫出怎麼樣的作品來。劉再復老師常說的，作家自我的「文學狀態」，多少也有這方面的意思。如果現在是他站在這兒，他能很清楚地從理論上講清這個問題。而我，只能從感覺上，試着來討論這一點。

再次強調這一點 —— 我們說的是一個作家面對「他的文學」時的內心境遇，而非面對他的命運或其所出現即時的內心境遇。當然，每個作家的寫作，都是他人生、命運的一部分，或更為重要的一部分。這是另外一個話題，不在我們這節課的討論之列。由此敞開，使我們看到，對於有的作家言，殺頭、流放、蹲監、「右派」、改造，生離死別、顛沛流離，命運的起落，一如海洋與河流激蕩中的小船和漂流瓶，隨時都有破碎、消失的可能，然在他的命運平靜之後 ——儘管他是作家，他也不一定能寫出一部《死屋手記》和《自深深處》[4]那樣的作品來，但對另外一些作家，如卡夫卡，其命運的跌宕，並不如王爾德、陀思妥耶夫斯基、索爾仁尼琴、布林加科夫、格羅斯曼[5]、帕斯捷爾納克等。就人生與命運的起伏與不測言，中國「右派」作家中的哪一位，都要比卡夫卡的命運更為不堪和不安。但回到作品時，確有太多作家，命運苦難，作品平凡，並不能寫出人和人類的苦難的靈魂來。這緣於才華，也緣於一個作家面對「我的文學」時的內心境

4　王爾德（1854–1900）：英國詩人，《自深深處》是他在獄中以書信方式寫給情人的散文傑作。
5　格羅斯曼（1905–1964）：前蘇聯作家，代表作為《生活與命運》。

遇。有的作家，在面對文學時，他面對的是「我的命運」，而非我的文學。這是中國整整一代經過「右派」、下放、改造、蹲監等磨難後的作家在寫作中共同的境遇與難題。即：難以讓文學超越生活本身和個人的命運。甚至更多的作家，在磨難之後，連回憶的勇氣都沒有，只願遺忘，而不願面對。沒有面對，而又何談超越？我們都知道，王爾德在監獄中寫了不朽的《自深深處》，陀思妥耶夫斯基在經過流放和「被槍斃」的「陪死」之後，寫了一連數部的傑作。這說明了一點，文學最終作為情感經驗的產物，但不一定和作家個人經歷的苦難、喜悅、跌宕和平靜的溫馨成為歡樂、困苦、憂鬱的正比。而反之，淡如白水的人生遭際、情感履歷，也並不一定就寫不出偉大的作品來。普魯斯特是這方面的典型範例。卡夫卡也是這方面的典型範例。我們在今天，如何強調卡夫卡在他高大的父親面前的驚恐與畏縮，甚至以他更早的短篇《判決》為例，來說明他寫作中的一切，都來自對父親威權的敏感，都源於他的體弱多病和父親的高大、專橫構成的反比關係；無論今天我們多麼強調，卡夫卡與他相處的幾位女性的挫敗的經驗，都與他的敏感和內心的豐富，構成了一種正比的關係，也都不能說明一個作家的命運與作品中的某類獨具創造的藝術氣質，是一種相等或誰大於誰的比例關係。關於卡夫卡的天賦，關於卡夫卡的敏感，關於卡夫卡的家庭關係與他同幾位女性交往的挫敗，毫無疑問，都是他寫作的情感與經驗的資源。但為甚麼那麼多有個人豐富情感經歷、體驗的人，不能寫出具有超越意義的作品來？如整整一代 —— 數

十、上百的中國「右派」的作家們 —— 這時候，我們單純地從才華、天賦上去說，是可以說通的，但卻又是不能完全說通的。我們能說我們中國的那一代作家人人沒有才華嗎？沒有才華他們不也寫了一部又一部在中國文學中不可忽略的作品嗎？但把他們和卡夫卡放在一塊比較時，有一個問題出來了。卡夫卡的經歷與經驗，和他們的經歷、經驗相比較，簡直可以說是小巫見大巫，小橋遇大河。他們命運中的浪花，足以捲塌卡夫卡命運河流上的任何一座橋墩與碼頭。然而，卡夫卡卻寫出了超越一切人生與命運局限的作品，而中國整整一代、數十上百的作家們，卻很少有人能寫出超越個人命運體驗的作品來。

以《在流放地》為例，我們來閱讀這樣一段文字：

……當犯人躺在『床』上，『床』開始震動的時候，『耙子』向他的身體降落下來。它是自動調節的，所以針尖剛剛能觸到他的皮膚；一接觸以後，鋼帶就立刻硬起來，成為一根堅硬的鋼條。接着工作就開始了。一個外行的旁觀者根本分不清各種刑罰之間的區別。『耙子』操作時看起來都是一樣的。它顫動時，針尖刺破了隨着『床』而震動的身體上的皮膚。為了便於觀察處決的具體過程，『耙子』是用玻璃做的。把針安到玻璃上去在技術上是個問題，可是經過多次試驗之後我們克服了這個困難。對我們來說，根本沒有甚麼困難是克服不了的，您明白嗎？現在，誰都可以透過玻璃觀察身體上刻出來的字了。您願意走近一些看看這些針嗎？

……

你看明白了嗎？『耙子』開始寫字了；等它在人的背上刻下草稿以

後，那層粗棉花就轉動，慢慢地把人的身體翻過來，好讓『耙子』有新的地方刻字。這時寫上了字的那一部分鮮肉就裹在粗棉花裏，粗棉花專門用來止血，使得『耙子』可以把刺上的字再加深。接着身子繼續旋轉，『耙子』邊上的這些牙齒把粗棉花從傷口上撕下來，扔進坑裏，讓『耙子』繼續工作。就這樣，整整十二個小時，字刻得越來越深。頭六個小時裏，犯人依舊生氣勃勃的，只是覺得很痛苦。兩個小時以後，氈口銜拿掉了，因為犯人再也叫不動了。而在這裏，在床頭用電烤熱的盆子裏，將倒下一些熱騰騰的米粥，犯人如果想吃，可以用舌頭愛舐多少就舐多少。從來沒有人錯過這個機會。我的經驗也算豐富了，可就不記得有一個錯過的。[6]

……

這裏說的「耙子」，是《在流放地》中那台「殺人的機器」上具體殺害過程中的刀具或針具。我們無法知道，1914年卡夫卡怎樣寫出了《訴訟》與《在流放地》等他早時最重要的小說。但讀他的作品，卻可以看到《在流放地》這樣的小說，在他一生的寫作中，並非無懈可擊的完美，但卻是無懈可擊的異樣，完全與19世紀寫作左向右向、南轅北轍。小說中的荒誕、異化、恐懼，乃至於不厭其煩地對殺人和被殺的平靜、舒緩地展示，在他所有作品中都屬罕見。那麼就此而言，如果硬要把小說中的殺人機器視為「反動派的統治機構」，把「軍官」視為統治者，把「犯人」視為被奴役的人民，這實在看低

6　（奧）卡夫卡，《卡夫卡文集》第一卷小說集《變形記》，武漢大學出版社，1995年1月，第75、77、78頁。李文俊譯。

了卡夫卡面對文學的「文學心境」。即：他的文學之心，是超越了我們日常可以看到、可以理解的「社會狀況」（如第一次世界大戰後的歐洲世界的混亂與黑暗）的。而與此唯一可以相連並使之信服的，不是卡夫卡寫作與「黑暗世界」的簡單對應，而是與他人生隱密的聯繫與超越。

我們從諸多研究卡夫卡的寫作與生平關係的著作中，可以看到卡夫卡創作的四個高潮期，正好都是在他四次愛情的危機之時和危機後：一、1914 年，第一次解除婚約前後，作有長篇小說《訴訟》（亦譯為《審判》）、短篇小說《在流放地》等；二、1917 年，與菲莉斯的關係最後崩潰的前夕，寫下的著名的短篇有《鄉村醫生》《在樓座上》《中國長城的建造》《獵人格拉庫斯》等；三、1919 年，與尤麗葉的關係面臨危機，即遭到父親的反對之際，寫下了著名的《致父親的信》；四、1921–1922 年，與米萊娜的關係失敗後，寫下了長篇小說《城堡》和短篇名作《飢餓藝術家》等。

對於我們今天的討論或研究言，這不是一種巧合。而對於作家本人言，這正是作家面對個人的人生命運超越後相遇的「文學境遇」。是 20 世紀作家超越「人生境遇」進入「文學境遇」寫作的最早開始。是文學境遇最好的寫作文本。回到《在流放地》這部小說上，卡夫卡的後來者，捷克文學的大師伊凡·克里瑪[7]，在他那篇著名的分析卡夫

7　伊凡·克里瑪（1931–）：捷克著名作家，代表作有《我快樂的早晨》《一日情人》《等待黑暗，等待光明》等。

卡寫作的長文《刀劍在逼近：卡夫卡靈感的源泉》[8] 中，對《在流放地》與他的情戀關係分析說：「如果說卡夫卡的大多數故事都是從他內在的經驗中吸取主題，那麼這台酷刑機器的形象能夠代表甚麼經驗呢？在給米萊娜的信中（寫完《在流放地》之後）他寫道：『你知道，當我試着寫某種東西（關於我們的婚約），那些在我周圍對着我的刀尖便開始緩緩地靠近身體，這是最徹底的折磨：當它們開始擦過我時，就已經可怕極了，以致在第一聲叫喚中，我就背叛了你，背叛了我自己，背叛了一切。』」卡夫卡對婚姻的前景感到堪憂與恐懼，他在這些信中所用的意象正如此前所作的《在流放地》的「殺人機」[9]。這就異常鮮明地把這部小說與其個人命運最有機地聯繫了起來。但同時，我們去讀《在流放地》時，卻又絲毫沒有看到他人生婚戀、愛情的痕跡。這就是卡夫卡寫作超越其人生境遇而只有文學境遇之「精神經驗」的天才之處。他以個人的精神經驗 —— 比如精神恐懼為文學的創造之源，而非人生的實在經驗為寫作之資源。

文學境遇更需要作家的精神經驗，而非實在的人生經驗。這種文學境遇與精神經驗的聯繫，如同一片黃葉與樹根和土壤的關係。可是，當樹根與土壤有了變化，為甚麼只是這片樹葉發黃而別的樹葉都還一片綠色呢？這中間還隔着一層、幾層甚麼或一段、幾段甚麼呢？為甚麼幾乎人人都有與戀人分手的苦惱、憂愁和鬱悶，而獨獨只有卡

8　此文收入克里瑪的隨筆集《布拉格精神》，時報出版，2003 年 1 月，景黎明、景凱旋翻譯。
9　同上，《布拉格精神》，第 218、219 頁。

夫卡寫出了《在流放地》，而別人沒有寫出來？為甚麼作家在失戀之中或失戀之後，卡夫卡寫的是與情愛「無關」的《訴訟》《城堡》《飢餓藝術家》等，而小仲馬寫的是《茶花女》、王爾德寫的是《自深深處》那樣的與情愛密切相關的散文（書信）和文字？這就是我們要談的作家寫作中所要面對的是「人生經驗」和「精神經驗」的差別。

這中間 —— 個人體驗與作家的文學境遇之間到底發生了甚麼呢？「面對文學的精神境遇」，正是這樣一個問題。當一個作家「有感而發」，準備寫作時，或在為寫作準備時，內心的境遇是面對精神經驗的，還是面對個人的遭際和個人情感經驗的。差別就在這兒。真的就在這兒。事情就這麼簡單。雖然簡單，然對於作家而言，卻是終生難以逾越的一道高牆。一個個人經歷過分複雜、情感體驗過分豐富的作家，也許把他的經歷、經驗以最大誠實的態度，以文學的名譽寫出來，就是一部傳世之作，如盧梭的《懺悔錄》，帕斯捷爾納克的《日瓦戈醫生》等，然而讓你在這經驗之上，寫出超經驗的「最文學」，卻是一件相當不易的事。在人生、人類的實在經驗上，《古拉格羣島》《日瓦戈醫生》等，毫無疑義是拓寬了文學的疆界與價值，使得文學有着與人類歷史、人類真相、人類真理的山中山、海中海的意義。所以，全世界的讀者都不會把《古拉格羣島》當作小說去討論，如同不會把《1984》當作紀實去討論。奧威爾和索爾仁尼琴們，在面對文學時，內心的境遇是如此的不同，但又有許多的人類經驗的相近之處。如果心理學家能夠還原這兩位作家面對文學的內心境遇，將是極其有

趣而又有極端的文學意義。可倘若寫作超越了人和人類的實在經驗，進入了「精神經驗」的層面寫作時，無論如何，作家都在有意無意之間，有了一種「文學境遇」，而非「人生境遇」。哪怕作為一部純粹意義上的小說，《1984》並非為人人皆讚的成功，這也正在於他文學的「非純粹性」，但沒有人可以否認，奧威爾寫作時，或多或少，內心有一種面對文學的情懷與精神經驗的存在。而索爾仁尼琴在坐下寫作時，他內心的境遇，則不是「文學」的，準確說不是「小說」的，而是作為作家與知識份子共生的個人和人類境遇、經驗的真相及真實和真理。由此再次回到卡夫卡的寫作，就多少可以理解他面對文學的內心境遇 —— 精神經驗 —— 是怎樣為不安而不安，為焦慮而焦慮、為文學本身而非個人經驗、經歷那種直接的抒寫和創造，而是在超越了這些的「文學狀態」中的寫作和創造。儘管他的所有經典，都是在無意識、不自覺中產生的，也恰恰是這種無意識的文學狀態 —— 面對文學的內心境遇 —— 精神經驗，對經歷、經驗的超越，也才有了《城堡》《在流放地》和《訴訟》這樣的與人生、人類經驗相關、又無關的完全來自作家面對文學的內心境遇的精神經驗之作品。

面對文學的精神經驗，是作家超越個人經歷、經驗的一個過程。不是說超越了個人經歷與經驗，就一定可以寫出偉大的作品來，而是說，作家太拘泥、糾困於個人的經驗與經歷，是一定寫不出偉大的作品來。除非你的經驗與經歷，本身就是超越他人、民族與他類語言的，本身就構成了偉大的文學。而卡夫卡的人生經驗，是無法構成偉

大文學的，但他面對人生實在經驗之後的超越 —— 面對文學的精神經驗，卻是可以構成偉大文學的。這也就是我們要說的，20 世紀偉大作家的寫作，首先要面對的是文學境遇中作家的精神經驗，是人與文學之本身，而非是 19 世紀的人和世界之本身。這是 19 世紀和 20 世紀寫作最根本的分野。由此而言，關於人的精神境遇和作家的精神經驗，則是 20 世紀文學為我們的寫作開掘的一條不竭不息的新源頭。有了這個源頭，即便一個作家只有有限的人生經驗，也可能寫出無限、無數的偉大作品來。

第

二

講

心緒
：
人物的內化與轉移

心緒：人物的內化與轉移

現在來看看，在 20 世紀初的文學舞台上，明的與暗的，自覺與不自覺，如同蓄謀一樣，到底都在發生着一些甚麼事。1908 年，多病的普魯斯特（1871-1922）開始貓在家裏躲病並動手寫作。他的巨著《追憶似水年華》，到 1922 年他去世之前，終於完成最後一卷《重現時光》。而普魯斯特在把《追憶似水年華》寫到多半時的 1918 年，36 歲的喬伊斯（1882-1941）開始寫作《尤利西斯》的第一章，到 1921 年，喬伊斯完成了這部共有三部十八章的天卷之書，倒先比多病的普魯斯特早一年完成自己的傑作。而在喬伊斯寫完《尤利西斯》前後，和他同年生、同年死的伍爾夫（1882-1941），開始出版她的首部意識流小說《雅各的房間》，之後是 1925 年出版《達洛維夫人》，1927 年《到燈塔去》，1931 年《海浪》。而幾乎與此同時，在歐洲以東的布拉格，與普魯斯特寫作在時間上稍晚又並行的 1912 年的 9 月 22 日夜間 10 點到次日清晨 6 點鐘，卡夫卡（1883-1924）在這 8 個小時裏，一氣呵成了我們今天看到的，暗示着他一生寫作與命運的短篇小說《判決》。緊隨其後，在同年，他又完成了他最具驚世駭俗意義的偉大小說《變形記》。二年後的 1914 年，他寫出了讓人瞠目的小說《在流放地》，並開始寫他的首部開創性的長篇《訴訟》。1922 年，他開始寫作那部幾乎顛覆了整個世界文學的名作《城堡》。1924 年

6月3日，卡夫卡病逝在基爾林的霍夫曼醫生的療養院。而 1925、1926、1927 年，在我們這個世界上，分別出版了他的三部長篇《訴訟》、《城堡》和《美國》。這一段時間，從 1908 年普魯斯特開始寫作《追憶似水年華》起，到 1912 年卡夫卡寫出《變形記》，1914 年 8 月寫《訴訟》，1922 年開始寫《城堡》。由此推到 1918 年喬伊斯寫作《尤利西斯》，三年後完成這部曠世奇書；而伍爾夫，這時寫完並出版了《雅各的房間》，應該正在構思或寫作《達洛維夫人》等，就在這短短的十五、六年間，年月與時間，就像長河上無意間濺起的水花，每一滴都沒有甚麼奇異和異樣，但這中間，他們這些無一寫作或出版順利的作家們，其真正倍具創造意義的每一次落筆，哪怕是比之巴爾扎克的《人間喜劇》，托爾斯泰的《戰爭與和平》，普魯斯特的《追憶似水年華》，都小如沙粒與山脈的短篇小說，卻都在深埋着一種使文學與前絕斷、始後重生的奇異而偉大的種子。

20 與 19 世紀的文學，我們如不能割斷水流、砍斷時間那樣，生硬而截然地將其分開。這宛若世界上多麼與父母、祖先不同的子女和家族，都無法離開父母而擺脫先輩的遺傳。但畢竟，20 世紀文學與 19 世紀的文學，有着天壤的不同。這個不同與變化，正是從 20 世紀初的這個年份開始的。尤其是 1910 年到 1925 年間，或說到 1930 年前後的二十年，總之，這十年、二十年，為 20 世紀偉大的作家與經典，埋下了永不腐爛的種子。為文學對 19 世紀的繼承性背叛，準備好了巨大的裂痕與渡向裂痕彼岸的橋樑。我們不能忘記，在那個時代

之初的稍微晚一點，蟄伏在美國南部鄉村的福克納（1897–1962），他和他的同行兄長、大姐們一樣，在那段世紀歲月的節點上，也正在為 20 世紀文學孕育着不一樣的種子。1925、1926、1927 年，卡夫卡的三部長篇出版後，1929 年，《尤利西斯》的法譯本出版，次年德譯本出版時，伍爾夫不僅完成了《達洛維夫人》和《到燈塔去》，而且正在寫作她的代表作品《海浪》，而那個美國的福克納，雖然稍稍遲到，但卻不謀而合地也在 1929 年，完成了他的最重要的長篇小說《沙多里斯》和《喧嘩與騷動》，1930 年，又寫出了《我彌留之際》。那個時候，我們無法理解這位 30 來歲的年輕人，在學校不是好學生，在單位不是好員工，可他卻在一年的業餘時間裏，寫出了他最重要的兩部長篇來；他可以在鍋爐房裏每天上班 12 個小時，待鍋爐封火後，開始寫作，並在 45 天的時間裏，寫出那本中文翻譯有 40 萬字的小說《我彌留之際》。次年寫完《聖殿》，再次年寫完《八月之光》，這期間，他還有許多短篇小說和詩歌。我這樣說，並不是說福克納寫作多麼的快，而是說，那個時候，具有時代創造意義的作家，都在被創造的激情所燃燒。—— 我是說，在 20 世紀初的年月裏，儘管普魯斯特、喬伊斯、卡夫卡、伍爾夫和福克納，他們沒有一位是如歌德、狄更斯、托爾斯泰、屠格涅夫和雨果及巴爾扎克、福樓拜們一樣，第一部作品或他們最重要的作品一經問世，世界文壇或本國、他國的讀者、作家們，就羣起歡呼，雀躍不止。他們無一例外，從卡夫卡到喬伊斯，從普魯斯特到福克納，每個人的作品不是出版艱難，就是出版

後的近於沉默的無聲無息。他們的作品之價值，無一不是被後來遲到的時間的慧眼光顧和賞識，為後來 20 世紀天翻地覆、喧嘩騷動的文學開啟着驚人、巨大的創造的門扉。

從某種意義去說，20 世紀的文學，作家個人藝術獨有的創造性與豐富性，遠大於 19 世紀羣星燦爛的藝術個性與豐富性。而這一切，當我們嘗試着去回顧 20 世紀的過往時，我們不得不對那個世紀之初的 1910 到 1925 年，間或延伸到 1930 年的十年、二十年，敬以莊重的凝目和回望的敬禮。不得不作為時間溪流中的一粒可有可無的水珠，而向 20 世紀初文學長河中當時無聲的浪花 —— 而後被時間和讀者 —— 在相當程度上，更是被那些真正理解創造意義的作家們，所從中看到的源頭與海洋光輝的他們與作品，道一聲寫作的敬意與鞠躬！

這些作家與作品，當然不等於就是 20 世紀文學。但 20 世紀的小說寫作，不得不說是從他們開始的。他們不等於是 20 世紀小說的全部的源頭，但把 20 世紀小說與 19、18 世紀的小說相聯共論時，那其中最大的謀變，確確實實是從他們的寫作「謀反」開始的。是他們成功的謀反，建立了 20 世紀文學的新秩序，為 20 世紀後來者的寫作，打開了新的源水之閘門。雖然不能說沒有他們，就沒有 20 世紀文學那樣的話，一如時間不會因為春天的到來拉長或停滯，河流也不會因為一築水壩或一支岔流而斷流，但，當我們談論 20 世紀文學的巨變時，我們卻不能不從他們說起來。不得不從那個 20 世紀的時間的節

點說起來。因為，確實是沒有 1910 到 1925 年間他們的寫作，就沒有後來 20 世紀文學的躁動與巨變。是他們改變了 20 世紀文學的河道，更改了世界文學的季節，為 20 世紀所有小說的寫作，注入了新的種子的基因。

·········· ● ··········

回到小說寫作的本身來。當把 20 世紀文學與 19 世紀寫作相較相論時，我想就寫作本身共有的大變化，至少有以下幾種吧：

一、就故事而言，原有故事中嚴密的戲劇性邏輯與衝突，被人物的心理邏輯與無邏輯意識沖散、沖淡了。

二、就人物而言，有形的典型人物被人物無形的意識與紛雜的心緒沖淡、沖散了。

三、就歷史而言，原有文學的社會意義，被人的個人存在的意義沖淡、取代了。

以此類推，我們還可以說出 20 世紀寫作的許多變化來，比如作家在敘述中的地位，對時間、空間的寫作認識，結構在文學中的重要性提升，語言在故事中的權力與思維，等等等等。但就整體小說的思維、寫作和作家左右、操縱寫作的過程中，這些變化可謂是最為巨大和鮮明的。

由此回到我們《百年寫作十二講：閻連科的文學講堂》二十世紀卷的第二講：「心緒：人物的內化與轉移」。我們都知道，周作人的「文學即人學」的文學理論。由此說開去，19 世紀寫作最重要的任

務，是在寫作中塑造人物 —— 塑造最典型的人物，是 19 世紀寫作的首要任務。但是，這一首要任務，在 20 世紀開初的寫作中，不是不再重要了，而是發生了巨大的變化。是寫作方法上的巨變。

最後一次我讓他丟在我裏面了　這是在女人身上做的一個多麼好的發明　好讓男人盡情的快活一場　可要是甚麼人哪怕讓他嘗到一點點個中滋味　他們就會明白我為了生米莉受過多大的罪啦　誰都不會相信　還有她剛長牙那陣子　還有米娜·普里福伊的丈夫　搖擺着那副絡腮鬍子　每年往她身子裏填進一個娃娃或一對雙胞胎　跟鐘錶一樣地準　她身上總是發出一股娃娃氣味　他們跟一個娃娃起名叫布傑斯甚麼的　那模樣兒活脫兒像黑人　頭髮亂蓬蓬的　耶穌小傢夥　娃娃黑黝黝　上回我到那兒去　只見足足有一隊娃娃們　都爭先恐後　大喊大叫　你連自己的耳朵都聽不見啦　想來都很健康　男人們非把女人們弄得像大象那麼渾身脹鼓鼓的才心滿意足　可也難說　我要是冒一次險懷上個不是他的娃娃會怎麼樣呢　不過假若他結了婚　我相信準能生下個結實漂亮的娃娃　可也難說，波爾迪的勁頭來得更足呢　對啦　那樣一來該多麼有趣啊　我猜想他是因為碰見了喬西·鮑威爾　還有那檔子葬禮　又記起了我跟博伊蘭的事兒　所以就興奮起來了 [10]

這是隨意在《尤利西斯》最具意識流寫作的第十八章摘出來的一段話。在這段隨手摘取的話中，「他」並不單純是男主人翁布魯姆，而

10《尤利西斯》，譯林出版社，1994 年 4 月，第 1148–1149 頁，蕭乾、文潔若譯。

是幾個男人的並存和交替，而女主人翁的意識性敘述，也並非單純是「她」，而是幾個女人的交替出現。人物如走馬燈般更替和變化，事件如剪紙般疊加與展現。性，則赤裸裸到散發着精子與精液的新鮮與腐爛氣味。這就是喬伊斯呈現給我們敘述中的人物與「塑造」—— 與其說是人物塑造，不如說是人物「意識的漂浮與潛流」。在《喬伊斯傳》[11]中，喬伊斯和他的好友作家瓦萊里·拉爾博[12]談起《尤利西斯》的寫作方法，拉爾博稱之為「內心獨白」，而喬伊斯說這種技巧是在德華·迪雅爾單（又譯埃杜阿·迪雅丹）在《月桂樹被砍》（又譯《月桂樹已經砍盡》）中大量使用的。「在那本書裏，讀者一開始就置身於主人公的思想之中，這思想不斷展開，代替了通常所用的敘述，我們通過這思想看到主人公在做甚麼，或者遇到甚麼事情。[13]」由此，我們可以清楚地看到，喬伊斯對小說敘述的反叛和對敘述中人物塑造的理解。而且在這本傳記中，他還對為他寫傳記的弗蘭克·李勃真說道：「我在這本書（《尤利西斯》）裏設置了那麼多迷津，它將迫使幾個世紀的教授學者們來爭論我的原意。」「這就是確保（《尤利西斯》）不朽的唯一途徑。」對於這帶有惡作劇的調侃，與其說喬伊斯調侃的是「教授學者們」，不如說他是在調侃、背叛從 19 世紀成熟起來的讀者們；與其說他調侃、背叛的是讀者，不如說他是在調侃、背叛 19 世紀寫作的本身。在《尤利西斯》中，典型人物的塑造，成了用紛亂意識（內心

---

11 （美）理查·艾爾曼，《喬伊斯傳》，北京十月文藝出版社，2006 年 2 月，金隄、李漢林、王振平譯。

12 法國作家、詩人，是當時最可鑒識文學價值的權威。

13 同上《喬伊斯傳》，第 588 頁。

獨白）去填充和豐滿；故事的邏輯 —— 一切物理與情理的邏輯，都被人物的意識流動、跳躍、閃失所取代。而到了《追憶似水年華》，也正如法國著名的傳記文學作家、評論家安德烈·莫洛亞（1885–1967）說的那樣：「《人間喜劇》把外部世界作為自己的領地；它囊括金融界、編輯部、法官、公證人、醫生、商人、農民；巴爾扎克旨在描繪，他也確實描繪了整整一個社會。相反，普魯斯特的一個獨到之處是他對材料的選擇並不在意。他更在意的不是觀察行動本身，而是某種觀察任何行動的方式。從而他像同時代的幾位哲學家一樣，實現了一場『逆向的哥白尼式革命』。人的精神重又被安置在天地的中心；小說的目標變成描寫為精神反映和歪曲的世界。[14]」這裏將其和《人間喜劇》所做的比較，正是普魯斯特與十九世紀寫作最大的不同。而伍爾夫在寫作中，則說得更為明確。「生活是一圈光輪，一隻半透明的外殼，我們的意識自始至終被它包圍着。對於這種多變的、陌生的、難以界說的內在精神，無論它表現得多麼脫離常規、錯綜複雜，總要儘可能不夾雜任何外來異物，將它表現出來 —— 這不正是一位小說家的任務嗎？[15]」由此可見，這些具有開創意義的作家們，所有的努力，都是對 19 世紀敘事與人物的反叛與開創。

　　從卡夫卡到伍爾夫，從喬伊斯到普魯斯特，他們讓 20 世紀的敘事和寫人，發生了巨大的變化。小說中的故事與人物，不再是小說的

14　見莫洛亞為《追憶似水年華》所作的序。譯者施康強。

15　（英）伍爾夫，《普通讀者》，北京十月文藝出版社，2015 年 3 月，第 98 頁，劉炳善譯。

首要任務。「心理」「精神」「內心獨白」和「荒誕」「歪曲的世界」，成為了小說創造的首要。人物的意識與情緒，成為了替代人物存在（性格）的展示。而我，則把 20 世紀之初小說寫作由意識流和卡夫卡開創的對小說人物的塑造 —— 把人物內化至荒誕世界的心理、情緒、意識的這種寫作，稱之為「心緒寫作」。而把這種方法，稱之為人物的內化與轉移。

· ⸺

在討論埃斯普馬克[16]的小說《失憶》時，我曾經這樣寫道：

《失憶》的不凡恰恰就在這兒，它不僅為整個西方文學提供了一種有別於其他敘述的敘述，而當它成為中文走進中國時，在中國文學敘述的背景上，它以全新的整合而完整的形式為我們提供了西方「心緒」寫作與中國（東方）「事緒」寫作彼此對照、鏡射的完全不同的寫作方法。僅僅以中國文學為例，自古至今，從曹雪芹到現代的魯迅，所有的小說敘述都是以「說事」「寫事」為主要的敘述方法，由事而人，由事而心，無論多麼深刻的思想、複雜的人物和絕妙無上的境界，多都通過「事」和「事物」來表現。當我們把這些小說稱為「敘事」文學時，對「事」和「事之情」「事之物」「事之意」的延展敘述，構成了中國小說幾乎唯一的敘述之法 ——「事緒敘述」。就是被我們推為小說人物、思想、意境之支點和槓桿的情節與細節，也都是「事」的支點和槓桿。即便水過山河，歲月到了

---

16 瑞典作家、詩人、評論家，諾貝爾文學獎評委會前主席。主要小說代表作為七卷本《失憶的年代》（上海人民出版社 / 世紀文睿，2012 年，翻譯萬之），其中《失憶》為第一卷。

新時期乃至今天的當代文學，小說的方法千幻萬變，豐富到萬象包羅，我們寫作的一切方式與方法，也都是在「事」和「敘事」上展開。事，為小說之源，由事到人，因事而心。《阿Q正傳》深刻地表達了阿Q和我們整個民族靈魂的面向，但卻幾乎全部的筆觸，都是由事蕩開，因事而人，由人而心。其中人物的靈魂和內心，都是人物「事緒」的描寫和推演，這也就是這兒要說的東方式的「事緒敘述」。然而，《失憶》卻是恰然的相反。如果可以把我們（中國式）寫作形式的意識用「事緒意識」來說，那麼，《失憶》的寫作，正可以用「心緒意識」來概括。我們在敘述中用「事緒意識」來完成敘事，而《失憶》在敘述中用「心緒意識」來完成一種全新的寫作 —— 創造的敘心之敘述。事緒敘述是中國的、東方的，也是整個十九世紀世界文學的。而心緒敘述則屬於西方的、現代的，屬於二十世紀和為人的存在與文學創造而不懈追求的那些作家們。不知道應該怎樣論說《失憶》在整個西方文學中的地位和獨有，但把它視為西方心緒文學整合、創造的一次完整、完美的呈現，將其放在東方寫作經驗的平台上，將會讓我們更清楚地看到西方的心緒敘述和東方的事緒敘述之差別；將會讓我們看到《失憶》寫作的別類、難度和高度，一如在一塊雄渾土地上的沙礫間，一顆鑽石無可阻掩的光亮和麗美。

　　《失憶》是一部真正沒有故事、捨棄情節的小說。我們通常想像、虛構、設置的矛盾與衝突，被作家無情地橫掃出局了。傳統的敘事與情節，情節與衝突，在《失憶》中即便不是作家的敵人，也是可有可無的心緒流動中的橋板和過河的踏石，有則有之，無則無之，一切都服從主人翁（人

物）心緒的流淌和漫延。而且這種心緒流淌的漫延，又完全不是意識流的「無方向」的意緒之流。在意識流那一邊，意識漫延的無向性是特定和主要的；而在《失憶》中，心緒流動的有向性，則是特定和主要的，明確的，有目標去處的 [17]。

　　現在，我們可以把上邊說的「東方敘事」更清楚地擴展到整個 19 世紀的寫作，擴展至 19 世紀除陀思妥耶夫斯基等少數幾位作家之外的那些大多數 —— 可以代表十九世紀寫作高度的偉大作家們的寫作。在他們那兒，人物是從「事緒」開始的，也是在事緒那兒完成的。而在 20 世紀的寫作中，許多作家筆下的人物，卻是從「心緒」那兒開始的，也是在心緒那兒停止的。—— 無論這種心緒是來自喬伊斯們意識流的紛亂與無向，還是規整為卡夫卡心緒的有向性，則都如後來的《失憶》一樣，一切人物的開始，都源於人物的內心和內心的有向性與目的性。

　　有向性的內心意識，是無向性意識流對 19 世紀寫作經驗的再汲取和再整合。今天，無論是讀者還是作家創造意識的驅動，已經很少有如普魯斯特、喬伊斯、伍爾夫們那樣，在一生的巨製中，洋洋灑灑，讓人物的意識肆意、無向、碎片、凌亂地紛飛和流動。但有向性的心緒寫作，畢竟源自這種無向性的內心意識。而這種人物的內化與轉移，也必然源起於 20 世紀之初那十餘年作家們偉大的開創性寫作。

17　原文《「心緒」與「事緒」的西中敘述》，載《東吳學術》，2013 年第 2 期，30–32 頁。

　　《南極》[18] 是一篇非常好看的小說，它在人物與故事的完成上，更向十九世紀的寫作靠攏和致敬。如果說《失憶》乃至於埃斯普馬克整個的《失憶的年代》——那是一部偉大而有相當高度和難度的寫作，是有向性「心緒」寫作的成功的典例。包括他的另一部小說《巴托克：獨自對抗第三帝國》[19]，都是從無向性意識走向這種有向性心緒的極具寫作啟示的實踐。但到了《南極》——請允許我們以這個還不能與那些偉大作家相提並論的喬伊斯的後人同胞的短篇為例。說實在，《南極》不是心緒寫作的一篇佳製。但它卻是一篇有各種寫作意義的世界性短篇佳作。如果簡單為了心緒寫作這種方法，我們以 20 世紀在德語中並不那麼受人敬重，但卻在中國受到大師般禮遇的茨威格[20] 的小說更為合適。這位深受《卡拉馬佐夫兄弟》影響的作家，在中短篇寫作上，風格獨樹一幟，幾乎每一篇都可以拿來當作心緒小說的範本，如《夜色朦朧》《馬來狂人》《一個陌生女人的來信》《一個女人一生中的二十四小時》《象棋的故事》等。可是，這種小說，歸位於心理而非心緒，則更為合適。而且他的寫作和弗洛伊德也糾纏得更為密切。但當我們討論 20 世紀寫作中人物的心緒時，這種融合、汲取了 19 世

---

18 （愛）克萊爾·吉根，《南極》，浙江文藝出版社，2016 年 6 月，姚媛譯。其中《南極》為小說集中最重要的一篇。

19 （瑞典）謝爾·埃斯普馬克，《巴托克：獨自對抗第三帝國》，上海人民出版社 / 世紀文睿，2014 年 1 月。王曄譯。

20 茨威格（1881–1942）：奧地利小說家、詩人、傳記作家，上世紀 20–30 年代，以中短篇蜚聲世界文壇。

紀寫作中事緒經驗的心緒，而非單純的意識流、心理主義的文學，也許以《南極》為例，倒能說得更清楚一些。

> *每次那個婚姻幸福的女人離開家時總會想，如果和另一個男人上床，感覺會怎麼樣。那個週末她決定試一試。那時正是十二月；她感到仿佛一道簾幔正垂下來，將過去的一年隔在另一邊。她想要在自己還不算太老的時候試一試。她知道否則自己會失望的。[21]*

這是《南極》這篇小說的開頭，敘事簡潔而明瞭，而且暗藏着一股陰冷的寒氣。故事就這樣開始了。人物的心理 ── 那種令人不寒而慄的心緒，清晰而深埋在人物的行為（事緒）中。一個婚姻幸福的女人，想趁着自己年齡還不是太大，要去品嘗一下和另一個男人上床的滋味。而且她總覺得，不試上一次，不有一次外遇的性生活，人生是那麼缺失，不完整。這種個體人 ── 無論是男人還是女人，內心日常、陰暗、乃至可怕而又人人皆有的、必然的那股「心緒之念」，成為這篇小說全部的動機和開始，成為一個人物內心最深刻而又日常的心理情緒，成為一篇小說、一個故事、一個人物最初的源泉與發動機。於是，故事走上了快速運行的軌道，如同火車被車頭推向了向前的鐵軌。這個「婚姻幸福」的女人，就在出軌的道路上飛跑起來 ── 週末，聖誕前夕，她坐着火車進城了。一切都順理成章，水到渠成，在週六下午的一家酒吧間，她相遇了一個穿着舊皮夾克的男人。

---

21 同上，《南極》，第1頁。

「你好，」他說，「以前沒見過你。」

她問他：「你喝的那是甚麼？」

「我是世界上最孤獨的人。你呢？」

「我已經結婚了。」

「那我們打枱球吧。」

「我不會。」

「那我帶你四處看看吧。」[22]

就這麼平常、無聊的幾句對話，就完成了兩個陌生人從認識到上床的那種在許多人的人生中，要走過許多波折、道路，漫長到一月、一年乃至一生的過程。於是，她跟着他走。他就在黃昏中把她帶到了他凌亂的家裏。帶到了他的床上。這一夜，這個「婚姻幸福的女人」，過得新奇而充滿力量，滿足後睡在陌生男人的身邊，甜美得像一個孩子。第二天醒來，她回到賓館的大堂，還給家裏打了電話，問丈夫過得好不好，告訴丈夫她給孩子們都買了甚麼聖誕禮物。就在她準備放下電話回家時，那個男人又追了過來。於是，他們又一塊散步。而且，這女人覺得作為一種禮物，一個回報，她應該再滿足一次這個男人的性需求。如此，她又同這男人回到了那個家裏、那張床上。而這一次，男的通過性虐待，給她戴了手銬，吃了迷藥，最終把她摁在床上，用毛巾塞住了嘴巴，而他自己，卻在性虐滿足後，出門走了。

---

22 同上，第3頁。

……好幾個小時過去了，她終於平靜下來，開始思考，傾聽。她的呼吸變得平穩。她聽見隔壁房間裏的窗簾在拍打。他沒有關窗。剛才那一陣折騰，把鵝絨被弄掉在地上了，而她是光着身子的。她夠不到被子。冷氣正從外面湧進來，湧進房子裏，充滿了房間…… 她想到丈夫和孩子。他們也許永遠找不到她了。她也許永遠也見不到他們了…… 她想到了南極，雪和冰和探險者的屍體。然後她想到了地獄，想到了永恆。[23]

小說到此結束。

我第一次讀這篇小說時，相當喜歡。喜歡它的故事，喜歡它的人物，喜歡小說敘述的節奏。尤其是喜歡這篇小說人物開始在故事中行動時那個導致她行為的內心的發動機 —— 由一股「心緒之念」形成的心緒核心 —— 那個幾乎每個幸福家庭和不幸福家庭的男人、女人都有的那種不可告人的陰暗心理。那顆「心緒原念」種子的發芽與成長，在發動、推動着《南極》中人物的行為和故事的事緒之延展。可當我決定以它來討論寫作中人物的內化與轉移時，我又不那麼喜歡這篇小說了。時間改變了我對這篇小說的看法。這篇小說的結尾 —— 她被捆在床上不知生死的南極般的寒冷，充滿了作家道德的暗示。人為的痕跡，鮮明得如汽車從沙灘開過的輪痕。小說的後半部，完全脫離了人物內心的「心緒之念」所決定的人物的事緒行為，而落入了作家經過構思、安排的人為的圈套。

---

23 同上，第 19 頁。

　　換言之，這篇小說，開始充滿着現代的敘述，人物顯得相當內化、心緒和豐滿，而寫着寫着，故事與人物，完全進入了寫實的物理主義、現實邏輯和相對庸俗的價值觀與文學觀——這不能簡單說是一種寫作的失敗，而是說這也是吉根的一種寫作方法。這種方法，就是在故事與人物中暗藏心緒之念，而不把心緒直抒胸臆。作者在這兒，既不像陀思妥耶夫斯基那樣去展示人物的靈魂，也不像茨威格那樣，去展示人物繁複條理的心理，可卻又處處讓讀者感到，這種靈魂與心理的飄忽和存在。

　　是的，《南極》是隱藏了這種心緒力量的一種寫作。初讀這篇小說的開篇，每個讀者都會感到人物那不安的靈魂，那日常、正常而帶着道德陰暗的心理激流。故事在這種激流中開始，人物在這激流中總有股失控的力量。這種失控的力量在左右着人物，也在左右着讀者，總是讓讀者有股不寒而慄的感覺。從故事看，小說的全部敘述，都是人物——「那個婚姻幸福的女人」的所遇、所見的簡單淺思。在整個小說中，都沒有陀思妥耶夫斯基的那種關於人的靈魂的展示——所謂靈魂，和這篇小說是不沾邊的。所謂心理，也筆少墨罕。那全部關於人物行為的敘述，都是物理的、邏輯的。那麼，又是甚麼力量在推動人物的行為呢？是甚麼讓讀者擺脫不掉一種寒冷的恐慌？人物多是行動和物理的，而它為何又不斷給讀者帶來某種精神的不安？這股力量到底來自哪個地方？這股力量——正來自小說中雖沒有陀思妥耶夫斯基式的心理展示，卻從未間斷的有着作家隱藏在小說中的一股

「暗情緒」—— 人物的內心之緒。請注意，「如果和另一個男人上床，感覺會怎麼樣。她決定週末去試一試。」在人物這個平淡敘述中，每一個讀者都可以感到一股可怕的要爆炸的誘惑。這股誘惑的力量，正是我們說的心緒的根源。它一如一顆定時炸彈打開了時間的按鈕，而從此，那顆滴答不停的時間的雷聲，卻不在作家筆下了。而作家之後講述的，只是那顆炸彈的物外：炸彈到了哪兒，炸彈遇到了甚麼，炸彈被人翻看時的形狀與物形 —— 她就是不說炸彈接近爆炸的時間和時間滴答的聲音。就是真正到了要爆炸的時刻，她也還是「我已經結婚了」「我帶你四處看看」那樣平實的對話。「她在他身邊齊步走着，邊走邊聽他夾克發出嘎吱嘎吱的聲音[24]」「門需要上油了；他把門推開時，鉸鏈嘎吱作響[25]」「她在浴缸裏放滿水，把水調到她所能忍受的最高溫度。他走進來，脫掉上衣，背對着她站在洗臉盆邊刮鬍子。她閉上眼睛，聽他塗皂沫，在水池邊磕剃鬍刀，刮鬍子。仿佛這一切以前就曾發生過。她認為他是她所認識的男人中最沒有威脅的一個[26]」……這樣物理、平靜的敘述，作家越是無奇，就越發激起讀者內心的恐慌和恐懼的寒冷。因為，在讀者一邊，他們每時每刻都能聽到、都沒有忘記那定時炸彈將要爆炸的時間的滴答 —— 那被作家的寫作掩埋、隱藏了的人物的內情緒的可怕。

《南極》寫作的妙趣，也正在這兒，人物充滿着撕裂、可怕的心

24《南極》，第 3 頁。
25 同上，第 4 頁。
26 同上，第 6 頁。

緒，而作家克萊爾·吉根，又始終不去正面展示、揭示這種情緒與心理。這種被隱藏的人物的心理與情緒，才是我們真正擔憂、不安的根源。

應該說，《南極》是一篇充滿着不安的人物心緒可又被作家閃開心緒的寫作。是一種隱藏了心緒的寫實。然而，它愈是寫實，愈是隱藏，那心緒也愈是在讀者的心裏鮮明、猜測和恐慌。正是這種被隱藏的心緒，表面看，它是一種寫作方法的回歸，但這種回歸，不得不說，也同樣讓我們更清楚地看到 20 世紀寫作中人物通過心緒的內化與轉移。那個婚姻幸福的女人，就人物而言，明的暗的，物理的，精神的，都始終在她的肉體中有種撕裂、陰暗心緒的存在。由人物說開去，讀完《南極》，終歸還是讓我們從人物身上，看到了以下幾點：

一、人物的內核 —— 那個婚姻幸福的女人的精神與靈魂，不再源自現實世界與環境的外部構成，而源自人物的心緒之念 —— 內情緒。「如果和另一個男人在床上，感覺會怎麼樣」這個內心情緒的原點，是人物行為與世界互動的原動力。是故事的閘門和人物行走的來自她脈管的力量。

二、從《南極》這篇小說說開去，延至 20 世紀中葉後的主要寫作，心緒已經不單純是人物獨自存在的意識流與無意識，而是與世界聯繫、互動的因果源。是內心有方向、有目標流動的內情緒。這種情緒的根源，是人物的內心和靈魂。是內心和現實世界的共同構成，而不單單是物理、物質的世界，也不單單是人物內心意識一時的紛亂和

跳躍。

三、在 20 世紀的寫作中，文學人物並不是唯一或最為重要的文學目標 —— 一如 19 世紀的人物「塑造」那樣。就人物言，人物心緒的內化與轉移，才是 20 世紀寫作中人物之所以為人物更重要、更豐富的途徑和目的。

四、這種人物心緒的內化，是二十世紀現代寫作的基本方法，但在中國當代文學中，還沒有得到更為廣泛、成功的嘗試。今天的當代中國文學，關於人物，還基本停留在 19 世紀事緒的寫作、塑造和認識上。

--------•--------

時間到了，今天關於「心緒：人物的內化與轉移」就講到這兒。未盡的話題，我們在後邊補缺和繼續。但在我們推荐的小說中，大家既要看吉根的《南極》，更要看謝爾·埃斯普馬克的《失憶》。《失憶》是一部被人們忽略的最為獨特乃至神奇（偉大）的小說，閱讀並明白了《失憶》的妙趣，對我們的寫作，將會有更大的啟悟之意義。

2016 年 5 月 27 日 於北京

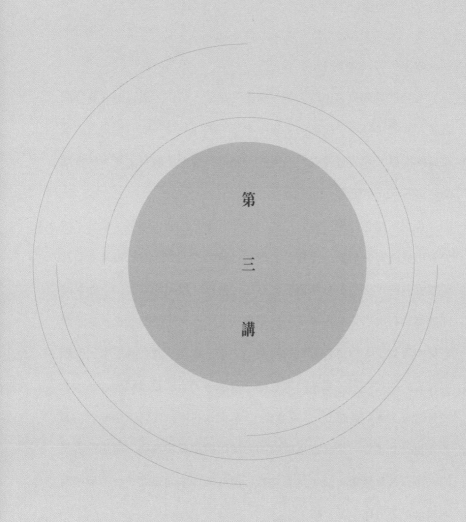

第

三

講

非故事

：

一種散馬爲風的敍述

非故事：一種散馬為風的敘述

故事，可謂文學的元祖。

當我們談到故事中的人物、情節、細節、語言、敘述方式等等問題時，我們才發現，故事在文學中牢不可破的地位，如同從來沒有被攻破的堡壘。除了時間對它的風蝕，使得其發生了歲月之變，餘皆都還依舊的屹立和堅固。

但是，這個經過了歲月之變的古堡，還是那個古堡嗎？風蝕了的外貌，被時間的潮潤、浸淫了的內部，無論如何說，對於後來者看到和感受到的，決然不是那個早先存在、繁華、傲然的堡居了，而是時間的痕跡和美學上的古建築。歷史學家從中看到了時間的根，社會學家從中看到了人類更替榮衰的傷悲，從來不過問「我從哪兒來、要到哪兒去」的遊客，又最能回答這個「哪來哪去」的哲學疑問 ——「我從賓館來，要到賓館去」，或者是，「我從張村來，要到李村去」[27]，無非在這碰到了你。至於在這碰到的閱讀中的瀏覽與參觀，與過往古堡的來路有甚麼聯繫，遊客是不會真正關心的，如同遊客不會把導遊講的故事真正放在心上一樣。

遊客要看的，是眼前這個古堡的樣貌：建築的風貌、格局、佈局與今人可供參觀後談資的多少。然而，寫作者一定不是單純的讀者，如

27　源自劉震雲小說《一句頂一萬句》中牧師碰到村中屠夫後二人對話的橋段。

同建築師到哪兒都不是單純的遊客。我們知道這個古堡源自歲月的何處，也一定不能說這個古堡就還是那個原來的古堡。西班牙的托萊多，經過了千年歲月的洗禮，古代西班牙和羅馬帝國的文化在那兒爭吵和融匯，清真寺、猶太教會堂、教堂和各種博物館，見證着這座古城的來路與去脈。但是，這個托萊多，的確已經不再是千年之前的托萊多。意大利的龐貝古城，被火山灰覆蓋、掩沒後，經了人類的重新發現和發掘，當人們再次看到它時，它已經不再是火山爆發前的龐貝了。

故事在文學中的經歷，也正是托萊多和龐貝所走過的時間之河。只不過，前者在時間中是被風雨慢慢浸化的，一點一點改變的，顯得柔和、溫順，因此更多地保留着原貌和格局。而後者，經過火山灰的燒烤、融化和時間的埋沒，再現的是被摧毀後的完全不同的樣貌和讓人無法接受、又不得不接受的現實。它的美與格局的變化，來得急切而帶有摧毀性，如同龐貝在 1748 年的重新呈現那樣。從哪個角度說，這個新呈現的龐貝，無論怎樣都不是原來那個龐貝了。

這是一個被摧毀後新生的龐貝。它的意義更多來自時間與摧毀；而托萊多的意義，則更多來自它在時間中的繼承與延續。這是兩種存在的本質差別。

⸻ • ⸻

1927 年《尤利西斯》在法國出版之後，艾略特在一次和伍爾夫的喝茶中興奮異常，如醉如癡地對不滿於《尤利西斯》寫作的伍爾夫說：「喬伊斯已經給 19 世紀文學送了終，顯示了一切文體的徒勞

無功，並且毀掉了他本人的前途。他已經寫盡了一切，再也沒有東西可寫了。[28]」這裏說的「給 19 世紀文學送了終」，是給 19 世紀文學裏的甚麼送了終？當然是包括 19 世紀文學中的人物、故事和寫作的方法。尤其是關於刻寫與敘述人物和故事的方法。在 19 世紀的寫作中，故事與情節的邏輯性與情理性，是唯一讓讀者信服的證據，但到了 20 世紀，故事與人物如火山爆發後騰飛的煙塵，一下把這種證據摧毀了。人是可以「無來由」地變為甲蟲的。人的意識（哪怕是意識凌亂的碎片），可以取代那些在故事中支配一切的情理和邏輯。換言之，故事中一切合理的彼此證明真實、情理的情節與細節，都可以被人物有向、無向的意識所取代。於是，故事不是不再存在了，而是發生了轉移與變化，如同一匹奔馳的馬，突然間成了可以向前，也可以向後，可以左旋，也可以右旋的風。

　　我又睡着了，有時偶爾醒來片刻，聽到木器傢具的纖維格格地開裂，睜眼凝望黑暗中光影的變幻，憑着一閃而過的意識的微光，我消受着籠罩在傢具、臥室，乃至於一切之上的朦朧睡意，我只是這一切之中的小小的一部分，很快又重新同這一切融合在一起，同它們一樣變得昏昏無覺。還有的時候，我在夢中毫不費力又回到了我生命之初的往昔，重新體驗到我幼時的恐懼，例如我最怕我姨公拽我的鬈曲的頭髮。有一天，我的頭髮全都給剃掉了，那一天簡直成了我的新紀元。可是夢裏的我居然忘記了這樣一件大事，直到為了躲開姨公的手，我一偏腦袋，醒了過來，才又

28《喬伊斯傳》，第 596 頁。

想起了這件往事。不過，為謹慎起見，我用枕頭嚴嚴實實地捂住了自己的腦袋，然後才安心地返回夢鄉。[29]

　　以上的引文，在《追憶似水年華》中，並不比被每位論家都要談到的，作家童年早晨那杯熱茶和泡在熱茶中的那塊「馬德萊娜」甜點遜色。後者因為在最後一卷《重現的時光》中被重新提起，而顯得更為重要，更有時間的往昔之意。但這段夢裏夢外，真實與幻覺，時間來了又去、去了又來的追蹤與回想，回想與夢境，夢與不能入睡的纏綿的朦朧及模糊，乃至於在小說第一卷第一部《貢布雷》中一開始就沒完沒了的那無限細碎、無限絨絲，無限的左意右識、前思後想、夢裏夢外，在今天回讀時，總是讓我們想起 1954 年特朗斯特羅默[30] 那著名的詩句「醒來是從夢中往外跳傘」的往返、往返、再往返。而普魯斯特，在 1954 年的 46 年前，都用非故事的方法，在這種夢裏夢外間開始了敘述的「跳傘」與往返。這樣亦夢亦醒、夢裏夢外的回憶（無窮盡的回憶），在 19 世紀現實主義的故事規則與講述規範裏，完全是一件不可能的事。所有 19 世紀的偉大作家，從俄羅斯的黃金時期，到那時巴黎那個文學的中心，世界上所有的寫作者，都不會在自己的小說中寫出那種纏綿、細碎並具有巨大的不確定性的文字。在巴爾扎克的小說中，每一個文字的出現，每一句話的敘述，都是為後來情節、人物的配備和準備。故事是這因果鏈中的環與環，是推進、鋪墊和最

---

29 （法）普魯斯特，《追憶似水年華》第一卷《在斯萬家那邊》，譯林出版社，1989 年 6 月，第 4 頁，李恆基、徐繼曾翻譯。

30 瑞典詩人，2011 年諾貝爾文學獎獲得者。

終的完結，而不是時間往昔、我與非我、夢裏夢外的融匯、交替與反復。但到了 20 世紀初，故事的敘述就可以是意識與意識的連結與並列，是瞬間念想與瞬間念想的組合、排列和延續。換言之，19 世紀故事中的情節與細節，被 20 世紀中人物意識無常的跳躍 —— 那有向、無向的念想與念想所取代。如果說 19 世紀現實主義的小說，故事是樓層不等的大廈與屋舍，那麼到了 20 世紀初，構成這大廈與屋舍的，不再是人物那可觸可感、帶有物理邏輯性的情節和細節的磚瓦與坯草；如果說那時的故事是河流，而到彼時構成故事流淌的，已不再是河道中後浪推動前浪的水流與浪花。人物在故事中的生命，不再靠言行的細節與情節；或者是，不僅僅靠其人物的言行與精神，而更多靠的是他的意識與無意識的閃念與精神。這一切的一切，摧毀了 19 世紀的故事，也摧毀了業已形成的世代閱讀之習慣。

故事還在，但已不是昨日那個故事樣貌了。它成了一個「新故事」 —— 非故事。

講述還在，可講故事的人，決然不再使用昨日那個講述的方法了。新的講述與結構，使講述者和故事本身變得同等重要甚至更重要。自 1910 年前後到 1925 或 1920 年那十年、二十年，那幾個天才並具有摧毀力量的小說家的寫作，完全摧毀了一個世紀的前時，而又影響着一個新世紀的後時。一方面，艾略特雖然在伍爾夫面前認為《尤利西斯》給「19 世紀送了終」，可在另一面，他也承認《尤利西斯》不像《戰爭與和平》那樣使人對於人性獲得新的認識。「布魯姆

甚麼也沒有告訴我們。說實在的，這種顯示心理狀態的新方法，在我看來證明了它不起作用。它還沒有某些從外邊的偶然一瞥常能揭示的內容多。[31]」與此同時，他又給喬伊斯寫信說：「就我自己而言，我覺得不讀這本書（《尤利西斯》）更好些。[32] 因為它對他《荒原》的「創新有激勵的作用」。貝克特[33] 在 1928 年結識喬伊斯，後來還做過他的助手，負責整理《芬尼根的守靈夜》，還寫過有關喬伊斯的論文和《普魯斯特論》。他無論是作為小說家還是劇作家，又都受益於卡夫卡的寫作。紀德[34] 是個保守的作家，可他討厭羅曼・羅蘭的作品「沒有風格」，而對《追憶似水年華》在寫作中「非故事」的沒有主要情節的寫作大加讚賞，並在他最重要的作品《偽幣製造者》中也放棄了主要情節自始而終的故事結構。福克納在三十年代已經寫出了他一生最重要的作品，但在美國卻備受冷落，而在法國，卻有頗多知音。實在說，巴黎那個地方，一直以來就是世界藝術與反藝術的中心，從事戲劇、繪畫、文學、電影等藝術的作家、畫家、詩人、導演們，不在那兒得到認同與推廣，似乎你想走向世界，就是不可能的事情。無論你承認不承認，巴黎至今都是文學與藝術走向世界的一道門。在 20 世紀間，很長時間它還是唯一的一道門。20 世紀初，文學上的超現實主義和達達主義，都源於那個叫巴黎的地方。它們與之後文學上的各種

---

31 同前《喬伊斯傳》，第 595 頁，596 頁。

32 同上。

33 貝克特（1906-1989）：愛爾蘭小說家、劇作家、詩人，主要代表作為《莫菲》《瓦特》和著名荒誕劇作《等待戈多》、《劇終》等，1969 年獲得諾貝爾文學獎。

34 紀德（1869-1951）：法國二十世紀最重要的代表作家，代表作有《偽幣製造者》等，1947 年獲得諾貝爾文學獎。

主義，無論是誕生於它們，還是天才們的創造，回到文學的故事上，都是一種反故事。是舊故事的一種非故事。都是對小說中傳統故事的反動與再造，是一種摧毀與確立。

重複那句卡夫卡說的令人心痛的話：「巴爾扎克的拐杖上寫着我摧毀一切，而我的拐杖上寫着一切都在摧毀我。」然在今天看來，巴爾扎克確實摧毀了他那個時代，而卡夫卡卻又摧毀了巴爾扎克，摧毀了巴爾扎克的寫作。他和他的同代人以及後來者，普魯斯特、伍爾夫、喬伊斯、福克納、貝克特、尤涅斯庫[35] 等等等等的天才們，以創造性的寫作，摧毀了過去的文學，掀開了 20 世紀文學的新頁。與此同時，也是文學中的故事 —— 由故事走向了反故事或非故事，使小說由作家對故事的創作，變成了作家在敘述上的存在方式。

托萊多還在托萊多。

可今天的龐貝，卻無論如何不是原來那個龐貝了。

當故事在小說中發生了巨大的變化時，無論是消失後的新生，如意識流作家的寫作和卡夫卡的小說，以及後來 20 世紀文學中的各種探索與主義，還是對故事有着相當的繼承與改造，如福克納和後來美國文學的黃金期，及那所謂的拉美文學的「爆炸」，就故事的城堡言，也都是龐貝和托萊多的摧毀與繼承。但在 20 世紀的中國文學中，直

---

35 尤涅斯庫（1909–1994）：法國荒誕派劇作家，主要代表作有《禿頭歌女》《椅子》《不為錢的殺人者》《犀牛》等。

到今天，並沒有產生摧毀文學的文學和摧毀故事的非故事。借鑒與繼承，始終是中國文學的大河與大道。無論是 20 世紀二、三十年代中國現代文學的轟然到來，還是上世紀九十年代後，中國當代文學真正回歸文學的全面鋪陳與寫作，其中的借鑒，是中國文學的右腿，而繼承，也從來都是作家行走的左腳。我們的好處與壞處，是很少有左腳與右腳打架的事，很少為繼承多少、怎樣繼承發生文學上的過度爭執和討論。而在借鑒的道路上，倒是有過許多不快的討論和爭吵，好在很快也就「你好、我好」地一團和氣了。王蒙嘗試過意識流，這種純技法上的拿來，讓當代文學新奇、熱鬧了一些日子後，也就不覺得有甚麼了得、了不得。終歸他也沒有寫出一個「布魯姆」，沒寫出一部讓人着迷而又「多解」的作品來。這種「有方向、有目的」的意識法，也終歸不是中國讀者好消化的菜，終歸沒有在當代文學中留下帶有摧毀意義的經典來。八十年代末，浪捲興起的「先鋒」潮，有聲有色，恰逢其時，但很快就戛然而止了。這突然的中斷，自然與八九年的事件有關。似乎大勢所趨，人可奈何。但也與作家們的堅守、堅持力不無關係。這多少有點像法國興起的「新小說」，其聲浪震顫着整個世界的文壇，但卻沒有留下與那聲浪更為匹配的偉大傑作來。就今日去看那個「新」，是多少有些空城之感的。

「空城之感」—— 這正是中國當代文學今天在世界文學格局中讓人感到的無力和空泛。這種無力的空泛，回到城堡的意象上來說，就是我們在繼承上沒有托萊多，在創造的摧毀上，也還沒有新龐貝。而

我們自己又總覺得，回到傳統的遠道上，中國文學每一歷史時期的發達，其實都不是建立在完全意義的繼承上，而是在更多意義的創造與更新上。唐詩鼎盛，後人無路方才有宋詞。宋詞繁榮之後，後人無路也才有了元雜劇。當戲劇到了盛開盛放的春夏時，也才有了改弦更張的明清小說的文學之高峯。這一長河的路道，多少顯示了一個文學的暗徑，那就是一切的新興，都源於對過往努力的擺脫與創造。宋詞力圖擺脫着唐詩而宋詞，元雜劇力圖擺脫唐詩宋詞而雜劇。明清寫作力圖擺脫了繁盛的舞台而小說。現代文學的白話小說，是在力圖擺脫和摧毀文言文與古代文學方才高峯的。從這一脈路徑看，中國的文學與創造，始終是從力圖擺脫而開始創造的，而非完整意義的繼承與發展。

可在世界文學的舞台上，20 世紀之初的天才們，終於把 19 世紀偉大的文學之頁掀將過去了，到底開創了 20 世紀文學的新章頁。在今天，即便有無數的論家與讀者，更願意把情感傾注在 19 世紀的文學上，但也不得不說，20 世紀給我們留下了與 19 世紀一樣浩瀚、偉大但卻完全不一樣的經典和名著。不得不說，20 世紀的寫作經驗，帶着鮮明的對 19 世紀文學的摧毀性，而非繼承性。如此，就文學中的根本源頭 —— 故事言，20 世紀文學的創造，正是從這開始的，即：對 19 世紀故事法的反動性和對非故事的創造性。

而我們，也可能恰恰是輸在對故事的反動、創造和再造上。一百年來，無論何樣的原因，中國文學沒有從根本意義上完成對故事的反動與再造。沒有完成那個非故事的新故事。

於小說而言 —— 於小說中的故事言，「散文化」是中國當代小說在故事上最有繼承、也最有破壞之重建意義的一種寫作。由此最易讓我們想起的作家，自然是現代作家中的沈從文，當代已故作家汪曾祺。但這一脈寫作，其實更早就有着中國的古典筆記小說，有着陶淵明的《桃花源記》—— 為甚麼不把《桃花源記》當成小說去看呢？它的虛構性、它的想像性，它的文學意蘊的豐富性，不都更有着一種小說 —— 非故事的意味嗎？當我們把《桃花源記》當成陶淵明無意中給我們創造、留下的一部小說去看時，我們就發現，中國小說創造的豐富意義了。之後還有李漁的一些筆記和沈從文真正而明確的這脈小說之創作，雖不能說對故事有着摧毀、反動的意義，但確是讓我們小說故事的構成，變得更為豐富和多樣了。傳統故事中的戲劇性、衝突性，故事中人物中心地位論等，都因為這種故事的散文化，而使過度線式、鏈條的故事有了了更為橫向詩意的丰韻和多樣。

當然，從這個散文化的角度說，《邊城》可謂這方面的傑作。

汪曾祺之所以被我們不斷談及並討論，念念不忘如信徒手中始終抓到的佛珠，從故事的角度說，也正是因為這個散文化。《受戒》與《大淖記事》等二、三短篇，就讓他享受着諸多著作等身的小說家的榮譽和尊貴。這裏顯現與暗藏的一個道理是：所有的讀者對傳統意義上的小說故事，都有巨大而不自覺的厭煩感，而又對借鑒而非中國式的顛覆與摧毀性的小說故事，具有一種排斥性。既厭煩傳統之舊，又

排斥借鑒的現代之新。於是，自古至今，始終在文學的河道上，若隱若現、時有時無的散文化的非故事，就讓讀者珍惜之念念不忘了。

還應該說到當代作家賈平凹的寫作。賈的寫作在中國既享受着巨大的熱鬧與榮譽，也享受着人們並不深入去讀、去探討 —— 乃至爭論的寂寞與隔膜。在中國作家中，沒有哪個作家有賈平凹那樣的繼承性和對現實世俗生活的熱愛和描摹。很多時候，在他的作品裏，充滿着對現實場景照相般的描繪，而且這種描繪構成了他一生的寫作 —— 從八十年代的中短篇，到之後《秦腔》《古爐》與《老生》等，這其中充斥作品風格並成為小說實質的，正是他小說整體的散文化。故事中大量散落、連綴的散文式場景和同人物性格相聯繫的鮮明的細節，構成了賈平凹小說在接受中的兩個矛盾：一是故事在結構上的懶散；二是人物在性格上場景化的細節堆積。這就使得賈的小說，因為傳統而讀者甚多，因其散文化而使讀者常會將其當作現代、當代小說去讀時，又感到故事與人物的沉悶和臃腫。

一句話：散而長。

然在作家這一邊，每一個字與每一句話，他都覺得是恰如其分而非多餘的。這就是賈平凹的小說在閱讀上，給讀者留下的矛盾：因為故事明瞭使他有眾多的讀者；因為存在的過度散長和臃腫，人們並不真的是一字不落地品味和閱讀。從小說的現代性去考察賈的小說時，我們會有許多的不滿，比如結構，這個在 20 世紀文學中如此重要的問題，賈老師一般是不去考慮的。比如故事應該怎麼講，中國作家是只把它僅僅理解為人稱、視角和簡單的腔調的。還有文學的價值觀，

這個一說就俗、一說就會被人拉到政治上 —— 而非作家對現實與世界的認識 —— 的一個作家最基本的立足點,作家也是不去考慮的,躲之而唯恐不及的。我們在小說中,最熱衷和固守的,是兩大寫作的營陣和落腳:一是人物;二是故事中的現實場景 —— 不是現實的精神。這些問題,不僅是賈平凹老師的,也是我和許多作家的。是絕大多數中國作家的。而之所以在這兒我要以賈老師為例,是因為我們完全可以從另一個角度去看他的寫作。當從另一個角度去看他的寫作時,這一切的一切,都不是他的短板了,而是他的優長了。是他在繼承中的一種了不得的現代性。

即:散文化的創造。

又:散文化中小說故事的現代性。

由此,我們從賈的小說可以探討如下的問題:

一、散文化寫作,自古至今,因為閱讀的原因,我們從來沒有在長篇小說中完成過,而賈,是在這方面更努力、實踐的第一人。

二、在故事的層面上,沈從文和汪曾祺都是去故事化而散文化,這使得人物詩意、美好而或多或少的單薄了,但這一脈寫作到了賈平凹,人物在故事中變得更為豐富和複雜。

三、因為人物的豐富性,賈的寫作拓寬了這脈寫作故事的更多可能性。

四、沈和汪的散文化,都是建立在對過往的回憶與懷舊上,而賈,才真正完成了散文化寫作與當下、現實的結合與參與。

這第四點的參與與結合,其精神與成就,在賈的一邊尤為了不

得。因為這樣，賈的小說才有了現代和當下意義的可能。所以，我其實非常喜歡和讚賞賈的寫作，而唯一想從他小說尋找還未完全找到的，是他小說中作家本人的價值論。

現在，重新回到關於故事的摧毀性創造與繼承性的確立上來。在借鑒與繼承的結合上，當代文學完成得比較好的是《馬橋詞典》。《馬橋詞典》在散文化的繼承上，在結構與敘述的借鑒與創造上，都有非常多的可取與成就。倘若世界上沒有那部在 1984 年問世的《哈扎爾辭典》[36]，《馬橋詞典》的創造性意義將比今天豐富得多。當然，這兒沒有誰借鑒誰的意義，只說明在故事的結構與敘述上，創造的獨一無二的重要性和不可模仿性。

---- ● ----

總覺得我們的課講跑了題。勒馬回頭，正本清源，回到「非故事」上來。

《白象似的羣山》[37] 是一篇毫無故事的小說。它的非故事性，遠遠超過《邊城》《受戒》和《大淖記事》等的散文化。炎熱的夏天，在西班牙的巴塞羅那通往馬德里的一個火車小站上，一個美國男人和一個不懂西班牙語的姑娘，因為炎熱、百無聊賴，就在月台上喝着啤酒、飲料，開始東張西望和一句句似乎可有可無、而又不得不說的對話。對話的中心，是男的希望女的去做一個小手術，但又說得拐來繞

---

36 塞爾維亞作家米洛拉德·帕維奇（1929-2009）的小說代表作。

37 《海明威短篇小說全集》，上海譯文出版社，1996 年 10 月，翟象俊譯。

去，避重就輕，似乎生怕傷了姑娘的情感。而姑娘，也為這個手術做還是不做 —— 對手術的態度，似乎她是六分不做、四分可做，而那男的，是六分希望她去做了，四分不做也行。就是在這個態度分數的微差上，兩個人物感情糾纏，說來說去，欲言又止，止而又言 —— 一句話，就是這兩個人物在讓彼此猜心事。於是，沒完沒了的扯皮、說話和無聊的觀望，構成了這篇獨一無二、味道十足的小說。直到對話臨近結尾，男的說「我甚麼人都不要，只要你一個。隨便甚麼別人我都不要。再說，我知道手術是非常便當的。[38]」我們也才可以隱約地感到，他們始終閃閃躲躲討論的那個話題，可能（原來）是人流。並直到最後，「他（男主人翁）沒吭聲，只是望着車站那邊靠牆堆着的旅行包。包上貼着他們曾過夜的所有旅館的標籤。[39]」我們也才有可能猜測他們也許是一對未婚戀人，也許是一對偷情者，也還許，是一對新婚夫妻。總之，他們出門旅行，不停地更換賓館，發現女的有了身孕。於是，生活、情感都發生了複雜、微妙的變化。他們叫甚麼名字？甚麼職業？女的是哪個國籍？彼此年齡多大？長相怎樣？現在在這小站等車要去哪兒？所有的所有，都是被海明威省略的。

在這篇小說中，省略的比寫出來的更有意義和吸引力。這就是海明威作為小說家寫作的嫻熟和不凡。而比這省略更有意義的是小說中的非故事。是兩個人物的心理與情緒。在上一講「心緒：人物的內化與轉移」中，如果我們例用這篇《白象似的羣山》會更為恰切些，但

38 同上，第 311 頁。
39 同上，第 311 頁。

在「心緒」寫作中，卻不一定是排斥故事的，所以我們在那兒選用了故事性較強的《南極》。但在「非故事」的寫作中，則一定一定是排斥、反動故事的，把故事奔騰的講述變為散馬為風的敘述。而在這散馬為風的反故事與非故事的一點上，《白象似的羣山》則可謂完美與經典。人物只活動在時間的一個點上，情緒則因為彼此閃躲又不能不言而更為隱含和激烈。這是一篇極其特殊的情感心緒小說，本來是複雜、激烈的故事，被作家淡化到如水般淡泊和清澈，又如湖泊般隱含着深意。到最後，火車將來了，他們要走了，二人的情緒不得不暫時收起平復着。至於火車站遠方那「白象似的羣山」，象徵甚麼，意味了甚麼，其實都不重要。也許，那就是作家頭腦中意象的一閃而已。僅僅為了一篇小說的題目而已。而更為重要的，是我們在這篇小說中，感受到了 20 世紀寫作與 19 世紀乃至更早的 18、17 世紀及古代文學作品中，故事的消失和非故事的到來。這種非故事，無論是 20 世紀初作家們有意對傳統故事的反動，還是有意對故事的改造、轉移和摧毀，在 20 世紀的寫作中，已經完成和再生。但在這種對傳統故事摧毀性的寫作上，在當代中國文學中，是沒有完成的。或說是才剛剛開始的。因為我們在面對小說的故事時，從本質上說，我們既有繼承的寫作，也有借鑒的嘗試，唯獨沒有的，是完全屬於我們的面對故事的非故事的摧毀。

2016 年 6 月 1 日 於北京

第

四

講

敘述與結構

：

寫作中的新皇帝（上）

敍述與結構：寫作中的新皇帝（上）

討論小說的敍述與結構，我們不妨嘗試着從建築說起。

人類最早的建築是只談適用而不談美學的。石窟、窰洞、草屋、坯房，這一切都是以人類的生存實用為目的，審美完全不在其中，一如今天的一些鳥巢，在哪個房簷下棲息，和那房子的建築結構、造型好壞，一概沒有關係。但隨着人類生產力的發展，在以生存居住為目的的草屋與坯房出現後，開始有結構和審美出現了。舒適和美，成了建築學的兩大目的。土坯房是圓的好，還是方的坯房好？泥草房的房頂是讓它禿頂好還是起脊挑簷好？留窗的大小與形狀，不僅關係着實用的光線，還開始有了好看 —— 審美的要求。終於，回望人類建築史的時候，我們發現，最被我們人類津津樂道的，是那些在風格上獨一無二、並給後人提供了美學啟示意義的建築。

北京的遠郊有個延慶縣。延慶縣的遠郊 —— 深山懸崖之上有個「摩崖石窟」，是兩千多年前的原始部落居住區。在當時，人們為了躲避戰亂與洪水，就在人跡罕至的數百米高的石崖上，雕鑿而成了這些石屋居住區。按理，為了防禦和水災，這些石屋應該是寬敞、明亮就是了，但它不，在這石屋裏，在兩、三千年前的我們的祖先那兒，竟然那麼早就把這石屋雕鑿成我們今天的三室兩廳或三室一廳、兩室一廳的格局與結構，非常科學，非常有審美的意義。而且，客廳中有專

門開會的「會議區」，有我們今天說的餐廳吃飯區。門口有拴馬樁、馬槽和純粹為了審美的門前過樑和雕刻，廳與室裏都有根據方向、屋形刻鑿的窗戶和放燈使用的燈窯台。

這些摩崖石窟，在為了實用的當初，就伴隨着審美的存在。而這種有時和實用無關的形式主義上的審美，在今天看來，則更有建築學上的藝術價值。

世界上所有的教堂、教會堂、清真寺與寺廟和道觀，這類建築的目的，本是為了人類的心靈與魂靈而建而存的。但我們人類在建築過程中，一切為了神、為了靈魂的那些不朽的建築，卻無不是在建築審美的意義上，更為突出了形式主義，突出了形而上的意義。似乎，形式主義愈為突出，神才可以距我們人類最為接近一樣。這就形成了一個建築上的心靈（內容）與形式的悖論：凡是與宗教相關的建築，愈是高大華麗、空曠壯觀、講究形式主義，使這些建築超凡脫俗，成為俗世的反面，凡人的我們，才覺得在那極盡形式主義的建築之下，神和我們的心靈才可以融為一體，萬念歸一。我們的心靈才可以因為與神在一起，而得到最大的安寧。人類數千年的宗教建築史，證明了一條規律：美的本身，常要、乃至必須建立在獨一無二、超凡脫俗的形式上。沒有形式的存在，就沒有建築形式之美的存在。而且是愈為形式主義，就愈有美學的意義。愈要有建築生命不朽的力量，則形式主義就必須更為突出和鮮明。哥特式建築、巴洛克建築、高迪風格，中國故宮、柬埔寨的吳哥窟，泰國的東南亞寺廟和人類各民族最為自己

的文明自豪的民族建築羣，無不突出着本民族建築風格的極端的形式主義。甚至在許多時候，形式取代了內容本身，而成為了內容。成為了心靈，成為了靈魂的本身。

關於形式即內容的論斷 —— 全世界的教堂建築，是這方面最好的例證。就是時至今日，到了現代，香港、北京、東京、紐約、歐洲的大城小鎮，一切被我們談論並記住的建築，無不是形式主義的傑作。香港維多利亞港兩岸的房屋高樓，風格不一的建築羣，北京這些年被大家罵並讚賞的國家大劇院、「鳥巢」「水立方」和國貿 CBD 那兒的建築羣，一切的意義，在我們旅人看來，都是結構上的形式主義。形式主義的極端，就是審美內容上的極致。如此而言，我們發現當我們討論一切的地域、城市的地標性建築時，我們看到和討論的，都不是那建築內部的意義，而是那建築極端風格的形式主義。

那麼文學呢？

文學的敘述與結構，被人講爛了的「寫甚麼」和「怎麼寫」又是怎樣的一層關係呢？

一如母系社會是女性管理家庭與世界，父系社會，是男性管理、統治世界一樣，到了 20 世紀後，我們不得不說，在寫作的相當程度上，是「寫甚麼」讓位給了「怎麼寫」。這不能說是全面的替代與更換，但在整個世界文學的潮汐中，「怎麼寫」對「寫甚麼」權位的篡改與輪替，在許多時候和許多傑出的 20 世紀作家那兒，是地位互換、角色互移，主角、配角位置的爭論與爭奪，都到了鮮明之至的皇帝稱

臣、侍應為皇的境地。

換言之，就是形式與內容的主次之位元，成為了作家是左派還是右派的鮮明特徵，成為了現代與傳統、改新與保守，乃至是創造與固守的象徵和分水嶺。

────── ● ──────

1864 年，已經 43 歲的陀思妥耶夫斯基寫出了他那最有轉折意義的作品《地下室手記》。正是這部小說的出現，也才有了他以後的不朽傑作《罪與罰》《白癡》和《卡拉馬佐夫兄弟》等。也正是這部小說，給 20 世紀最偉大的天才予以最啟發的意義。

一個「地下室人」，總是那樣在喋喋不休地傾訴、檢討、爭論、思辨，甚至如阿 Q 那樣，為精神的細碎而苦惱、得意並又為這種得意而自鞭。在小說中，這個「地下室人」前後幾次把自己視為「蟲豸」── 一種無腳的蟲子。以「蟲豸」來應對人的生存，說明他作為「人」的境遇之糟糕。當他和他的僕人阿波隆發生了一些關於七個盧布的小摩擦時，他卻又為熟識他的女人麗莎撞見了他在這種摩擦的不雅而惱火、動怒、苦惱、發洩，並精神病人一樣，把一切的「自鞭的傾訴」都轉移到麗莎身上去。於是，如與前文對應一樣，「地下室人」又一次把自己視為了蟲豸：

── 你，只有你必須為這一切負責，因為你碰上了，因為我是混蛋，因為我是世界上的一切蟲豸中最骯髒、最可笑、最渺小、最愚蠢、最

貪婪的蟲豸；而那些蟲豸也絲毫不比我好些，但鬼知道牠們為甚麼從來不知道難為情；而我卻一輩子要為一切虱子慪氣 —— 這就是我的命運。[40]

　　我們無從知道，卡夫卡在讀到「地下室人」反復把自己視為蟲豸、蟻蛭時，腦海中浮現了甚麼。但我們可以清晰地看到，陀思妥耶夫斯基的寫作，為 20 世紀天翻地覆的文學改變，做了怎樣的鋪墊。我們無從知道，卡夫卡在《地下室手記》中讀到人與蟲豸與蟻蛭的關係時，是否會如馬爾克斯在他大學宿舍的夜燈下，如看到他的《變形記》一樣徹悟與驚呼，「原來小說是可以這樣寫的呀，他娘的，我姥姥不也這樣講故事的嗎？[41]」這兒說的「不也這樣講故事的嗎？」當然是說講故事的方法，而非講故事的內容。在馬爾克斯的寫作中，有三個作家的三本書，對他有着真正天悟頓開的意義。第一，就是卡夫卡的《變形記》，第二，是胡安・魯爾福[42]的《佩德羅・巴拉莫》，第三是格雷厄姆・格林[43]的《權力與榮耀》。這三位作家的三本書，第一本告訴他 ——「世界上的故事是可以用這種方法去講的。」第二本告訴他 ——「寫我的書需要去尋找的道路。」即：我們拉美的小說是應該用這樣的方法去寫的。第三本書，才告訴了他，當我們有了自己的寫作方法，「我」應該去寫甚麼 —— 怎樣「探索熱帶的奧秘」。自半個世紀之前，拉美文學以爆炸之勢，轟然覆蓋了整個上世紀六、七十年

---

40 （俄）陀思妥耶夫斯基，《地下室手記》，生活・讀書・新知三聯書店，2014 年，伊信譯，第 180 頁。

41 （哥倫比亞）馬爾克斯 / 門多薩，《番石榴飄香》，三聯書店，1987 年，第 70 頁，林一安譯。

42 胡安・魯爾福（1917–1986）：墨西哥著名作家，主要作品為《佩德羅・巴拉莫》和短篇小說集《燃燒的原野》。

43 格雷厄姆・格林（1904–1991）：英國著名小說家，代表作有《權力與榮耀》《布萊頓棒糖》等。

代後的整個世界文壇後，直到今天，我們才可以冷靜地去看待這種驚呼與覆蓋的力量，並不僅是他們 —— 那一大羣的偉大作家給我們呈現了怎樣不一樣的現實和歷史，不一樣的人物、人情與人性，更是那完全不一樣的呈現的方法。當艾略特說《尤利西斯》「已經給十九世紀（的文學）送了終時」；當他從喬伊斯的寫作中得到鼓勵寫出他的傑作《荒原》時；當《追憶似水年華》被意識到是在文學上「實現了一場逆向的哥白尼式革命」時；當伍爾夫說出「生活是一圈光輪，一隻半透明的外殼，我們的意識自始至終被它包圍着⋯⋯將它表現出來 —— 這不豈正是一個小說家的任務嗎？」當福克納寫出《喧嘩與騷動》，運用了「時序顛倒」「對位元式結構」和「象徵隱喻」的手段時；當貝克特、尤涅斯庫和亞瑟·阿達莫夫[44]把巴黎乃至整個歐洲的戲劇舞台攪得天翻地覆時；當「新小說」的羅伯－格里耶、克洛德·西蒙登上世界文學的台面時，及後來的美國文學、拉美文學橫世昌盛時，其實這一切的一切，都不是因為他們如 19 世紀的作家們，使我們發現了新的現實和這個現實中更為不一樣的人性的複雜與深刻 —— 如喬伊斯並沒有像《戰爭與和平》一樣，使我們「對於人性獲得了新的認識」。上述的作家們，誰都沒有、也不可能超越了托爾斯泰的這一點。然而，在今天看來，更為重要的，不是他們超越不超越，而是他們並不認同文學必須永遠停留在這一點。所以，他們也並不真正着力於這一點。他們更着力的是不一樣的寫作之方法。他們都以自己對

---

44 亞瑟·阿達莫夫（1908–1970）：法國荒誕派戲劇的奠基人之一，主要代表作有《侵犯》《塔拉納教授》《彈子球武器》等。

文學不同的見識，從不同的方法上，走向文學創造的新起點 ── 一個新的開始和高度。就是說，在 20 世紀的文學中，他們更在意的是他們怎樣朝那個方向走去的路，而不是路道那頭的目標與目的。這就使得 20 世紀的文學，因為他們，因為和他們一樣更多的作家和作品，在方法上發生了顛覆性的革命，而非在內容上，完成了革命性的顛覆。於是，這多在方法上的顛覆性革命，從形式上去說，在敘述與結構的層面，則表現得最為突出與成就斐然。

· ──── · ────

我理解，所謂敘述，是作家面對故事的態度、立場與策略。他的筆，他的口，他的內心。敘述是作家面對故事時自己的形象。而結構，則是作家賦予故事本身的構成與聯繫。是作家賦予故事本身的形象。是故事面對讀者的構成。是故事構築之本身。作家坐在那兒開始寫作時，他的面前空無一人，但那一杯紅酒、一杯綠茶、一杯咖啡或一杯白開水，或者是放在身邊的煙和煙灰缸，那就是他的讀者或聽眾。是他最潛在的、最熟悉的讀者與觀眾。於是，他的敘述開始了。而完成這種敘述的不光是在傳統中業已形成的文字、語言和句式，也還有自古至今，所有作家都追求的節奏感、韻律感或者百里難求的「唱腔」式的詩意感，如此等等，構成了 19 世紀作家的那個「講」，即傳統的敘述。但到了 20 世紀，這個「講」，變得豐富了，不再一樣了，甚至有着顛覆意義了。於是，這個新的「講」，成為了現代的敘述。成了我們今天所說的真正意義的敘述。而在我們今天所說的敘述

中，作家在故事面前的形象是極其重要的，而不是福樓拜說的作家的「隱退」。作家在「講故事」中的態度、立場及其講述的策略，都非常鮮明地在故事面前表現出來 —— 講述中的那個作家，通過對故事的講述，就站在故事和你 —— 讀者的面前。

我們現在來看那 20 世紀那十餘年美國小說的噴發與狂躁。無論人們說他們是「垮掉的一代」，還是「黑色幽默」等，但有一個共同的特點，就是作家在敍述上的態度與立場，決不模糊，決不躲避。作家就是要站在寫作的台前，通過敍述，不僅完成故事與人物，同時也完成在講述中作家本人的塑造。乃至於在小說的開始，就呈現着對作家形象的塑造和完成。

　　舌尖向上，分三步，從上顎往下輕輕落在牙齒上。洛。麗。塔。[45]

這一句話到底是一個鰥夫的自白，還是作家態度的宣言？我們從中看到的是人物，還是作家？抑或二者兼而有言之。但無論如何，我們從這兒開始，就已經看到了那個在講述中的納博科夫。看到了一種與以往不一樣的作家的敍述 —— 在 19 世紀少有的敍述；有了也難以成為主流的敍述。這個敍述的態度、立場與淫漫、乃至有着一種猥褻感的節奏，始終以「洛麗塔，我生命之光，我慾念之火。我的罪惡，我的靈魂[46]」的剖白之坦言，彌漫在全書之中，書寫着一種與往日不一樣的敍述。於是，浮現在讀者心上與眼前的，不僅是內容中的故事、

---

45 （美）納博科夫，《洛麗塔》，時代文藝出版社，1997 年，第 5 頁，于曉丹，廖世奇譯。
46 同上。

人物與情節，不僅是那個叫洛麗塔和亨伯特們一幹人，同時還有這個被加強了的作家敘述的態度，乃至於很多時候，這個敘述的態度，要比人物與情節，更凸現在我們眼前。與其說當年美國把《洛麗塔》作為禁書禁止出版時，與其說禁止的是它的「淫誨」的故事，倒不如說是禁止一個作家面對這個故事那邪念直白、讚美淫慾的態度。與其說這部小說在讀者中的成功，是來自內容上的無忌，倒不如說是作家在敘述態度上的無羈。

·

現在，我們來看看馮內古特的《冠軍早餐》[47]。

冠軍早餐衫　　屁眼　　國旗　　金字塔

灯塔　　陰陽圖　　重要日期　　墓碑

47　馮內古特（1922-2007）的代表作，譯林出版社，2007年，董樂山譯。

《冠軍早餐》這部中文也就 15 萬字的小說，無論作家用怎樣不一樣的文字講述，而首先擊打在讀者眼睛上如蜂蜇般刺目的，都是作者自繪的一百一十多幅小說的插圖。這幾乎每頁都有的作家自繪圖，完全破壞了往日小說的講述規則，構成了一種嶄新的敘述秩序。在這個新的敘述中，沒有好壞，沒有成敗，只有新的、現代的敘述構成。它是《冠軍早餐》的，也是馮內古特的，更是 20 世紀美國文學的。加之故事本身的想像與力量，其對傳統文學敘述的衝擊，可謂拳擊手面對堵在眼前的陳木朽窗。而對後來同仁和讀者在敘述上的建議與警示，也遠大於故事本身對純粹的讀者的引導與提醒。

那個德克薩斯人尤索林[48]，逃避戰爭、逃避國家、逃避責任，躲在醫院裏沒病裝病，小病大養，而又同時吃喝玩樂，行止無羈而荒誕。這是一個典型的文學人物，放在 19 世紀的文學畫廊中，作家會因為這個人物的獨一無二而偉大。但是到了 20 世紀，到了那個世紀的中葉，這個人物的意義還在，但更重要的已經是面對這個人物作家的敘述態度和並由這種態度改變而確立的敘述方式的呈現。於是，「黑色幽默」的意義，超越了人物和故事，超越了傳統小說建立的「內容為王」的一切。而這個所謂「黑色幽默」的旗派，立場與指向，其實都源一種新的敘述與敘述的態度。索爾·貝婁[49]，托馬斯·品欽[50]，約

---

48 《第二十二條軍規》中的主人翁。

49 索爾·貝婁（1915-2005）：美國「黑色幽默」的重要作家，作品三獲國家圖書獎，一獲普利策獎，並於 1976 年因「對當代文學富於人性的理解和精妙的分析」獲諾貝爾文學獎。

50 托馬斯·品欽（1937-）：美國後現代主義代表作家，主要作品為《V》《萬有引力之虹》等。

翰‧巴思[51] 等，其文學的意義，都決然不可忽略他們個人面對故事講述的立場與態度。不可忽略他們站在故事面前時 ── 不是故事的背後 ── 所呈現的鮮明的敘述態度與作家的面相 ── 這種從態度、立場出發的、完全要在故事中釋放出來的作家的文學觀和世界觀，正是一種對 19 世紀文學敘述的逆叛。是一種「哥白尼式的敘述革命」，一種完全建立在敘述意義上的文學，而非如 19 世紀巴爾扎克樣建立在世事經驗與人物內容上的敘述。在他們，敘述的革命是首要的，因之帶來的內容上的反動，是敘述完成的必然。反言之，因為內容上的顛覆性反動，而導致在現代敘述中的顛覆性革命，無論誰先誰後，誰因誰果，兼或同時產生，並舉進行，而最終呈現的，都不僅是內容的意義，而更有敘述本身的更為重要的意義。無論是寫完小說七年後的 1957 年才得以出版的凱魯亞克的《在路上》，還是在法國出版 27 年後的 1961 年，才在本國得以出版的亨利‧米勒的《北回歸線》，以及在 1955 年，一經朗誦，就驚傳於世的金斯堡那真正具有翻天鬧地的顛覆性的《嚎叫》，這些作品中作家的敘述形象，都再一再二地表明着敘述不僅是為了內容本身，更是為了敘述的本身。

　　他是全世界最棒的停車場工作人員，他能以每小時四十邁的速度把車子退到一個狹窄的車位，在牆腳前停穩，跳出車子，在防護板中間飛奔，跳進另一輛車子，在狹小的空間以每小時五十邁的速度轉個圈子，迅

---

51 約翰‧巴思，(1930–)：美國後現代主義作家。

速地倒退到車位，猛地拉下緊急剎車，他下車時你看到汽車還抖了幾下；然後他像田徑明星似的向售票室衝刺，交掉一張票，一輛汽車剛到，車主人還沒有下車，他就從主人身體下面鑽了進去，車門還沒有關好，他就發動了引擎，轟鳴着開到下一個可用的車位，劃了一道弧線，砰的一聲就位，剎車，下車，奔跑；每晚不停地這樣工作八小時，傍晚下班交通擁擠時間和晚上劇院散場交通擁擠時間，穿着油膩的粗布褲子，磨損的毛皮夾克和走路時啪嗒啪嗒直響的破鞋。[52]

我一文不名，窮途末路。我是活着的人當中最快活的一個。一年半載以前，我自認為是藝術家。現在我再也不想我是甚麼了。凡是文學的東西皆遠我而去。再也無書可寫了，感謝上帝。

這算甚麼？這不是書。這是造謠中傷，人格誹謗。就一般詞意而言，這不是書。不，這是添油加醋的侮辱，劈臉啐向藝術的一口痰，踹向上帝、人類、時間、愛情、美麗（隨你說吧）……褲襠裏的一腳。……[53]

他們在高架鐵軌下對上蒼袒露真情，發現穆罕默德的天使們在燈火通明的住宅屋頂上搖搖欲墜，他們睜着閃亮的冷眼進出大學，在研究戰爭的學者羣中幻遇阿肯色和布萊克啟示的悲劇，他們被逐出學院因為瘋狂因為在骷髏般的窗玻璃上發表猥褻的頌詩，他們套着短褲蜷縮在沒有剃鬚的房間，焚燒紙幣於廢紙簍中隔牆傾聽恐怖之聲，他們返回紐約帶着成捆的

52（美）傑克·凱魯亞克，《在路上》，上海譯文出版社，2006年10月，王永年譯，第9、10頁。
53（美）亨利·米勒，《北回歸線》，河南人民出版社，1993年12月，真智超譯，第1-2頁。

大麻穿越拉雷多裸着恥毛被逮住，他們在塗抹香粉的旅館吞火要麼去「樂園幽徑」飲松油，或死，或夜復一夜地作賤自己的軀體，用夢幻，用毒品，用清醒的惡夢，用酒精和陽具和數不清的睪丸[54]

　　我們讀這樣的（因翻譯？）韻味相似的文字、詩句，首先驚異的不是內容的黑白紅黃，而是突兀而來、鮮明而立的站在我們面前的作家 —— 作家那種截然相異於傳統與世俗的敘述。於是，我們發現，敘述的第一任務，不一定是為了敘述的對象，而是為了敘述的本身。一如一對癲狂的少男少女在大街的裸奔，一定不要以為他們是為了那些大街上的人，他或她僅僅是為了他（她）自己。他們在大街上跑着，吸引了無數的目光，但他們的眼裏，卻沒有任何街上的人，而只有他（她）自己全裸、半裸的奔跑。

　　這就是 20 世紀的一種現代性敘述 —— 它們不一定或不僅僅是為了內容、故事的呈現。但一定是要為着敘述本身的意義。然也必須要知道，那些全裸、半裸跑着的人，雖然目不斜視，心裏只有他自己（的文學），但他們是清楚地知道大街上的人們一定是都在看着他們的。就是這樣，在過去，小說中的故事、人物、情節與細節才是那文學家族中最重要的成員，而敘述，僅是呈現那些成員的方法。而今，情況不再一樣了。這講述、呈現的現代之法 —— 敘述 —— 被敘述者在對故事的講述中塑造的那個作家的身影，成了文學的本身，成為了

54　李斯編，《嚎叫》作品附錄，《垮掉的一代》（下卷），海南出版社，1996 年 10 月，第 291 頁。

許多時候比人物、情節、細節、思想更為重要的內容。

⋯⋯⋯ ● ⋯⋯⋯

　　他的動作的每一個細節都遵循着多年來的規律 ── 這一次它們沒有受到人的意願動搖不定的影響。每一秒鐘一個單純的動作：往側面移一步，把椅子擺在離三十公分的地方，用揩布抹三下，朝右轉半身，再向前走兩步。每一秒鐘都留下標誌，既完整，又勻稱，毫無瑕疵。三十一，三十二，三十三，三十四，三十五，三十六，三十七。每一秒鐘安排得絲毫不差。[55]

　　他（瓦拉斯）四面看着、聽着、觸摸着；不斷更新的接觸使他產生一種時間之流連續不斷的舒服的感覺。他跟隨着自己走過的路程中那連貫的線條，大步前行或繞道而行；構成這線條的不是一連串荒唐的景象，彼此之間毫無聯繫，而是像一條平滑整齊的帶子，每一件事都能夠立刻織入帶子的緯線中，哪怕是屬於很偶然發生的事，甚至是看起來荒誕不經、來勢洶洶、時日顛倒、或是迷惑騙人的事。[56]

　　這是《橡皮》中最典型的一段段隨處可見、俯拾皆是的成為敘述的描寫，它有甚麼意義？於人物、於現實、於人的境遇與內心，都沒有最直接的關聯和聯繫。甚至說，回到內容上講，它就是一段意義模糊可以刪略的描寫之在，甚至是我們強調的內容之瘤，不割除既是無

害，也必就多餘。然在 19 世紀的寫作中，對讀者而言，多餘就必然有害，有害就必得刪除。否則，讓讀者來判斷出那一段、一頁、數頁和四處散落在故事中如秋葉覆地的多餘，相遇善良、溫和並有耐性的讀者，他就會跳躍式地翻閱，而非真正的閱讀。但若相遇果斷和更為智識的讀者，自然會將其整部小說收之高閣，隨手一扔。然而，我們說的文學的時段，卻是已經來到了 20 世紀。20 世紀上半葉流派與主義的腳步和旗幟，正如普魯士的軍隊進駐巴黎一樣。這個世界文學經久不衰的都城，在那個時候，大街上每每隨意走着的任何一個人，可能就是你心儀已久的作家、藝術家、畫家或者哲學家。塞納河的欄桿上，那個抽着煙、百無聊賴地看着流水、遊船的大鬍子或者戴禮帽的人，可能就是喬伊斯、紀德或者專為文學重換大王旗而專業製作、更換旗幟的推手或偉大的裁縫。那時候，每一個巴黎街角的咖啡館，似乎都曾經出現過薩特和波伏娃的身影。每一個酒吧和甜點店裏，可能都被畢加索舉杯和出入。年輕的馬爾克斯，在街上橫跨馬路時，一抬頭看見海明威正從眼前走過去，大叫了一聲「大師！」，海明威就像沒有聽見一樣。於是後者不得不無趣地停下腳步，茫然地站在巴黎的大街上。在這樣的環境裏，在這樣一個時段的文學河流上，羅伯 – 格里耶 [57]、娜塔莉·薩洛特 [58] 和克勞德·西蒙 [59] 的寫作，怎麼能沒有意義

---

57 羅伯 – 格里耶（1922-2008）：法國「新小說」代表作家，主要作品有《橡皮》《在迷宮中》。

58 娜塔莉·薩洛特（1900-1999）：「新小說」代表作家，主要作品有《馬爾特羅》《天象儀》《金果》等。

59 克勞德·西蒙（1913-2005）：法國「新小說」代表作家，主要作品有《弗蘭德公路》《農事詩》等，1985 年獲諾貝爾文學獎。

呢？他們小說的敘述，本就不是為了甚麼 19 世紀的內容、故事、人物等。他們是為了反動 19 世紀的老派寫作才寫作，強調虛實交錯，對物的世界進行純客觀的描繪。一句話，他們的寫作，是為了「文學」之本身，為了敘述之本身，而非為了傳統故事中的人物之意義。把上邊我們引用的《橡皮》的文字放回到 20 世紀小說的敘述中 —— 而不是我們一味說的文學的內容上，這文字就不僅不是內容的癥瘤，而且就是內容的本身了。

敘述是為了敘述，而非（不一定）為了往日的故事內容之意義。僕人的生命過程，並不比主人的生命意義遜色和弱減 —— 讓往日敘述的僕人，不再做內容的奴隸，解放它們，賦予其權力與主人的地位。這就是敘述的意義。這就是面對敘述作家的態度、立場與敘述的策略。是作家在故事面前所塑造、呈現的那個他自己。

在敘述中只講人稱是老派的、傳統的，那麼敘述的視角到了哪兒去？平視、仰視、俯視的意義到了哪裏去？托爾斯泰在小說中和上帝一樣看着世界和他的人物們；陀思妥耶夫斯基在小說中身臨其境，仰視尊重着他筆下的每一個卑微的人。到了卡夫卡，作家自己成了「一切都可以摧毀我」的被摧毀的卑微者。「今天，媽媽死了。也許是昨天，我不知道。我收到養老院的一封電報，說：『母死。明日葬。專此通知。』這說明不了甚麼。可能是昨天死的。[60]」這簡如骨骼的文字，

60　引自阿爾貝・加繆（1913–1960）的小說《局外人》開篇。

冷如寒風的態度，讀來讓人感到作家是被冰封般的冷敘述，既無所謂仰視，也無所謂平視，更無所謂俯視的寫作。那麼《局外人》中還有作家敘述的視角存在嗎？有，當然有。這個「視」，沒有視的角度，只有距離的打量。沒有敘述的溫度，只有敘述的寒涼。可寒涼又何嘗不是一種溫度呢？距離又何嘗不是一種「視」的態度和方法呢？

親愛的上帝：

我十四歲了。我一直是個好姑娘。也許你能給我一點兒啟示，讓我知道自己出了甚麼事兒啦。

去年春天，小路西歐斯[61] 出世以後，我聽到他們在嘮嘮叨叨的。他[62] 拉着她[63] 的胳膊。她說：別太急嘛，方索，我身體不好。後來，他放開了她。過了一個禮拜，他又拉着她的胳膊。她說：不行，我不幹，你沒看到，我已經半條命了嗎？這些孩子的事也全都得我管！[64]

美國文學，也並非都是我們說的噴發、張狂與逆反。在那個黃金期的之前和之後，敘述的豐富性，遠大於我們所知的情況。然而，是那個上世紀五、六十年代的寫作，讓我們更清晰地看到了敘述本身的意義。而這個意義，影響着整個後來的美國文學，互動並影響着整個世界文學。時間來到 1982 年，黑人作家愛麗絲·沃克出版了她的《紫

---

61 此段引文出自美國作家愛麗絲·沃克的著名小說《紫色》（北京十月文藝出版社，1987 年 9 月，楊仁敬譯）開篇，小路西歐斯為寫信者西莉的弟弟。

62 指西莉的繼父方索。

63 指西莉的媽媽。

64 （美）愛麗絲·沃克，《紫色》，北京十月文藝出版社，1987 年 9 月，楊仁敬譯。

色》，它的意義不僅是在美國斬獲三大獎項，引起少有的巨大反響，在我看來，就寫作本身言，就講述、敘述言，其作家敘述的途徑，是通過十四歲的黑人姑娘西莉不斷地向上帝寫信傾訴，給上帝講述她的故事與命運。就這個向上帝寫信講述的方法 ── 敘述本身的路徑，和故事一樣打動並震撼着我們，使敘述的本身，也成為《紫色》這部小說內容更重要的組成，而不僅是這部小說的故事與內容。

───── ● ─────

關於敘述，我們已經說得非常多了，總括起來也就是，在 20 世紀寫作中，故事與內容並非作家的首要思考。如何去呈現這故事與內容的思考，在許多時候、許多作家那兒，這呈現的方法 ── 敘述，有時比內容本身更重要。甚至它就是文學之本身，內容之本身。20 世紀到來的轟隆多變的一場又一場的文學革命，無不是從敘述的革命開始的。作家 ── 那個原來的講故事的人，他不僅要講述故事，他還要通過故事的講述來講述、塑造他自己，使之從故事的背後，站到故事的前台來，讓讀者首先看到、感受的是他（她）── 敘述者；之後，再去接受、感受他（她）的故事和內容。

或者說，敘述者的形象和故事的形象是同步到來的。當你感受到敘述者的形象時，故事內容的形象已經在你面前展開了。當你感到內容的形象時，敘述者的形象已經在你面前嶄新、豐滿了。這一點，金斯堡的《嚎叫》尤為突出。它是詩，它也是燒毀詩的火。它是人、事和精神，也是人、事和人的慌亂、狂躁精神「敘述」（朗誦）者的典

例。在金斯堡的《嚎叫》中，把敘述是作家面對內容的態度、立場和策略 —— 對作家自己的呈現，體現得尤為鮮明和突出。當然，也包括上述我們提到所有的作家和作品，都是把敘述從奴僕地位推向皇位的成功之傑作，可惜它們都為長篇小說，大家在這兒，不妨還是閱讀《嚎叫》這部敘述（朗誦）—— 關於首先塑造、呈現了敘述者的敘述之詩吧。

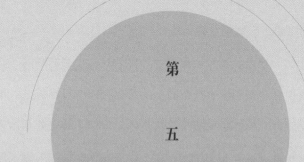

第
五
講

敍述與結構

：

寫作中的新皇帝（下）

敍述與結構：寫作中的新皇帝（下）

中國的八卦陣是世界上非常有名的迷序佈局。古代戰爭中利用八卦陣來佈局兩軍對壘，如果對方無法破解八卦陣的迷勢，戰爭就必然失敗，兵不血刃。《三國演義》裏，諸葛亮利用八卦陣以少勝多，以弱勝強，從而扭轉了整個戰爭的局勢。

八卦陣中說的佈局，多少相似於我們今天說的小說的結構。如果你可以到中國現在的某些旅遊景點去，就可以看到今日模仿古人和兵書上用磚塊、竹稈、棍棒編排起來的八卦陣。這個八卦之陣是為了遊客，為了讓人走進去迷亂而無法走出來，從而贏得愉悅和人流。但也必須得承認，在這贗製的八卦陣中，我們從不同的入口走進去，一定走的是不同的方向、不同的路徑，看到不同的風光，並獲得強弱不一的不同的感受。

敍述與結構也正是如此。當同一個故事擺在不同的作家面前時，對於有才華並富於創造的作家言，他們寫出的故事一定不是一樣的，給讀者帶來的感受，也一定是千差萬別的。但對於平庸的作家言，其結果就大同小異了。

敍述與結構，是作家創造才華的跳跳板，每一個踏上去的作家，其跳姿和高度都一定不一樣，落下時給觀眾帶來的驚豔、訝異和庸常之態也是絕然不同的。我們說：敍述是作家面對故事的態度、立場與

策略。那麼，結構則是作家賦予故事本身的構成與策略。這是我個人的理解，並非教科書上的共識。就是說，敘述是在故事的講述中展現包括作家自己在內的人（人物）的形象——尤其是作家自身的形象；而結構，則是主要展現故事本身的形象。敘述是怎麼去講述故事的，結構是怎麼去構成與展現故事的。敘述是怎樣講，結構是被講的故事的內在與外在——是故事的組成與佈局。這佈局，一如陣勢中的不同路徑讓你看到的不同風光一樣，從而使讀者獲得不一樣的感受和思考。

我們沒有能力破解諸葛亮令人迷亂的八卦陣，但我們可以嘗試着來說清一些文學結構、佈局間的事。

········ ● ········

一、外結構

我在《百年寫作十二講：閻連科的文學講堂》十九世紀卷中曾經說過，1809 年歌德出版了他的長篇《親和力》。這部小說一經問世，就波瀾壯闊、洶湧澎拜。用歌德的朋友給他寫的信來形容：「我從來沒有聽人談起甚麼像談您這部小說一樣的感情激動，一樣的恐懼不安，一樣的愚蠢荒謬。書店門前也從來沒有見過這麼熱鬧擁擠，那情形簡直就跟災荒年的麭包鋪一樣……[65]」由此，我們可以想像《親和力》在讀者中所造成的影響是怎樣的近乎山呼海嘯的驚狂和爭論。之所以有這麼巨大的影響，當然是因為它的內容。但我們在這兒要說的，是不

---

[65]《親和力》譯者楊武能的譯本序，人民文學出版社，1991 年 11 月。

被讀者談及的《親和力》的故事的「外結構」。

在《親和力》這部長篇小說中，人們談起它的故事時，都會想到歌德為了講好這個故事，在講述中均勻穿插進去的附言、便條、日記、來信和如短篇小說一樣的「故事」。這種穿插，在當時看來，只是為了講述的便利，閱讀的調節和故事真實感的證明。但在今天看來，那譯為中文本就不長的 18 萬字中，6 封來信，6 篇日記摘抄，1 篇近 6 千字的完整的短篇故事和女校長與男助理在來信中的附言與便條，這 14 個鑲嵌在故事中的講述的「附件」，它已經構成了建築故事的多元材料，一如今天磚石建築中澆灌在牆壁間的鋼筋水泥柱子一樣，它不僅調節着講述的節奏、閱讀的感受和真實的證據，同時，也還正有着被我們忽略的小說「外結構」的意義。

我們說的外結構，是指故事框架的組成。歌德當然可以在這個故事中不用這些鑲嵌其中、分佈均勻的情節的「附件」，他可以完全如《少年維特之煩惱》一樣一氣呵成，一筆而述。但是，與那個純粹一味的作家之講去比較，二者給讀者帶去的閱讀之感，卻是完全不同的結果。這和中國早期鄉村質樸的房屋一樣，雖然是一種地域材料的土坯建築，但房子關鍵處的柱子，卻全部是磚柱和水泥組成。如此，這房屋的結構就發生了變化，品質與美感，也因為這些不同而完全的不再一樣了。這些鑲嵌、分佈在土坯泥牆間的磚石立柱與水泥鋼筋，表面看，沒有改變房屋內部的格局與變化，但這種外結構的變化，卻毫無疑問在影響着房屋建築的品質和主人 —— 居住者 —— 小說中人物的內心

與情緒，這就使得小說從外而言，其結構是形式的、外在的，但卻一定多多少少都在影響着內容 ── 故事的內部與人物的推進與變化。

當把《親和力》這部小說的外在形式納入小說的結構去研究時，我們正可以看到小說的某種結構 ── 比如「外結構」── 的早期的雛形與種子。沿着這條閱讀的路線，向前走我們能看到 18 世紀的奧斯丁 [66] 在《傲慢與偏見》中不斷鑲嵌使用人物來往的信件，艾米麗·勃朗特 [67] 在《呼嘯山莊》中不僅頻繁引用書信和別的「非小說」的文字，而且還把人物的內心活動用另外的文字標出來，如此這般，往後走到 19 世紀，就有更多類似這樣外結構的作品了，如司湯達 [68] 在《紅與黑》中 40 多章的寫作中，前 41 章的每一章的開始，都有題詞或引用一句別人的話；如馬克·吐溫 [69] 喜歡在小說中鑲嵌新聞稿。如此等等，到了 20 世紀，這種外結構就是非常、非常普通的事情了。比如海因里希·伯爾 [70] 在他的《喪失了名譽的卡塔琳娜·勃羅姆》中就完全使用報紙的通訊等，而發展至美國作家多斯·帕索斯 [71] 1988 年在中國內地翻譯出版的《美國》三部曲 ──《北緯四十二度》（1930）、《一九一九年》（1932）和《賺大錢》（1936），再來到所謂的結構現實主義大師、秘魯作家巴爾加斯·略薩這，我們很容易就可以發現，他的《綠房子》

---

66 簡·奧斯丁（1775–1817）：英國作家，主要作品有《傲慢與偏見》《理智與情感》等。

67 艾米麗·勃朗特（1818–1848）：英國作家，勃朗特姐妹中的妹妹。

68 司湯達（1783–1842）：法國作家，主要代表作為《紅與黑》《巴馬修道院》等。

69 馬克·吐溫（1835–1910）：美國作家，主要代表作有《哈克貝利·費恩歷險記》《湯姆·索亞歷險記》等。

70 海因里希·伯爾（1917–1985）：前西德作家，主要作品中還有《小丑》等，1972 年獲得諾貝爾文學獎。

71 多斯·帕索斯（1896–1970）：是美國二十年代成名的重要作家，其代表作《美國》，其在寫作方法上的「攝影法」「新聞短片」和「人物小傳」的結合、雜糅，被稱為是「文獻現實主義」。

在結構上使用的「連通器法」,《酒吧長談》則是「對話波」,《胡莉婭姨媽與作家》則為「分章敘述和章節穿插法」。之後的《世界末日之戰》《狂人瑪伊塔》《情愛筆記》等,在小說的結構形式上,都有鮮明的不同。所以,研究者稱他為結構大師,「結構革命的急先鋒」。

在這兒,我們以其中國讀者更熟悉的略薩的《潘達雷昂上尉與勞軍女郎》為例,可以非常清楚地看到小說的外部形式是如何轉化小說本身的敘述結構的 ── 我們說的被敘述為文字表現的外形式的外結構。在帕索斯的《美國》三部曲中,且不說這浩瀚的小說的內容是甚麼,但作家在表現這些內容時,大面積地使用了剪報、廣告和政府檔等帶着實證價值的「材料」穿插、夾雜、拼貼在敘述中,使《美國》這部三部曲的小說,從形式言,看起來真實、立體、全方位。而到了《潘達雷昂上尉與勞軍女郎》,這種外在形式的立體、全方位、實證性,已經完全不再是穿插的敘述,而是敘述的全面、整體和覆蓋,是外結構成為結構本身(非形式)、敘述本身,沒有它們,就沒有內容的存在,沒有故事的存在。作家在故事中的講述 ── 如歌德在《親和力》中那樣 ── 變得次要、輔助、補充,而這種形式本身的外結構,才成為講述的主幹與故事之本相,成為作家敘述的內在態度與策略。電話、對話、夢境和時空交錯而內容相連或一致的答問和說明,還有官方文件、行政指示、下級向上級的報告材料、上級向下級的文字命令與指導函件、報紙剪貼、廣播電台的廣播稿,但凡在現實中能夠出現的小說敘述以外的敘述材料,都成為這部小說敘述的結構主件,被

作家組織、構成在敘述的故事裏，成為這部「結構現實主義」小說最立體的結構，最完整、全面的故事塊壘的組成。實在說，就小說的外結構而言，再也沒有比《潘達雷昂上尉與勞軍女郎》這種文字明顯的結構 ── 外結構來得這麼龐雜和貼切，一目了然並恰如其分，似是雜亂又極度有序。《潘達雷昂上尉與勞軍女郎》 ── 這部從形式上看，是鮮明的外結構形式，但它卻又從本質上推進、左右、敘述着故事的本質與內容。是外結構講述並左右了內在的故事，如果沒有形式上的這種外結構，也就沒有那樣的故事與內容。從而，形式已經成為了內容。外結構也成為了故事之內在的本質。讓讀者感到，如果不是這樣的外結構的存在，而故事中那個帶着妻子、母親和「勞軍女郎」去四處勞軍的故事就完全不能存在。

在《潘達雷昂上尉與勞軍女郎》這部小說中，我們不再感到它其中所有呈現故事和推進、變化故事的報告、文件、函信、通知、電話記錄、電台播音的語音文字和經驗材料等，是如《親和力》中的信件、日記、故事、附言一樣，只是講述故事的便捷方法和手段，是一種形式的豐富。它 ── 在《潘達雷昂上尉與勞軍女郎》中，完全是那種形式的提升和轉化。使簡單的形式，成為了小說豐富、立體、全方位的故事構成，而這種結構構成，從淺顯處觀看或視說，它是形式的，外在的，但這種外在的外結構，有一種力量從外部向內部滲透和散發，處處左右、影響着內在的故事與意義。內容不僅靠它來呈現，還被它統治、管理和擴散 ── 這就是我理解的現代小說的外結構與

傳統意義上故事講述方法（形式）的差別。傳統形式在小說中只負責呈現故事和調劑讀者的閱讀感受，它從本質上 ── 換一種講故事的方法，也不改變或不怎麼改變故事意義之本身。但是現代結構，哪怕是外結構，它卻是那個故事唯一的、必須的。換一種結構或形式，那個故事將不復存在，如樓屋坍塌般。而就外結構言，這方面最成功的小說典例，就是《潘達雷昂上尉與勞軍女郎》了。

────── ● ──────

二、內結構

今天，中國的作家、批評家，談論陀思妥耶夫斯基的小說，都會談到巴赫金和他說的「複調結構」。陀思妥耶夫斯基從 1845 年發表第一部中篇《窮人》，1846 年發表《雙重人格 ── 高略德金先生的奇遇》之後，幾乎他每部小說的出版，都伴隨着人們深深的震顫、不解和爭議。在他的那個時期，讀者、論家對他的擁戴，一直沒有像對托爾斯泰和屠格涅夫那樣摯情深思過，直到 1928 年，俄國的大論家米哈伊爾·巴赫金（1895-1975）出版了研究專著《陀思妥耶夫斯基的創作問題》，發現並提出了陀氏小說的「複調結構」，人們對陀氏小說的理解，在世界範圍內，才有些「恍然大悟」── 啊，陀氏的小說總是讓我們驚異、顫抖，感受許多，卻又抓不住甚麼，原來是因為作者和人物在小說中討論了太多問題，卻又不予解答，而讓讀者深思而莫衷一是。小說中的人物，每一個的聲音都在你的耳邊和心裏迴響蕩動，都在證明自己存在的理據，而作家在這些人物之後，卻不顯

態度、立場和言論，只是一種對各樣人物矛盾存在的理解與包容。所有的人物精神都不是單一的，都有雙重精神的或更多變數的存在與可能 —— 這，就是他小說中深藏的「複調」。

這樣的小說結構，就是複調結構。複調結構，使小說產生行為、語言以外的多重含義，但一定沒有最終一統的結論。

1986 年 7 月，劉再復在上海文藝出版社出版了他的專著《性格組合論》。30 年前的中國內地，這本書轉眼之間風靡繁華，賣了幾十萬冊。為了不使一本理論專著被賣成大眾讀物，讀者不得不寫信到出版社要求停印。真實而言，那時幾乎熱愛文學的人，都人手一冊，把這本書當作寫作入門的金鑰匙。而有明悟之心的作家們，自然從中抓到了寫作的「技巧秘訣」。30 年後，今天再重讀這部專著，也仍然不得不說，這是少有的關於文學理論最有獨創意義的中國作家與理論家的了不起的一部見地之書。

認識到人的性格的矛盾性，對於作家藝術家來說是異常重要的。一個只知道勇敢和強勁為「純粹勇敢」和「純粹強勁」的作家，並不真正認識和把握勇敢性格和強勁性格，他還只瞭解勇敢與強勁的抽象形式。只有當他知道勇敢與強勁的內在矛盾，即勇敢在於戰勝恐怖，強勁在於排除障礙，他才真正理解勇敢和強勁，才能寫出生氣勃勃的、有血有肉的勇敢和強勁，也才真正把握到勇敢和強勁的真實內容，即勇敢性格與強勁性格核心中所蘊藏的「物」，也才使性格形象具有豐富的審美價值。[72]

---

72 《性格組合論》，第 69、161 頁。

然後，從性格談至人性和「深的靈魂」，劉再復先生現又說道：

> 表現靈魂的深邃，就是應當透過人物性格表層的東西而完成一種藝
> 術發現，即發現用單一的、機械的審美眼光無法發現的、更為深刻的東
> 西，這種東西，就是蘊藏在人的性格層次結構中豐富複雜的辯證內容，即
> 人的性格的矛盾內容。[73]

在這兒，劉再復先生以人的「勇敢」與「強勁」為例，談的是性
格組合結構，也是人的存在的複合結構，這和巴赫金論陀思妥耶夫斯基
的小說有着異曲同工之妙。我們從他們討論人和作品的研究說開去，就
發現了在小說的結構中，除了作家用文字寫出來的明結構，或說顯結
構，還有作家沒有用文字寫出來的關於作品與人物的暗結構，內結構。

原來，人們只以為《尤利西斯》埋伏的野心是以「內心獨白」的
「意識流」和用各種技法來顛覆 19 世紀的寫作，誰知他還在寫作的整
體上，從一開始就不着筆墨地設計了和《奧德賽》的對應關係。

原來，馬孔多鎮的從無到有，從零散到繁華，再從繁華到消失，
以為這就是拉美百年的顛蕩史，誰知這還是和《聖經》的「創世紀」
「出埃及記」「希望之鄉」及「洪水滅世」等有着親密的聯繫，其深層
的結構，正是《聖經》的某種精神與象徵的植移。

原來，有一個叫佩德羅·巴拉莫的莊園主，他少年時家道中落，
成年後巧取豪奪，擁有無盡的土地和牛羊。他富有了，發達了，就

---

73 同前，第 69 頁和 161 頁。

和村裏的婦女隨意野合，姦淫無數，私生子多得數不勝數。而且，他還隨意燒殺，無惡不作，製造假證，巧取豪奪，勾結官府，開脫罪責。總之，這是個十惡不赦的人。單說這個人物和由這個人物所引發的故事，這個小說沒甚麼了不得，也就是控訴與批判的道德小說。可是，情況恰恰不是這樣。在這個故事裏，正常的故事敍述是沒有的。它幾乎沒有傳統寫作中作家敍述的存在，通篇都是時空交錯的回憶、對話、獨白和喃喃私語。不僅這樣，當我們慢慢開始閱讀時，也才層層、漸次地發現，故事中那些活靈活現的人物，他們回想、他們交談、他們歡樂、他們媾和，並獨自私語和呢喃囉嗦 —— 可是，他們這些生活中的活人 —— 卻幾乎全部是早已死過的另一個世間的人們。幾乎全部都是死過並都已在地下屍腐骨爛的人。原來，在那部名為《佩德羅·巴拉莫》的小說中，隱藏着一種被混淆、混亂、顛倒的內結構。時間與空間、過去與現在、真實與想像、記憶與虛構、陰間與陽世，這種對立的存在，在那部神奇的小說裏，都有一種內在的可謂「浮橋結構」的牽扯與連結。簡言之，就是所有二元對立的兩岸，都有「活人」與「真實」來作為連結橫跨的橋樑，這個橋樑懸置掛空，很像我們現實中淵河兩岸掛在兩邊山崖上的浮橋。橋把兩岸接通了，但它懸置的危險，並不是所有的讀者都可以走過去。走不過去，但並不等於橋的不在，並不等於美的不在。《佩德羅·巴拉莫》的小說故事結構，正是這種浮橋在連接着小說中所有兩岸的對立。比如說，當我們懷疑陰間、陽間是否能夠真的打通、存在時，而穿梭在陰陽兩岸的

人物卻都是活靈靈的存在的，入木三分而栩栩如生的。當我們以為空間、時間的交錯失真時，而「物證」卻是真實的，擺在讀者面前的。

  ……藉助我們身後那一絲微弱的光線，我發現兩邊的黑影高大起來，我感到我們是走在兩邊都是黑影狹窄的過道裏。

「這是些甚麼東西呀？」我問她。

「是一些破爛的傢具，」她回答我說，「我家裏全都堆滿了這些東西。凡是離開村莊的人（死亡）都選我家作為堆放傢具的地方。可誰也沒有回來要過……[74]*」*

  在母親死後七日，替母親去尋找父親的「我」，正在已經少有活人的科馬拉村尋找居住，而和「我」對話的正是開門迎接他的已經死去多年的母親的朋友愛杜薇海斯太太。而通知愛杜薇海斯「我」要來這兒借宿的，也正是死去的母親。時間、空間，陰間、陽間，一切都是不確定的，虛幻的，搖晃的。可在這「虛幻」、「搖晃」的不確定中，物證 ──「破爛的傢具」和「凡是離村莊的人都選我家作為堆放傢具的地方」── 這成了真實的證據，於是，被懷疑的不確定性被這確鑿、真實的「物證」穩固了、證實了。故事就「從搖晃的不穩定性」中穩下來，讀者又在懷疑中沿着「真實」的浮橋從這一岸到了另一岸。整部的小說，都是讓讀者從這岸到另岸的過程，都是在尋找浮橋、踏上浮橋、跨過浮橋的過程。故事在虛亦實，假亦真中講述、推

---

74 《佩德羅·巴拉莫》第二章。

進着。如此，那個充滿小說的兩岸對峙之間就總有「人物」和「物證」作為橋樑的搭建者，讀者在橫跨陰陽、虛實、真假、時空的兩岸時，都是通過小說中的「人和事」──「人物」與「證據」── 橫跨在兩岸的浮橋上。即便那浮橋不斷地產生一種懸浮的搖晃，使讀者也隨之產生一種真實與非真實的「搖晃感」「掛空感」。可又因為那懸浮的效應，反而使讀者更相信自己是站在一座真實的橋樑上邊了。

這，就是《佩德羅·巴拉莫》給讀者在閱讀中的「懸浮的真實」。於是，我們發現，在這個故事中，深藏的故事結構並不簡單是我們說的「人鬼之間」（乃至於最早的小說譯名，也就叫《人鬼之間》），而是人鬼之間、時空之間、虛實之間，過去、現在、未來之間的連接的橋樑的存在 ──「人物」與「證據」── 那個橫跨兩岸內在的「浮橋結構」。有了這個浮橋結構，故事的建築便直立了起來了，而且使讀者在閱讀中既放棄了往日真實的苛求，又不去追問對虛幻和可能的疑問，而只駐足在浮橋真實搖晃的感受上。

一切的真實與邏輯，都建立在這個浮橋結構上。

這個「浮橋」是一種內在的連接，更是一種來自內結構的感受。對讀者是一種真實，對作家是一種敘述，對文本，則是一種更深層的內在結構。在內結構的層面上，一種是如《尤利西斯》《百年孤獨》那樣隱性的不用文字直言的對應和聯結，一種是如表現在拉斯柯爾尼科夫這個人物內心的「複調式」，再還有，就是既非「對應聯結」，也非「內心複調」，而是深藏散落在故事中的看不見的「浮橋」之感

受的內在存在。

　　當然，關於外結構與內結構，還有很多值得談論的小說。就是魯迅的小說中，每每出現的「我」——魯迅本人，無論是少年的魯迅、知識分子的魯迅，還是那個作家的魯迅，其實都在形成一個魯迅小說的內結構——這是另外非常值得探討的問題。而在我們這兒，僅是為了討論的方便，為了更清晰的說明，我們把敘述與結構，拆解開來，分解為了「敘述」和結構中的「內結構」與「外結構」，而真正對於偉大的作品，敘述與結構經常是混為一起的，水乳交融、不可分割的。內結構與外結構，也是不可拆解去分為甲乙丙丁的。

　　拆解必然是一種不公，是一種妄自尊大和公然傲慢的誤讀。

　　以《紅樓夢》為例，它的外結構難道不是一種鮮明的神話嗎？內結構不是一種鮮明的佛教聯結嗎？而在敘述上，曹雪芹不是有一種超然的悲憫態度嗎？可是，我們又哪能這樣去拆解和解說。一旦這樣拆解和解說，就必然掉進為論而論的自我陷阱裏，成為作家的丑角和論家的多餘。偉大的作品，不可能沒有敘述的立場和態度存於其中，更不可能沒有結構在其作品中。陀思妥耶夫斯基的小說因其難論而偉大，巴赫金因其可論而偉大。這是悖論，也是鬥爭和共生。直到今天，四百年都悠然過去了，我們還在為莎士比亞的戲劇結構着迷、討論、爭吵而不休。為甚麼會這樣？是因為莎翁戲劇結構的複雜與混沌，我們很難用某種結構的方法去註釋和解說，一如「複調結構」也並不能說清陀思妥耶夫斯基的全部一樣。

三、混沌結構

再一次來到魯西迪的《午夜之子》。再一次來到這部巨製的開端上。「話說有一天……我出生在孟買市。不，那不行，日期是省不了的—— 我於一九四七年八月十五日出生在納里卡大夫的產科醫院。是哪個時辰呢？時辰也很要緊。嗯，那麼，是在晚上。不，要緊的是得更加……事實上，是在午夜十二點鐘敲響時。[75]」幾次提到這部小說的開頭，是因為這個開頭就似乎顯示了「講與聽」，「作家與讀者」的關係，更重要的，是從這部小說的開始，它就強調了一個作家在一部小說中的敍述存在和敍述者的形象—— 那個講故事的人、那個聽故事的人和我們，還有作家本人，一連串的模糊的形象，都已經在這個開頭中存在，並隨着故事的講述—— 而非故事本身變得漸次的清晰。

原來，在《午夜之子》中，是有兩個羣體的人物。這兩個羣體，在文本中遙相呼應，而又在故事進展中，若即若離，相互滲透，再不時剝開，互不聯繫。一個羣體是那個寫小說的魯西迪和那個在小說中講故事的歷史學家薩里姆・西奈；另一羣，就是一直在西奈面前聽講並一直和他爭論的西奈的情人博多和我們—— 這些類似博多的龐大的讀者們。可是，這個羣體，並不是故事的中心，只是故事的來源與故事的接受者。而故事的中心，是講故事的人薩里姆・西奈家族史中六十年的各色人物（《百年孤獨》哦！）和這個家族以外的如西奈一樣無數、上千

75《午夜之子》，北京燕山出版社，2015 年 9 月，劉凱芳譯，第 3 頁。

的「午夜之子」們，以及圍繞着這六十年歷史進出、展開的社會現實中的各色人物等。在故事外的故事源的一端和故事內部更為複雜、龐大的人物羣，被聯繫起來的是那個講述者，故事的主角薩里姆·西奈。於是，在《午夜之子》中，有一個比外結構、內結構更為複雜繁複的「多元結構」產生了。在這個「多元結構」中，敘述和結構本身混為一起，並渾然天成，而內結構與外結構又相互滲透、彼此輔助、共持共鼎。如果是為了講解的便利，我們是可以把《午夜之子》這個巨型多元的結構建築，大致地肢解開來，看一下它的內部的構成。

（一）敘述與敘述中的人物關聯式結構

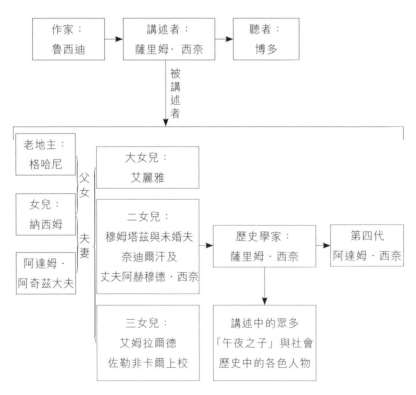

（二）文字呈現的外結構

1. 與印度史詩《摩訶婆羅多》《羅摩衍那》的講述呼應。

2. 印度歷史中無數的重大事件，如英軍 1919 年對印度人的大屠殺，巴基斯坦政變，孟加拉戰爭，甘地統治，印度建國與英殖民撤離、印巴關係與分治、中印戰爭、印度經濟金融歷史事件等，這些重大的時代動盪與記憶，都鮮明地鑲嵌在故事之中，滲透並影響着家族命運與故事中人物的命運，使得《午夜之子》的家族史與國家、民族的歷史，形成不可分的形式上呼應結構。

3. 宗教矛盾與家庭、家族矛盾關係，在故事中自始至終互動影響，你左我右、我左你右，而又不捨不分，共存共生，形成另外一種可見可觸的結構應對。

（三）看不見的內結構

1. 文本製造者和文本的關係，即在敘述中從作家到講述者薩里姆·西奈和不參與文本故事的聽者博多所構成的貫穿整部小說敘述線，與文本故事中家族史及「午夜之子」們的命運故事的互動與疏離。這種互動來自於講述者 —— 午夜之子薩里姆·西奈。而疏離，在於這講述的過程本身在文本故事中的相對獨立，從而形成了一種看不見、被忽略又實際存在的「雙敘述」結構，即「講故事」和「故事本身」的對應、混雜或獨立的存在，從而成為小說中虛實相應、彼此存在的內結構。

2. 家族史與「午夜之子」們的命運史及國史中的民族史，在小說史中「三史」交錯。使我們無法真正從故事中分清家史、國史、「午夜之子」們命運史的彼此與彼此中的 ABC。雖然這樣的交錯並不是魯西迪的獨創，在 19 世紀偉大的現實主義作家的作品中，如《戰爭與和平》《靜靜的頓河》以及《約翰·克里斯朵夫》這樣的小說裏，都曾有過鮮明、成功的實踐，但歷史和國史，在魯西迪那兒，已經不再是人物和故事的時間長河，而成為了故事空間上的大樹之果，一粒粒，一顆顆，或肥或瘦、或枯或落，都構成了時間與空間組合的新的結構 ―― 以空間帶動時間 ―― 如一棵低矮的巨樹和它蓬大無比的樹冠，那低矮粗壯的樹身，不是生長的時間，不包含年輪的存在，而是被壓縮的空間，一如物理上說的宇宙在大爆炸之前，空間被壓縮到一個堅果殼兒的大小，而那樹冠上無數的果子，才是時間的記憶與種子。空間的膨脹，才有時間的產生 ―― 這樣說似乎有些誇大、神化《午夜之子》的結構，可它確實給了我這樣的結構感受。這種結構，帶動着一種新的敘述，這就不得不使人稱讚它結構的創造，儘管這一結構上的創造，總是讓人想到卡爾維諾的小說《如果在冬夜，一個旅人》和馬爾克斯《百年孤獨》的某種組合。

3. 在《午夜之子》的內結構上，還有着一種「國際關係學」，這也是這部小說可謂「大小說」的緣由。但這種國際關係學的存在，我們是只可以感受而無法說清的。這一點，在歐洲作家的作品和英語國家的作品中始終存在，隱隱含含，如以色列作家奧茲先生的《愛與

黑暗的故事》，其中「作家」的敘述、家族歷史與國家命運和文學的國際關係學，與《午夜之子》可謂異曲同工。從結構上比較這兩部小說，將會是有趣並非常有創見的意義。回頭到小說的國際關係學上來，不得不承認，在我們中國文學中是始終沒有的，這是文化的原因，也是國際地理的原因，更是語言的限制。也正是這種限制，也才讓我們感受小說「國際關係」存在與小說故事互動的結構應對。

　　總之，以《午夜之子》和《愛與黑暗的故事》為例，我們得知，在現代小說中，除了清晰的敘述和內結構與外結構外，更有一種現代的混沌結構，將其敘述性與結構性 ── 內結構、外結構等的一切界限，都打亂組合、重新裝置，組成一種敘述與結構混合的多元結構，而使小說變得更為複雜與現代。不是說這種更為複雜、混沌的多元，將敘述與結構中的內結構與外結構都混合而成的多元，一定就偉大於那些清晰、明瞭，在內容上更為接近並真正抵達人的靈魂的小說好。而是說，20 世紀的寫作，在敘述與結構上的創新與創造，已經在相當程度上 ── 至今都還是世界上一些最有才華的偉大作家們寫作的皇帝，管控着他們寫作、創造的今天與未來。在這兒，恰恰還需明說的，是在敘述與結構上最有創建的作家，卻大多 ── 或多或少地在寫作中和人物的靈魂拉開了距離。這一點，不得不說，大家始終沒有超越陀思妥耶夫斯基和托爾斯泰們對人性的認識，也沒有超越卡夫卡對人的困境的認識，就是得到世人備加崇敬的馬爾克斯和其他拉美及世界上那些最有文本、文體建樹的作家，都長在敘述與結構的創造

上，而或多或少，卻短在對人性與靈魂的認知上。

也許 20 世紀的作家們，對文體的過度創造正阻隔着作家對人的更深刻認識。可沒有這種創造，又難以逾越 19 世紀寫作對人的認識的高峯。這是兩難，《佩德羅·巴拉莫》與《午夜之子》，同屬於這種多元結構最成功的典範，但我們不得不說，形式上的巨大成功，也是對人物、人性、靈魂深刻、豐富的巨大簡化。或多或少，是因為對人的簡化，而獲得了形式 —— 結構與敘述的創造的豐富。

•

我們很難從一個短篇小說去討論複雜多變的 20 世紀的小說結構。《盧維納》[76] 的結構也無太多異樣之處，但小說的神秘和省略，卻和《佩德羅·巴拉莫》一樣。讀完這個短篇，再讀《佩德羅·巴拉莫》，就可以找到走進科馬拉[77]和半月莊[78]的通道。小說開始，作家信筆寫了兩段關於墨西哥南部最高的山脈盧維納，環境、氣候、土地和植物，總之，那兒是人跡罕至的不毛之地。可是在這兩段之後，作家又信筆一轉，出來的是一個向作家（也許是別的甚麼人）不斷傾訴、描述盧維納那兒如何艱苦、缺水，日日大風、怪異多變，人一長大就離開，留在那兒的只有老人、兒童和媳婦，整個山脈都如同墳場一樣死寂和令人恐慌……然後，小說就完了。講的和聽的，繼續喝着酒。

---

76 選自《胡安·魯爾福中短篇小說集》，外國文學出版社，1980 年 12 月，徐鶴林、屠孟超等譯。
77 《佩德羅·巴拉莫》中最神秘的一個村莊。
78 同上。

小說到這兒戛然而止。誰在講？誰在聽？聽者是要到盧維納去才要聽的嗎？講的是因為終於離開了才要講的嗎？神秘、魔幻、不可思議，這個小說的主要人物是人還是那個地方「盧維納」？至少說，「小說是人學」這個論斷在這沒有意義了。地域的神奇、殘酷取代了「人物」的存在。這在 19 世紀的寫作中是完全不被允許的。《盧維納》── 無來由的故事，無來由的人物，只有「有來由」的那塊地方 ── 盧維納山脈。

《盧維納》告訴我們：「短篇是可以這樣寫的！」從結構與敘述去說，中間多少有些作家與講述者的簡單互移，但在人物與物（山脈）的互塑結構上，卻非常值得探討與借鑒。小說寫盡了盧維納的陰森和殘酷，因此也就塑造出了在那兒生存的人們的形象。可這種人物塑造，卻又是寥寥幾筆，更多的筆墨，都省略到了讀者的想像之中。《盧維納》在短短的幾千字中，不僅寫出了人與物的互塑結構，還寫出了文字省略與讀者想像的互補關係。這是 20 世紀最獨特的短篇之一，也是最值得閱讀的 20 世紀最奇崛、偉大的優秀短製。

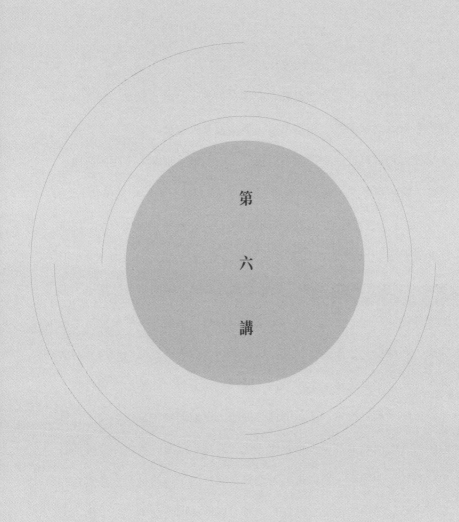

第

六

講

元小說

：

還原了寫作與閱讀的寫作與閱讀

元小說：還原了寫作與閱讀的寫作與閱讀

今天，我們從認識和回家談起。

認識一個人，當然是要和他見面、聊天、共事和感受。但倘若你說你和誰誰是好朋友，相當熟悉，但卻沒有去過他的家裏，不知他的家居佈置和他自己在家還原為「自己」的狀態，那麼，你說的認識、熟悉、瞭解和好友，就是值得懷疑的，至少是要打些折扣的。

「勸君更盡一杯酒，西出陽關無故人。」「唯有相思似春色，江南江北送君歸。」「君自故鄉來，應知故鄉事。」「紅豆生南國，春來發幾枝。」「獨在異鄉為異客，每逢佳節倍思親，遙知兄弟登高處，遍插茱萸少一人。」唐代大詩人王維，最能寫出這種親友別離的思念和惆悵，好像他一生都在和親友告別、告別、再告別。好像他所有的朋友，都在他們家住過十天、半月，或一年、二年。那種熟悉與親情，無以復加，無可複述，所以別離的傷愁，在他的詩中貫徹始終。在我們中國人的內心，貫穿千年百代，歲歲月月。但是，我們從這種別愁中忽略了一個問題，那就是詩人是有「家」的，無論這個家是實在的家屋，還是精神的家園。因為有，才可以別；因為別，才可以傷。因為傷，也才更顯出了詩人的「家意義」和詩的「家意義」。

那麼，小說家有家沒有？他的家在哪兒？他文學之精神的、藝術的家園在哪兒？元小說的產生，也正起源於小說家對自己「文學之

家」的探討與思考。1970 年，美國作家威廉・加斯發表了《小說和生活中的人物》一文，提出了「元小說」這一概念。從此，無數的作家與批評家，都要加入對這一概念註釋的隊伍。於是，「超小說」「後設小說」「內小說」「自我生成小說」等等，都成為「元小說」的一奶同胞、共枝花果。他們大體的共識，就是元小說是關於小說的小說，關於敘述的小說敘述 —— 關於小說中，真正的虛構之呈現。換句通俗的話講，就是讓讀者，走進作家的家裏，看他的住房、起居、生活方式和那個把自己「還原」為「作家的人」的作家 —— 作家在故事中向讀者展示自己構思、寫作的過程；向讀者展示讀者閱讀的過程。並以此抵抗傳統現實主義已成的習規，消解某種「真實」的產生和產生的方式，揭示了現實主義規矩的虛假性與虛偽性。於是，讀者從中看到了，「原來這個作家是這樣寫作的」，一如讀者到了作家的家，找到了可以窺看、破除原有現實主義寫作成規的門扉和秘窗。

王維是把親友飽含情感地送出家門，踏途遠方。小說家 —— 那些致力於實驗、創造的小說家，是把他的讀者，含笑、輕鬆、並以貌似坦誠、莊嚴的姿態，掩蓋着自己「虛構的面目」，讓讀者走進自己的寫作之家與書房。含淚的「送出去」和含笑的「迎進來」，表現了小說家和詩人面對讀者的兩種方式和態度，從而隨着時間的推移，到了 20 世紀，元小說就成為一種小說的本身，在 20 世紀的作家中，興盛發達、成就斐然，似乎在每一位具有實驗、創造精神的作家，你若沒有進行過元小說的實驗與創造，實踐與嘗試，說自己是一位具有現代意義的

作家，那就是勉強的，自愧弗如的。而在我們漢語的寫作與閱讀範圍內，在元小說中有所創造與成就並使我們熟知的作家有紀德、卡爾維諾、大衛·洛奇、納博科夫、博爾赫斯、庫爾特·馮內古特等等。

那麼，誰是元小說的鼻祖呢？那位寫出過《小世界》[79] 而因此被中國人熟悉的大衛·洛奇認為，最早寫出這樣小說的人是 18 世紀的英國小說大師勞倫斯·斯特恩（1713–1768）。他的名作《項狄傳》，[80] 在寫作的方式上，是最早採用了敘述人和假設的讀者的對話形式，展現了敘述方式在講述中的存在。這種展示「作家與小說之家」的寫作 —— 講述敘述活動的文本，無論是稱為「外小說」「超小說」還是「實驗小說」，《項狄傳》確實都給我們提供了清晰的藍本。也因此，使得這部小說，帶着與那個時代寫作令人驚異的不同，對後來者如喬伊斯、伍爾夫們產生着寫作方法上切不斷的影響。但是，昆德拉則始終認為，我們今天一切的努力和實踐，在 16 世紀最偉大的作品《堂吉訶德》中都已存在。幾乎我們所有的寫作，都是踩着塞萬提斯的腳步，對《堂吉訶德》方方面面的一種延伸。當然，這也包括在寫作方法上的嘗試。而事情的實質，也確實在元小說的寫作上，《堂吉訶德》那麼早地就在小說中給我們展示了小說寫作過程的本身，展示了批評家、讀者對《堂吉訶德》的認識和看法。甚至人物堂吉訶德自己，也知道自己正被寫在一部叫《堂吉訶德》的小說裏，正在被讀者閱讀和評論。而且，他本人也在看這部小說。堂吉訶德既是一個人物，也是

---

79 《小世界》，上海譯文出版社，2007 年 1 月，王家湘譯。

80 《項狄傳》，上海譯文出版社，2012 年 3 月，蒲隆譯。

一個讀者。既是一個被寫者，也是一個評論者。塞萬提斯這個毫不自知的天才，也許在寫作過程中完全是為了討好讀者，而無意識地遊戲着這樣一種寫作的技法。他始終並千方百計地要在寫作中證實文學的真實，但最終證明了《堂吉訶德》是一部最偉大的虛構。他把我們引入他的「寫作過程與作家之家」，讓我們看到了一個作家以敍述來敍述寫作過程的寫作。從這兒去說，《堂吉訶德》又哪兒不是一部元小說、超小說和外小說的偉大之作呢？

⋯⋯⋯⋯ ● ⋯⋯⋯⋯

　　誰是元小說創造的鼻祖，哪一部作品給我們提供了元小說創作最早的圖樣，對於文學史家是一件必須弄清楚的公案，不然，他們就找不到踏着史道回家的大門和鑰匙。但對於寫作者而言，事情則沒有那麼重要。寫作者並不關心是誰最早的為我們繪製了元小說的草稿與藍圖。他們關心的是誰在哪部小說中最好地為其提供了元小說的創造。從某個角度去說，所有的讀者，都是文學的消費者。而酷愛寫作並深諳寫作的讀者，則是文學消費者中最為刁鑽的人。他們尋找類別中最好的小說與作家，如同美食家沿着氣味的線索去尋找餐廳和偉大的廚師。於是，在元小說這一創造途道上的路標領帶下，博爾赫斯和他的短篇來到眼前了，納博科夫和他的《微暗的火》《絕望》《洛麗塔》《塞巴斯蒂安·奈特的真實生活》來到眼前了。紀德和他的《偽幣製造者》，福爾斯和他的《法國中尉的女人》[81]，馬克·吐溫和他的《湯姆·

81　福爾斯創作於 1969 年的長篇小說。

索亞歷險記》，多麗絲·萊辛和她的《金色筆記》，大衞·洛奇和他的《治療》，卡爾維諾和他的《寒冬夜行人》，馮內古特和他的《五號屠場》，等等等等，這些二十世紀最重要作家的重要作品，都在元小說的創造上，為我們留下了經典的藍本。但就其元小說創造的豐富性和稔熟性，卡爾維諾的《寒冬夜行人》，在這方面則異彩大放，光彩照人，為我們留下了非常值得探討、玩味和研究的一部元小說的傑作。

上學期我們講過，在內地新版的《寒冬夜行人》，為了表明它與舊版的不同，這部小說被更名為《如果在冬夜，一個旅人》[82]。也是一個相當別緻的書名。卡爾維諾那個令人驚異的著名的小說開頭，就隨之成了這樣：

你即將開始閱讀伊塔羅·卡爾維諾的新小說《如果在冬夜，一個旅人》。

接着這個開頭讀下去，你的驚異會隨之延伸，如同透過一個窗縫，你看見了春來的一朵小花，及至你慢慢推開窗子，讀者——你，就看見了一樹花朵，一坡草綠和整個世界撲面而來的春日。

你即將開始閱讀伊塔羅·卡爾維諾的新小說《如果在冬夜，一個旅人》。先放鬆一下，然後集中注意力。拋掉一切無關的想法，讓周圍的世界隱去。最好關上門，隔壁老開着電視。立即告訴他們：「不，我不要看電視！」大聲點，否則他們聽不見。「我在看書！不要打擾我！」也許那

---

82 （意）卡爾維諾，《如果在冬夜，一個旅人》，鳳凰出版傳媒集團，2012 年 4 月，蕭天佑譯。

邊噪音太大，他們沒聽見你的話，你要大聲點，怒吼道：「我要開始看伊塔羅·卡爾維諾的新小說了！」你要是不願意說，也可以不說，但願他們不來干擾你。[83]

在我們讀過的小說裏，再也沒有比這部小說的開頭，讓作為讀者的我們，感到驚異後的親切、熨帖、舒服和那種被作家 —— 卡爾維諾盡心按摩的感受了。讀者被作家按摩的舒心，我是從《寒冬夜行人》開始體會的。先前，所有讀者都是作家面前的聆聽者，而這兒，讀者不再是讀者 —— 不再是一般意義上的讀者，而是一部小說的主人翁。而那些所謂的「一般讀者」，都要跟着你的言行、心思而喜怒哀樂了。那時，我作為讀者，首先想到的，就是卡爾維諾 —— 好人哪，你給寒冬中的那個作為讀者的孤獨者，送來了多麼大的一盆火。可是，讀着讀着，你發現這種判斷、感慨是錯誤的。因為小說寫的讀者要讀的卡爾維諾《寒冬夜行人》或者《如果在冬夜，一個旅人》的那本書，壓根是錯誤的。作為卡爾維諾忠實的讀者，讀到的小說《如果在冬夜，一個旅人》中的故事不是卡爾維諾的，而是印刷廠因裝訂錯誤，而把別人的 —— 波蘭作家塔齊奧·巴扎克巴爾的小說《在馬爾堡市郊外》錯誤地從第 17 頁就開始裝訂在了卡爾維諾的小說裏。於是，你懊惱、憤怒，可又覺得這本波蘭作家的小說也不錯。這樣就再次回到書店去更換新書時，碰到了叫柳德米拉的女讀者。一男一女，

---

83 同前，第 1 頁。

同愛閱讀的這對年輕人，本來都是卡爾維諾的讀者，結果從卡爾維諾的新作中，讀到的都是巴扎巴克爾的《在馬爾堡市郊外》的小說，又都覺得巴扎巴克爾的小說和卡爾維諾的小說都還行，那就不再把裝訂錯誤的小說交回去，而是將錯就錯地朝下讀。這兩個讀者，倒還可以因錯同讀，因為同讀而交流 ── 交流閱讀，也交流情感。如此，彼此留了電話，二人分頭回家閱讀去了。

請注意，當他們分頭回家將錯就錯地閱讀波蘭作家巴扎克巴爾的《在馬爾堡市郊外》的小說時，又發現那小說並不是巴扎克巴爾的，而是一部辛梅里亞 ── 辛梅里亞是在戰爭中消失的一個國家和民族，其語言也隨之消失 ── 的小說。這位男讀者和表現怪異、神秘的女讀者，為了真正弄懂這部辛梅里亞語的翻譯小說，決定到大學的那個「死亡語言的死亡文學的已死亡研究室[84]，」找到教辛梅里亞文學的教授弄個明白。這樣，那位研究辛梅里亞語的老教授，從他塵封的書架上一下找到了二位讀者說的所謂的辛梅里亞小說，其實是《從陡壁懸崖上探出身軀》，作者是二十世紀初辛梅里亞最有希望的年輕詩人烏科·阿蒂留給人們的唯一一部小說。但是，那部小說，卻從來沒有被翻成任何的另外一種語言。而人物 ──「男女讀者」讀到的，完全「與你已經開始閱讀的那本小說是兩回事，只是一些人名地名相同」[85] 而已。為甚麼會是這樣？這時，我們今天講的《如果在冬夜，一

---

84 《如果在冬夜，一個旅人》，第 58、59、79 頁。

85 同上。

個旅人》已經來到了小說的第四章，那位研究辛梅里亞文學的老教授告訴小說中的男女讀者 ── 也同時告訴我們，年輕的詩人烏科・阿蒂在剛剛寫完《從陡壁懸崖上探出身軀》的開頭，便因抑鬱症而自殺。實質上那是一部只有開頭沒有結尾的小說。

　　「你們不要問這本小說的下文在甚麼地方！」從書架之間一個不能確定位置的地方傳來一聲刺耳的尖叫聲，「一切書籍的下文都在彼岸……」[86]

……

　　「書籍仿佛門檻……辛梅里亞的所有作家都跨過了這道門檻……」[87]

　　那部由小說中的小說：《如果在冬夜，一個旅人》 ──→ 《在馬爾堡市郊外》 ──→ 《從陡壁懸崖上探出身軀》 ──→ 這樣小說中的小說的小說的小說……似乎到此梗斷了，無可繼續了，可在女讀者柳德米拉的姐姐、那位酷愛舉辦讀書會的羅塔里婭面前，又得到了神奇、意外的延伸 ── 名為《從陡壁懸崖上探出身軀》的「那本書不是沒有完成，而是完成了。它的後半部不是用辛梅里亞語寫的，而是用欽布里語寫的，並且名稱也改了，改成了《不怕寒風，不怕眩暈》。作者署名是用了另外一個筆名，叫沃爾茨・維利安第[88]。」無論這小說中的小說的小說……到底存在不存在，是因為戰爭和政治的原因進行的篡改和欺騙，還是確實是原作者換了筆名和語言的續寫，但我們 ──

86 《如果在冬夜，一個旅人》，第58、59、79頁。
87 同上。
88 同上，第82頁。

是我們，不是小說的讀者，而是小說以外的讀者，又可以有如查尋、偵破、跟蹤和探寶求源一樣的新的書稿到來了。這新的書稿，是經由混亂的作者和混亂的譯者以及混亂的出版社共同努力產生的《望着黑沉沉的下面》……

整個《如果在冬夜，一個旅人》這部小說——我們閱讀的小說，而非小說中的小說——的結構就是這樣，從第一章開始，每一章的存在，都因小說中被虛構的讀者的閱讀，而產生或錯誤地引出一部新的作品和作品中新的人物、故事或故事的開頭與部分的章節和情節，及新作品的作者、國度、語言，還有關於那些亂麻的寫作、翻譯和為出版爭搶書稿的混亂等等，一連串互不相干或絲連藕斷的開頭及作品中的片斷或內容。而把這幾乎是互不相干的十部作品的片斷聯繫起來的，是小說的讀者——男讀者「你」和女讀者柳德米拉。他們才是《如果在冬夜，一個旅人》真正的一對人物，而非其他故事中的人和每本書中的人物或與那書相關存在的作家、譯者和出版者。就這樣，直到最後，環中環、套中套，作家中的作家，小說中的小說，讀者中的讀者，環環相連，套套相鎖，這一連環非常像奧運會五環旗上的五環標誌。每一環都是獨立存在的，每一環又都和別的環扣相鎖相連着。你因我而在，我因你而生。從故事的結構上講，《如果在冬夜，一個旅人》不僅是最豐富複雜的元小說，而且還是一種「環模式」結構的元小說——故事是「環模式」而非「套盒式」。「套盒式」有一種封閉性，一個一個揭開、打開，直到最後一個就完了。而「環模式」

有一種延伸性，可以無限、無限地伸下去，如《一千零一夜》。無非卡爾維諾在這部小說中是延伸了十個故事開頭的環套，如果他願意，也可以是十五個、二十個、無數個。當然，也可以是八個、七個或五個。這取決於作家對寫作的認識與判斷，而不取決於故事之本身。

然而，當我們不是從故事，而是從寫作本身去探討《如果在冬夜，一個旅人》的結構時，它從本質上，還是我們說的元小說——那種關於寫作的寫作；關於敘述（敘述行為）的敘述；關於把普通讀者帶回到作家與敘述的家中，讓作家還原和讓虛構的敘述還原的寫作。即作家在作品中向讀者展示寫作行為的一、二、三，甲、乙、丙。從這一方面去說，卡爾維諾是最為坦蕩和無私了。他把讀者帶回到他寫作的工作室內，完全展覽了一個作家的構思和寫作之過程，就像一個博物館館長，帶着參觀者大飽眼福，參觀了博物館從不給人看的展覽計畫、籌備和最終的展覽過程。而這個過程，才正是要展覽的最重要的作品。

　　我產生了這樣一個想法，即寫一本僅有開頭的小說。這本小說的主人公可以是位男讀者，但對他的描寫應不停地被打斷。男讀者去買作家 Z 寫的新小說 A，但這是個殘本，剛唸完開頭就沒有了⋯⋯他找到書店去換書⋯⋯

　　我可以用第二人稱來寫這本小說，如「讀者你」⋯⋯我也可以再寫一位女讀者，一位專門篡改他人小說的翻譯家和一位年邁的作家。後者正在寫一本日記，就像我這本日記⋯⋯

但是，我不希望這位女作者為了躲避那位騙子翻譯家最後落入男讀者的懷抱。我要讓男讀者去尋找騙子翻譯家的蹤跡，後者躲在一個遙遠的地方，而讓這位作家與女讀者單獨待在一起。

當然，如果沒有一個女主人公，男讀者的旅行就會枯燥乏味，必須讓他在旅途中再遇到一個女人。女讀者可以有個姐姐……[89]

你看，還有哪位作家能像卡爾維諾這樣把他構思故事的過程，一五一十地寫進他的小說呢？就像畫家畫的不是畫面，而是那畫面形成的原初。他把那畫面形成的過程凝固在了畫布上。如攝影家拍到的不是人體和物體，而是那人體受孕和物體發芽、生成的全過程。

馬拉納（翻譯家，女讀者的前情人）向蘇丹提出一條符合東方文學傳統的戰略：在小說最精彩的地方中止翻譯，開始翻譯另一本小說，並採取一些基本手法把後者鑲嵌到前者中去，例如讓第一本小說的某個人物打開另一本小說並開始讀下去……第二本小說也中途停止，讓位給第三本小說，第三本小說讓位給第四本，如此等等……[90]

在小說中，這是馬拉納向蘇丹提出的翻譯策略，而實質上，卡爾維諾不也正是按照這個策略在向讀者講述他的《如果在冬夜，一個旅人》的故事嗎？打開一本小說之後，再打開第二本，中斷後接着打開第三本，這是《如果在冬夜，一個旅人》講故事的方法，也是卡爾維

---

89 《如果在冬夜，一個旅人》，第 228、229 頁和 141 頁。
90 同上。

諾「怎麼寫」這部小說的「預謀」。但這種預謀被作家自己在小說中「招揭」出來了。晾曬出來了。這也就是元小說的「元」之素。在《如果在冬夜，一個旅人》中，這種「元」的元素還不僅僅是這些，還有卡爾維諾和「讀者」無盡的交流與對話。他和書中的讀者說，和書外的讀者說，展示了男讀者、女讀者 —— 合而為一的一個「讀者」閱讀的全過程，從看到那個叫卡爾維諾的作家有了新作的報導開始，買書、閱讀、發現書中的裝訂錯誤，到書店換書，與同為讀者的異性人物相遇、將錯就錯地繼續閱讀，又發現書中的錯中之錯，亂中之亂，然後是到印刷廠和出版社的沿書追尋，找到出版家，找到翻譯家，找到那些殘書、原稿的譯者、作者和相關人……到最後，這兩個人物：「男讀者」和「女讀者」，終於成為夫妻，共同躺在寬大的雙人床上同時進行閱讀。

柳德米拉合上自己的書，關上自己的燈，頭往枕頭上一靠說：「關燈吧！你還沒讀夠？」

你（男讀者）則說：「再等一會。我這就讀完伊塔羅·卡爾維諾的小說《如果在冬夜，一個旅人》了。」

小說完了。是真的小說完了。

到此我們閉目靜思，才發現有哪個作家能像卡爾維諾一樣，在他的小說中，把讀者作為他小說中的貫穿始終的人物，自始至終都寫他們的閱讀和閱讀的過程呢？又有哪部小說能像《如果在冬夜，一個

旅人》一樣，如此奇特、豐富、巧妙而匠心獨運地為我們展示了作家與寫作、寫作與讀者、讀者與作品、眾人、作者和他（她）所處的現實、歷史和想像的各種關係呢？如果可以把《如果在冬夜，一個旅人》中關於元小說寫作的關係理出來，我們至少可以從中理出如下十二種關係吧。

一、作家與寫作：卡爾維諾關於《如果在冬夜，一個旅人》的寫作、出版和被閱讀，以及小說中出現的作家與作品；

二、作家與讀者：卡爾維諾與小說中作為人物的讀者與小說以外的讀者——我們，及作品中的老作家與讀者等；

三、作品與讀者：整部《如果在冬夜，一個旅人》可謂就是一部讀者與各種作品與作家糾葛的記錄報告書；

四、讀者與讀者：小說中男讀者與女讀者及作為讀者的人物與其他與書有關的讀者人物們，以及小說中的讀者與我們這些書外的讀者們；

五、作家與作家：小說中的卡爾維諾與陀思妥耶夫斯基、博爾赫斯和作品中那些虛構的作家與作家；

六、作品與作品：《如果在冬夜，一個旅人》與小說中那十部僅有開頭的作品以及那十部合而為成的這部《如果在冬夜，一個旅人》，還有這部《如果在冬夜，一個旅人》與《一千零一夜》《罪與罰》等；

七、作家與出版社；

八、作家作品與翻譯家；

九、作家作品與經紀人和代理人；

十、作家作品與研究者；

十一、作品的正版與偽版；

十二、作品的紀實與虛構。

一部《如果在冬夜，一個旅人》，堪為一部關於寫作與成書過程的詞典與詞源。但其中的紀實與虛構，在這部小說中，則是一個最為重要的問題。《如果在冬夜，一個旅人》共有十二章，幾乎每一章的前半部分，都如文學現實般寫了男讀者和女讀者閱讀和追蹤閱讀的過程，而且讀的又正是我們手中的《如果在冬夜，一個旅人》這部書，而每章的後半部，則寫了被牽涉、連帶而出現的作家、作品、研究者、翻譯家和出版者，及那書或書稿不同凡響的讀者（如革命者、執政者和蘇丹皇后等）及小說的偽造者們。然而，必須要說清的是，小說之所以為小說，它的偉大正源於偉大之虛構的真實性。「虛構的真實性」，是小說唯一存在的理由。而卡爾維諾不僅深知這一點，而且是過分、過度地諳熟和稔熟這一點。這裏說的諳熟與稔熟，並不是人人盡知了的其中十個小說的開頭的虛構和作品中關於世界上根本沒有的辛梅里亞國和辛梅里亞語及波迪尼亞─烏格拉語系及一樣不存在的欽布里語、赫魯利─阿勒泰語以及別的地球上本就沒有的國家、民族、語言等，而是說，大腦結構過度精密的卡爾維諾，在這部在意大利一經出版就在本國和歐洲引起巨大轟動的《如果在冬夜，一個旅人》中，因為他對虛構的稔熟，而過多地滲進了寫作的技巧和遊戲，從而

使這部充滿智慧、趣味和遊戲的傑作，失去了人和人性的莊嚴。也因此，當我們說這部作品是偉大的傑作時，是停留在上一世紀五、六十年代，整個世界文學都夜不能寐、馬不停蹄地要在形式上進行着奔跑式的探索與創造的時候。《如果在冬夜，一個旅人》，正是在那時世界文學的中心 —— 巴黎和歐洲適時而生的形式創造的傑作，一部元小說寫作的百科全書。

至於由此引發的偉大的形式和偉大的內容的討論 —— 關於文學對人和世界無盡的探求與認識，哪一個更為偉大和有生命力，這些都是偏頗和缺少包容的。既然卡爾維諾在《如果在冬夜，一個旅人》的最後，都讓男讀者與女讀者結為夫妻、合而為一了，而我們的寫作，為甚麼要強行把內容與形式從一張床上分開呢？

--------- ● ---------

該說說中國小說了。

在現當代的中國小說裏，魯迅的《在酒樓上》和《祝福》等，是多少有着一些「元小說」的味道的。這裏說的「元小說」，不僅是魯迅參與在了故事中，帶有一些「紀實」的色彩，也多少含帶了「我怎樣寫這部小說」的色彩。但真正明白元小說的創造，在中國現當代文學中，當代作家馬原則來得更早、更清晰。

我就是那個叫馬原的漢人，我寫小說。我喜歡天馬行空，我的故事多多少少都有點聳人聽聞。我用漢語講故事；漢語據說是所有語言中最難

接近語言本身的文字，我為我用漢字寫作而得意。全世界的作家都做不到
這一點，只有我是個例外。[91]

　　這是馬原在他的小說《虛構》中最鮮明的元小說敘述方式。這
種敘述完全打破了傳統敘事中以虛構建造真實的努力，把虛構懸置並
獨立在讀者面前。而在《西海無帆船》中，作者馬原也成了故事的敘
述對象。毫無疑問，中國當代文學在上世紀八、九十年代的復蘇和創
造，其先鋒的意義，要從馬原等人說起來。馬原對「先鋒」的貢獻，
如同橋墩對橋樑與擺渡的貢獻。今天談到中國文學的先鋒性和元小
說，遺失了馬原，如同遺失了回家的鑰匙。之後，在元小說的創作
上，莫言的《酒國》，可謂一面鮮豔的旗幟。莫言小說的敘述、結構
在當代文學中獨樹一幟。就小說的結構言，《酒國》是他所有小說中結
構與敘述最為繁密、複雜的一部，但在敘述中，那個真實的青年作家
莫言的出現，使整部小說的結構不再是一個死的框架，而成了活的、
靈動的敘事。成了元小說敘述的一次無意而效果顯著的嘗試。在《酒
國》中，如果拿下元小說敘述的元素，小說還在，但敘述的豐富性與
靈動性，將大為減色。

　　就元小說創作而言，中國當代文學的成就全部加在一起，都無
法和《如果在冬夜，一個旅人》相提並論。也許，正是因為元小說在
西方文學中的發達與成熟，並有着「一次性」創造的不可借鑒性，所

91　馬原，《虛構》，長江文藝出版社，1993 年 11 月版，第 363 頁。

以，使得「元小說」也幾乎成了一條「斷途」，我們一切的努力，都多少是一種重複。一如昆德拉說的，我們何樣的創造，其實都是《堂吉訶德》小說元素的延伸。然而，文學不會因為人類有了《堂吉訶德》和《神曲》，就使別的寫作失去意義；不會因為有了莎士比亞和易卜生，別的一切的戲劇都無意義。這也正如，無論塞萬提斯多麼全面和偉大，都無法遮蔽幾百年後卡夫卡、喬伊斯、博爾赫斯和馬爾克斯及昆德拉自己的寫作一樣。《如果在冬夜，一個旅人》即便是元小說的集大成者，也無法就此中斷小說創造中作家們對元小說創造的繼續追尋和嘗試。因為，元小說決然不單單是一種技巧、智慧、情趣和遊戲，它也還是作家的情懷和作家與寫作的回歸之所在。而卡爾維諾在情懷上——從「回歸寫作本身」中的放棄與撤退，也正給我們留下了許多可伸展的可能與創造。也正是從這個角度說，《日熄》的寫作，有相當大的結構與敘述上的「元小說」因素，但它對《如果在冬夜，一個旅人》中的過度的遊戲性，乃至「兒戲」般的技法展示和那種炫技的捨棄，也多少是對元小說「遊戲性」的補缺。

但也必須需要警惕，我們今天在技巧、技術上的一切努力，都有對 20 世紀寫作模仿的危險。尤其在元小說的創造與借鑒上，20 世紀的小說家，給我們留下了太多的陷阱和他們咀嚼過卻還留有殘味的橄欖。前邊說過，紀德的《偽幣製造者》是有諸多創造的小說，其中在形式上對小說本身的敘述，也正是元小說寫作的一份典例。而其短篇《浪子回家》，在元小說的創造上，不如《偽幣製造者》那麼清晰和鮮

明，但作為短篇小說的存在，也多少可見其一斑。細讀起來，它雖沒有如卡爾維諾樣展示一個作家虛構寫作的過程，但對《聖經》故事的改編與重述，這種書中的書，故事中的故事，敘述中的敘述，卻也多少給我們帶來另一種「元小說」寫作與閱讀的經驗。

2016 年 7 月 23 日

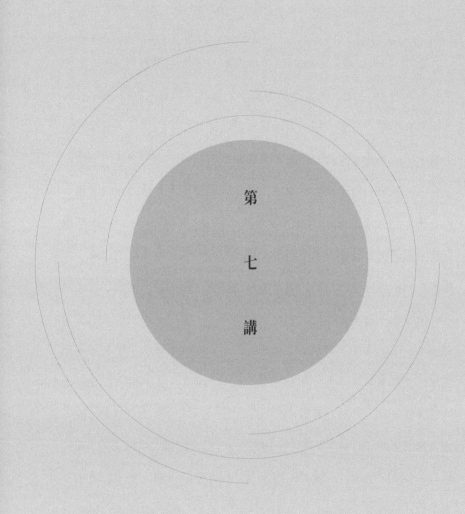

第

七

講

迷宮

：

敘述蛇道上的夢幻與現實

迷宮：敍述蛇道上的夢幻與現實

　　迷宮 —— 這種對小說的建築性理解，主要用來針對 20 世紀的寫作。而對 19 世紀、乃至更早的文學，是基本無效的註釋。而在 20 世紀的寫作中，又多少是針對博爾赫斯的幻想文學或美學。是緣於博氏的小說，才有了人們對小說美學意義的新認識。緣於博氏的小說中總是出現迷宮、鏡子樣的意象、比喻和迷宮樣令人難解的意義曲迴，也才使人們意識到博氏小說的迷宮學。從而，延展至 20 世紀的整個寫作，人們對文學中有美學價值又難以為普通讀者所接受的小說，都籠統、武斷地冠以「迷宮」的釋說。仿佛當一部小說用迷宮二字去形容、概述後，這部小說的價值就呈現出來了，就可以不去深入討探和理解了。卡夫卡的《城堡》，因為人們不甚釋解，會說它是一部看似簡單而實為迷宮的小說。喬伊斯的《尤利西斯》，人們也會說它是人的意識的迷宮。馬爾克斯的《百年孤獨》，也有一種「家族迷宮」說。而卡爾維諾的《如果在冬夜，一個旅人》，也有一種「結構迷宮」說。稱其小說為「迷宮」，我並不以為這是對作家的褒獎，並不以為這是論家對作品高明的理解。從本質上去說，沒有一個作家的寫作不是為了讓人理解才去寫作的。對於好的作家言，他認為他那樣 —— 而非這樣的寫作，是更具個性、更能表達自己、而且更能找到 —— 篩選出更屬於或獨屬於他自己的讀者他才那樣寫作的。好作家與壞作家的

區分，當然是取決於好作品與壞作品。可甚麼是好作品與壞作品？能說博爾赫斯的小說無人真正理解就是好作品？能說《天使與魔鬼》《達芬奇密碼》[92]《玩火的女孩》[93] 和《解憂雜貨店》[94] 人人可解，讀者浩瀚，在諸多語種中都累計百萬、千萬的銷量，因此就不屬於好的小說嗎？那麼村上春樹的小說又該怎樣去評判？卡德勒·胡塞尼的《追風箏的人》和德國作家本哈德·施林克的《朗讀者》又該怎樣去談說？最近在中國暢銷不衰的《斯通納》[95] 和《島上書店》[96] 又該怎樣去評判？

其實，對於某一類作家的評判，我們是可以放棄作品與讀者去談論議說的。這類作家的寫作，其全部的努力，就是在對讀者的放棄過程中，去篩選獨屬於自己的讀者羣。然這種放棄需要膽略、學識和天賦異稟的文學創造能力。博爾赫斯當然屬於這一類，是這一類中的佼佼者。他一生的寫作，都是在對讀者的放棄中去挑選和認識只知他識他的讀者們。

誠實說，我不太屬於博爾赫斯所中意、理想的他讀者中的那一個。我愛他，但我不是甚懂他。在博氏的小說中，我不能完全弄懂他的圖書館，更不太能看懂他小說背後所隱藏的那個時間觀和宇宙觀。尤其是，我不欣賞他小說中的玄學和玄幻感。但是，如果世界文學中沒有玄學和玄幻學，那文學不就會單調許多嗎？更何況玄學本來就是

---

92 美國暢銷書作家丹·布朗的小說代表作。
93 瑞典已故暢銷書作家史迪格·拉森的「千禧三部曲」之一。
94 日本作家東野圭吾小說代表作。
95 約翰·威廉斯作品，出版後暢銷全世界。《斯通納》，世紀文景，2016 年 1 月，楊向榮譯。
96 美國暢銷書，江蘇鳳凰出版社出版，作者加布瑞埃拉·澤文，譯者孫仲旭；李玉瑤。

人類知識的一種傳統和積存。中國有許多着迷於博氏小說的人。有許多作家的作品都自稱或被論稱與博氏小說一脈相承或受其影響而寫作。可真的把其放在一起對讀相比較，其實和博氏的小說只是皮毛之關係。甚至只不過在語言的句式上，有一些博氏小說被翻譯成漢語後的「漢語博氏」的調兒感。而博爾赫斯小說中實質的幻想、宇宙和虛無和其寫作是沒有關係的。從本質上說，博爾赫斯是關心人類而不關心具體的「人」。對人類的未來，博爾赫斯是虛無、悲觀乃至因無奈而深感絕望的。可中國小說，無論誰的小說，都充滿着人的慾望、力量和膨脹，我們愛具體的人和具體的人生，而不關心人類的命運。而博爾赫斯他關心人類，並不關心具體的人生。有了這巨大而最本質的差別，還談甚麼受其影響和有所聯繫呢？正是從這最根本的文學廈屋的座基上說，我們的寫作是和博爾赫斯不同的。對於拉美文學、對於世界上這個最獨特的博爾赫斯，我想在中國，除了把拉美文學和把博爾赫斯、馬爾克斯、富恩特斯 [97]、科塔薩爾 [98]、卡彭鐵爾 [99] 和巴爾加斯·略薩等帶給我們的那些專家、譯者、學者們，由我們（是我）來講博爾赫斯的小說，就只能談論皮毛和隔靴而搔癢。這如同今天內地的人，因為來過香港，買過香港進口的化妝品和免稅物，然後就大談香港歷史、文化和未來。因為在美國住過半月、一年或兩年，回去就大談美國的好和美國之所以為美國的糟。

---

97 墨西哥著名作家，主要代表作為《阿爾特米奧·克羅斯之死》等。
98 阿根廷著名作家，代表作《跳房子》等。
99 古巴著名作家，代表作為《人間王國》等。

　　在文學中，最危險的事情，是一個作家去談一個你不懂的作家的寫作與作品。為了避免這種危險性 —— 把這種危險降到最低點，有可能防範的範圍內，我們今天講「迷宮：敘述蛇道上的夢幻與現實」，最好的方法是放棄博爾赫斯的整個寫作，回到他具體的某部作品中，試行文本細讀，看能否從迷宮的夢幻中找出一條道兒來，找出門扉和路徑，讓所謂的迷宮和夢幻，成為眺望博氏寫作的視窗和跨過斷橋而瞭望他那從夢中醒來的明亮的岸。

───── ● ─────

　　我們選擇博爾赫斯寫作於上世紀 40 年代的小說《南方》這部短篇。之所以選擇這篇小說，是因為它在博氏的短製中不算太短，有那麼幾千字；另一個原因，就是在這篇小說中，有故事，有戲劇性衝突和轉變，更為重要的，是在《南方》這篇小說中，具有人生的煙火和人物的情感繚繞在這部小說間。

　　讓我們從《南方》的「故事」說起來。

　　可能的故事是：有一個叫胡安‧達爾曼的人，是市立圖書館的秘書。他性格內向，情感憂寂，雖然長期生活和工作在布宜諾斯艾利斯，但卻在阿根廷南方的荒野之處還有一座祖上遺留下來的莊園。這座莊園是真的莊園，不是夢幻，不是精神的象徵，而是實在的存在。因此，他從來沒有忘記過有一天要回到那個莊園去。

　　請注意，這多少有點像我們中國人從偏遠的外省 —— 鄉村奮鬥到城市 —— 如北京和上海的外省人，每天辛勞地工作和生活，而在

閒暇時候，總會想起老家有幾畝地，幾間房，因此一生都惦記着要葉落歸根，魂歸故里。有一天要回到自己的老家去。「瑣碎的事物和容或有的冷漠使他一直留在城市。年復一年，他滿足於擁有一注產業的抽象概念，確信他在平原的家在等他歸去。[100]」這是博爾赫斯在《南方》中對胡安·達爾曼那種「我有老家、有根土、終要回家」的事理、心理的簡略敘述，確實是言簡意賅，抽象而扼要。只敘述人生軌跡留下的腳跡印痕，並不去敘述和描寫那在他看來毫無意義的世俗的人生過程和心理情感的糾結矛盾。於是，達爾曼在偶然一次回家時，頭撞在了人家的窗戶上，破了頭皮又血流如注，慌忙到了醫院。這一入院，這一檢查，原來，他不知從甚麼時候已經患了敗血病。這個敗血病，當然是一種難愈之症。如此在病情好轉之後，他就決計要回南方老家的莊園休養了。

在回南方去的火車上，一切都日常平淡。看書、吃飯，瞭望窗外的風景。如此而已，無波無瀾。然而，事情是火車到了南方之後，檢票員告訴他火車並不停在他慣常要下車的車站，而要停在比那個車站靠前的一個小站。事情就這樣發生了變化。稍前的那個小站，荒蕪、空寂，當達爾曼從小站出來，因為回到南方後的他，心情舒暢，也就緩緩步行。待到了車站外的一個雜貨鋪，由雜貨鋪的老闆幫他找了一輛四輪馬車，準備送他回到他那「魂牽夢繞」的老家莊園裏。可是，「為了替那個日子添件事，消磨等車的時光，達爾曼決定在雜貨鋪吃

---

100 《博爾赫斯文集》（小說卷），南海國際新聞出版中心，1996 年 11 月，第 199 頁，王永年、陳眾議譯。

晚飯。[101]」他要不決定吃這晚飯就好了。他不決定吃這晚飯就沒有這則故事了。就沒有《南方》這個經典的迷宮夢幻小說了。一切都是從這吃飯開始轉變的。他坐了下來。可那雜貨鋪裏除了他，還有一位如被歲月錘煉為「諺語」一樣的老人，還有另一張桌上的幾位小莊園雇工模樣的年輕人，他們在喝酒、吃飯和說笑。就這時，很小很小的一件事情發生了。有一個用麭包捏成的小球朝他扔過來。扔小球的是那幾個喝多了酒的雇工年輕人。為了不搭理這件事，達爾曼故意把帶在身上的《一千零一夜》翻開裝出讀書的樣子來，可是，又有用麭包捏的小球扔來並打中了他。

這，達爾曼就不能再佯裝不知了。

如此，在雜貨鋪老闆告訴他那幾個人是喝醉了時，「達爾曼把店主推到一邊，面對那些雇工，問他們想幹甚麼。[102]」這一問，那喝醉酒的人就來到他面前，把匕首朝空中一拋，接住，開始罵起來，並威脅達爾曼說要和他進行打鬥。更料不到的事情是在那醉漢雇工脅迫着說完想要打鬥後，蹲在一邊的那個如幾代人錘煉成的諺語一般的老高喬人，突然把自己的一把亮晃晃的匕首拔出來，扔給了沒有武器的達爾曼。

就這樣，達爾曼像被甚麼無可避免的風捲起那樣拾起了那把匕首，儘管他作為男人 —— 有高喬血統的男人對刀子的知識僅限於「殺時刀刃應該衝裏面，刀子應該從下往上挑 [103]」 —— 儘管僅有這一點點道聽途

101　同前，第 203 頁。

102　同前，第 204 頁。

103　同前，第 205 頁。

說的常識，他也還是「緊握他不善於使用的匕首 [104]」，和那個醉酒的野蠻粗魯的年輕人一道從雜貨鋪出來，到外面的草原上去和他決鬥了。

小說到此戛然而止。故事也如夢一樣到此止住了。到這兒，這個被我講得相對清晰、有條理了的故事，仿佛如從哪到哪的一條有類似人物達爾曼的人生之路，既沒有迷宮，也沒有夢幻，似乎是非常寫實、世俗、庸常的一則人生小說。如此，還有甚麼可說嗎？有。還有許多省略、模糊的可說之處，在等待着讀者們。如果沒有，那就不是博爾赫斯的小說，而是我的小說了。而博爾赫斯小說的複雜之處，也恰恰不在我講的故事內，而在這個故事的省略處。現在，我們把故事還原給小說。讓故事重新回到小說的敘述中，來討論一下這個故事到底都省略了甚麼，模糊了甚麼。

第一點，這個故事到底發生過沒有？它是真實的，還是人物達爾曼在夢中想到的？《南方》這篇小說，沒有向讀者交待這一點。博爾赫斯省略模糊了這一點。關於達爾曼要回南方老家莊園的故事，一切都建立在達爾曼必須「回家」的基礎上。可是，在他的小說敘述中，我們讀到的敘述呈現 ── 並非「講故事」── 卻是這樣幾句話：「他堅強地忍受了那些極其痛苦的治療……肉體的痛苦和夜裏的不是失眠便是夢魘，不容他想到死亡那樣抽象的事。過了許久，大夫告訴他說，他開始好轉，很快就可以去莊園休養了。難以置信的是，那天居然到來。[105]」

104　同上。
105　同前，第 200 頁。

回家 —— 回到南方莊園去，是建立在「那天居然到來」的這句敘述中。那麼，這「居然到來」，是在他的夢中居然到來的，還是在現實中居然到來的？當然，我們在閱讀中是體會、傾向於現實發生的。可如果確實達爾曼不是在夢中而是在現實中乘坐火車回的南方，那麼，博爾赫斯在後面的故事中，有兩處的省略和模糊，就讓建立在現實 —— 真實故事上的樓屋傾斜了。一、火車為甚麼突然不停在慣常應該停的車站了？而為甚麼要停靠在前一站的荒蕪之地的小站呢？達爾曼那麼急於回到南方的莊園，當檢票員告訴他火車不停在原來車站時，達爾曼不僅對檢票員的解釋不感興趣，甚至連聽都懶得多聽一會兒。二、如果是現實，素昧平生的雜貨鋪的老闆，為甚麼能脫口而出叫出達爾曼的名字呢？僅此省略、模糊的兩點，《南方》故事的真實性就開始搖晃了，不穩了。紮實、現實的基礎虛坍了。可是，這個故事又真的是在達爾曼的夢中發生的嗎？如果是在夢裏邊，博爾赫斯還在小說中寫到達爾曼在火車上「瞌睡了一會兒，夢中見到了隆隆向前的火車。[106]」這麼說，這個夢是《南方》的夢中夢？如果確定是夢中夢，博爾赫斯為甚麼又不交代是一個夢中夢？正是基於這一些，當我們重新敘述《南方》的故事時，我們不能肯定地說它是小說的故事。而只能說它是「可能的故事」。也正是這個似夢非夢、非夢似夢，既現實又虛幻的故事，構成了《南方》迷宮小說的基礎。是迷宮的牆壁和根基，而其他關於迷宮的敘述，都是因它而存在，繞它而推進的。

106　同前，第202頁。

　　從實在到模糊的時間 —— 在博爾赫斯的小說中，時間的模糊和不確定，是他寫作的時間觀，也同時相連着他沒有時間存在的宇宙觀。而關於時間，有趣的是，在博爾赫斯的寫作中，在他匠心獨運、有意模糊的時間裏，卻常常出現非常確定準確的時間，如《阿萊夫》和《小徑分岔的花園》等。然而，那些言之鑿鑿的時間，卻不一定是小說最為關鍵處的時間點。而在關鍵處的時間點，時間卻又都是模糊的，不準確確定的。這就是博爾赫斯小說中的時間觀，在可模糊的時間處，時間卻是明確的；時間需要明確的，博爾赫斯卻把時間有意模糊了。當然說，可以理解為這種清晰與模糊的敘述時間的混淆，是一種小說時間的遊戲和技法。但統觀博氏的小說，這時間就不再是寫作技巧的遊戲了，而成為了他「宇宙觀」中的時間觀。是他通過時間對宇宙的認識和表達。而在《南方》中，這一小說時間法的運用，更是貼切自然，深藏玄機。

　　1871 年在布宜諾斯艾利斯登岸的那個人名叫約翰尼斯·達爾曼，是福音派教會的牧師；1939 年，他的一個孫子，胡安·達爾曼，是坐落在科爾多瓦街的市立圖書館的秘書，自以為是根深蒂固的阿根廷人。[107]

　　這是《南方》小說的開頭。這個開頭，如任何一篇傳統寫作一樣，端端正正，有板有眼。「1871 年登岸的那個人」，仿佛他才是小

107　同前，第 199 頁。

說的主人翁。因此，才有那麼明確的「時間、地點和事件」，在這句明確了然的敘述裏。可接下來，除了說明「1871 年登岸的那個新教德國人」是胡安‧達爾曼的爺爺外，這位浪漫的德國人便與小說全無關係了。如此，又何必那麼言之鑿鑿地說 1871 年？1871 年對於那個時代並不是可記憶的特殊年份，它對阿根廷或布宜諾斯艾利斯，對拉美或德國，所有的大事都與這篇小說無關。所以，博爾赫斯可以把那個年份寫為 1870 年或 1865 年，也可以寫為 1875 年或 1876 年。總之，那些年月，德國正處在興盛時期，文學與藝術的浪漫，如同春暖花開的蝴蝶。就這個時候，有許多德國人傳教抵達了布宜諾斯艾利斯。所以，可以寫為 1871 年，也完全可以模糊籠統地寫為「上一世紀的七十年代」或「70 多年前」……然而，博爾赫斯卻言之鑿鑿地寫下了「1871 年」和之後的「1939 年」。因為這些時間確鑿、實在的出現，使《南方》這篇小說，蒙上了「千真萬確」的真實色彩，尤其在第一自然段結束，「1939 年 2 月，他（達爾曼）出了一件事[108]」的敘述，仿佛這篇小說，不僅是傳統的，還是寫實（紀實）的。可是，當時間出來證明了小說的「真實」之後，所有具體、實在、可證明真實、真相的時間卻都退場了，不復存在了。剩下的時間，在後邊的敘述中，不是「一天下午」（哪一天的下午？），就是「八天過去了」（從哪天算起的八天後？），再或「那天」（哪天？），「過了不久」（到底過了多久？）等，之後所有出現在《南方》小說中的時間，都是不確

108　同前，199 頁。

定的，模糊的，可以「時間錯移」的。達爾曼如果是在現實中確實坐了火車回到南方，那麼，他坐火車回去是在哪一天？其時間的交代不應該是「在火車站的大廳裏，他發現還有三十分鐘火車才開，[109]」這個「還有三十分鐘」的時間點，一方面證明着他回去的確鑿性，又一方面證明着他回沒回去，是在夢裏還是夢外的模糊性。「難以置信的是，那天居然來到。」這裏的「那天」，在交待了達爾曼回南方的「那天」（哪天？）後，其餘的時間，無論多麼準確，其實都是「無效時間」。「三十分鐘以後才開車」「午飯」「明天早晨我就在莊園醒來了」「中午十二點」「太陽已經西沉」等等，這些貌似準確、精細的時間的交待，都是「那天」（哪天？）中的時間，都是試圖證明「真實」的時間。是虛時間中的即時間，或「假」時間中的「真」時間，一如一個行兇殺人的人，不交待具體的哪年、哪月、哪一天，只說他殺人時候是中午，太陽高懸，樹影晃晃，還有麻雀烏鴉臥在枝頭上，把殺人的時間說得具體、再具體，細微再細微。可最真實的哪年哪月哪一天，卻是沒有的，不確鑿存在的。這種在敘述時間中只有「小時間」，沒有準確的「大時間」的寫作，一如我們走在繁華迷亂的大街上，沒有記住哪個城市、區縣和街道的名稱和編號，只記住了街上有怎樣一棟樓，樓下有怎樣一棵樹，樹下的報亭在賣甚麼報紙和雜誌，這如何讓人能找到「真實」中的街道和人呢？這就是博爾赫斯的時間觀。是《南方》給讀者的一個關於時間徑道上的斷橋與連接。

109　同前，第 201 頁。

失去的準確 ⟶ 當下的模糊 ⟶ 過程的細實

這是《南方》中的時間觀和時間的路線圖。從確鑿開始，到確鑿收場，而中途真正需要確鑿的時間的真實，卻是「那年」「那天」一類的模糊。這就形成了博氏小說時間的「交岔」「分岔」和「錯移」，形成了一個「時間宮」和「時間錯道」，當你沿着傳統即有的時間道走入他小說中的時間宮，便必然讀出一種模糊、迷幻和迷宮來。而放棄既有的時間觀，也許才可以真正在那迷宮中找到時間的景觀和風物，找到博氏小說的美學與表達。

被刪除或極簡而留下的情（細）節的偶然意義 ── 博爾赫斯的精短小製，之所以在世界文學中獨樹一幟，除了諸多的因素外，其中最為重要的，就是內容上他對「俗世人生」的有意忽略，而在文本敘述上，實施簡約而精準的高度概括性敘述。當我們說美國作家卡佛（1938-1988）是敘述的「極簡主義」時，將其放在博爾赫斯的寫作面前，卡佛還何談極簡主義，只不過是寫作中選擇細節和講述時，「簡明扼要、抓住了重點」而已。而博爾赫斯的寫作，則不僅是簡明扼要的，而幾乎是連人生世事之細節、情節都被刪除的。在這兒，我們是說的博氏敘述中細節的極簡性，不是說他不要細節，而是說他在小說中幾乎不寫「俗世的人生」，這就自然刪除了「作為庸常俗人的細碎」的細節，而留在他小說中的，就只有作為敘述存在的細節，而非作為人的存在的細節。

這是一個極度關鍵的問題。小說中的細節，是為了人物存在而生

成的，還是為了敘述的目的而存在生成的，這是博氏小說故事中的一個關鍵所在。毫無疑問，在 19 世紀寫作面前，所有偉大的作家和作品中的細節，其出發點，都是為了人物的，哪怕有時那些細節的意義，更為傾斜於支持故事與情節的存在。實在說，19 世紀幾乎所有作家的寫作，其原初的動向，也都是為了人物的書寫。但 20 世紀的寫作，細節的主要方向與意義，在一些作家那兒發生了變化。《變形記》中的格里高爾變為甲蟲這一驚天之變的細節，就不僅是為了人物的，也更是為了敘述的。到了博爾赫斯的寫作，這一文學天經地義的細節的意義，幾乎發生了崩潰性的變化。在博氏的寫作中，絕多小說的細節，首先是為了敘述，其次才是為了故事中所謂的人物。如果不是為了敘述的需要，細節在他的小說中，就是多餘的累贅。以《圓形廢墟》和《皇宮的寓言》為例，這兩篇經典的迷幻、迷宮式小說，除了跳躍式的快速而勻稱的敘述，我們幾乎找不到其中有讓博爾赫斯的敘述可以停下的細節。《圓形廢墟》是一篇刪除了所有細節只留下快速敘述的經典。或者說，它是一篇讓所有的細節都化為字與詞的節奏的極簡。就是其中有類似於小說細節那樣的描述──「有一次，他命他去遠處山上插一面小旗。第二天，旗幟果然在山峯上飄揚了。[110]」── 這頗類細節的關於小旗的描述，也被他極簡為敘述中對敘述的一種證明，也非為了人物的存在。但到了《南方》，情節與細節則鮮見地出現在了小說中，而且或多或少，似乎是為了人物達爾曼的存在而偶然發生的。那麼，這些細節，是真的為了

110　同前《圓形廢墟》,《博爾赫斯文集》(小說卷)，第 103 頁。

人物嗎？是為了人物還是為了敘述到來的偶然呢？

以人物言，《南方》是博爾赫斯小說中少見的有「人生感」的小說。那麼，其細節的意義，自然就該是為了「人」的存在。小說中最為鮮明的細節，是在開篇、中間和結尾多處、多個細節的發生、設置和敘述。在小說的開頭，人物達爾曼下班回家，買了一本《一千零一夜》。因為急於回家閱讀，匆忙中撞在了誰家忘記關閉的窗子上。「不等電梯下來，就匆匆從樓梯上去；暗地裏他的前額被甚麼刮了一下，不知是蝙蝠還是鳥。替他開門的女人臉上一副驚駭的神情，他伸手摸了摸額頭，全是鮮紅的血。誰油漆了窗子，忘了關上，害他劃破了頭。[111]」這樣相對詳盡的細節描述，在《南方》中如《圓形廢墟》中那個夢中的孩子插在故事中的鮮明小旗。正是有了這個偶然細節的出現，也才有了《南方》的故事的整篇。人物頭破了，不得不去醫院。在醫院就檢查出了他「血流不止」，不是因為頭破，而是因為他有敗血病。因為敗血病，也才加深了他要回南方老家莊園療養的意志（意念）。於是，才有了他乘火車回南方潘帕斯草原老家時火車不停留在原來小站的又一個偶然，也才因此又導致人物在另一個車站的雜貨鋪與人打鬥的結尾的偶然。就此而言，這個人物命運中最為關鍵的細節（情節），當我們從人物（人生）角度去理解、解析時，也才發現，原來這些細節、情節都不是必然的，都是偶然的。是一個偶然導致的另一個偶然。是另一個偶然導致的新的偶然。下班回家，頭撞在誰家

111　同上，《南方》，第200頁。

忘記關上的新上漆的窗上。—— 多麼偶然的一件事情。本來是去醫院檢查額門的傷口，在醫院卻檢查出了要命的敗血症。本來是因為敗血症回南方莊園去療養，火車卻又無緣無故停在了另外的車站。在另外的車站下車，這就又偶然碰上了沒事找事喝多酒的雇工們，要尋釁滋事，打架鬥毆。而滋事鬥毆，原來忍一忍也就過去了，可偏偏「蹲在角落裏出神的那個老高喬人（那個蹲在那兒如被幾代人錘煉的諺語一般的老人），朝他扔出一把亮晃晃的匕首，正好落在他腳下。[112]」這就不能不打了，不能不使人物朝偶然和意外的結局迅速地拐走與滑去。—— 握着匕首，出門械鬥時他（達爾曼）心想，「在療養院的第一晚，當他們把注射針頭扎進他胳膊時，如果他能在曠野上持刀拼殺，死於械鬥，對他倒是解脫，是幸福，是歡樂。他還想，如果當時他能選擇或嚮往他死的方式，這樣的死亡正是他要選擇或嚮往的。[113]」到此，這自始至終，人物都走在偶然的道路上，而故事道路上所有的細節的發生或設置，又都起於偶然，終於偶然。一切都和人物的必然無關。就《南方》這篇小說言，關於人物與偶然，就產生了一個問題。小說中是因人物產生了那些細節，還是因為偶然而產生了小說人物？在傳統寫作中，當然是因為那樣的人物，才產生那樣必然的細節（情節），至少理論上如此。但在《南方》中，在博爾赫斯的寫作中，人物與偶然，發生了關係倒置，小說不是因人物產生細節與偶然，而是偶然加偶然的細節（情節）生產了人物。人物是為了那些偶然的存

112　同上，第 205 頁。
113　同上，第 205 頁。

在而存在。故事不是細節與情節的鏈條與總和，而是偶然和偶然的聯繫。《南方》是偶然生成故事與人物的短篇經典。從這經典中去看，人物的一切，都是為了證明偶然在人生中對必然的決定。甚至說世界不源於必然，而源於偶然。人生不起始於命運，而起始於偶然對命運的決定。因此，《南方》的寫作，從本質上說，並不是為了達爾曼這個人物和命運，而是為了作家對「偶然」的敘述。而敘述，無非是藉助了達爾曼的被偶然決定的「命運」而已。

說到底，在《南方》這篇小說中，人物不是敘述的目的，虛無才是敘述最終要停止的地方。而敘述中的偶然，是敘述的目的和走向最後的路標，是偶然的全部的意義。

· · · · · · · ● · · · · · · ·

《一千零一夜》作為另一種元小說在《南方》中的對應與存在 —— 回到《南方》的文本本身，《一千零一夜》在小說中的出現，不是一種道具與藉助的意義，而是另一種元小說的意義。當我們在談論元小說是對虛構成分的虛構時，是對寫作本身的寫作時，我們不能忽略元小說對非作家本人寫作的「外小說」的再寫作。正如卡爾維諾在《如果在冬夜，一個旅人》中多次提到博爾赫斯一樣，博爾赫斯的寫作，自始至終都不斷地寫作別人的「另小說」和「外小說」。而《一千零一夜》，是他一生對這種「另小說」和「外小說」再寫作的藍本之一。別人的虛構，成為他的寫作的「經驗」。把實在的人生經驗，建立在對別作的虛構上（圖書館）和閱讀上，這也正是博爾赫斯對某種元小說創

作的一種新疆界的拓展。從《南方》故事的表層說，《一千零一夜》只是人物偶然的一個起因 —— 因為達爾曼去買了這本書所引發了故事的全部經過與結局，然而，這個要回南方療養的達爾曼，他究竟回沒回到南方去？是在夢中回去的，還是在現實中果真回去的？這種現實與夢幻的來往，延伸穿梭的不確定性，正如他其他小說如《小徑分岔的花園》和《圓形廢墟》及《特隆、烏克巴爾、奧爾比斯·特蒂烏斯》等作品一樣，都和《一千零一夜》有着互文呼應的關係，彼此的聯繫，正如《圓形廢墟》與《一夢成富翁》[114] 中的「雙夢記」，甚至連《圓形廢墟》中做夢的人，也是別人夢中的產物。而《南方》對現實與夢幻邊界的模糊與省略，也正是將其現實與虛幻的隔牆推翻後的自由，使現實中存有着虛幻，虛幻中又存在着貌似現實的新虛幻。夢中夢，虛中虛，偶然中的偶然，這些都與「雙夢記」相連的文本，也都是《一千零一夜》在博爾赫斯一生寫作中某種元小說的意義。是一種迷宮文本中的書中書，講中講，寫中寫 —— 是一種敘述中的敘述。敘述中的敘述的敘述，是博爾赫斯迷宮敘述的策略和發源地，正如迷宮建築最初的根基。而《南方》這篇小說，也正因為故事中《一千零一夜》的存在，也才更加深了其故事更進一步的神秘性和迷宮性，使得它文本的意義，更為複雜和豐富，更有夢幻與現實不確定性的迷宮性。

2016 年 7 月 31 日

114　故事源自《一千零一夜》（花山文藝出版社，1998 年 6 月，李唯中譯）第四卷。

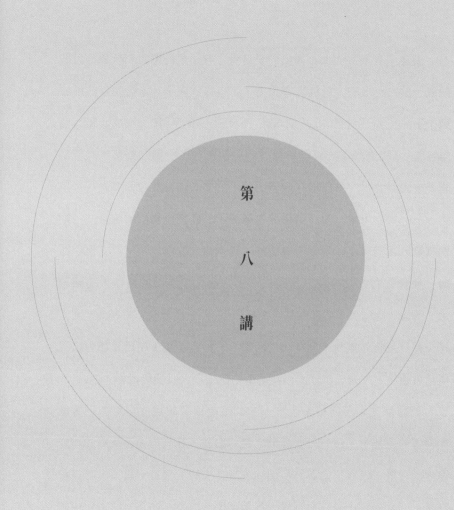

第

八

講

第三空間

：

文學場域的界內與界外

第三空間：文學場域的界內與界外

漢語中有很多強大、專橫而又自身含着強烈的邏輯和抵靠外力的詞彙。當它出現時，仿佛真理到來了。皇帝到來了。不可抗拒的權威到來了。比如「概括」「提綱挈領」「大致如此」「籠統說來」和「綱舉目張」「總結如下」等等等等。這些詞彙帶着行動的聲響，乃至馬隊奔來的聲息，一當出現在我們面前，就如同最權威的領導站在了主席台上一樣。可是，沒有這樣帶着權威、武斷乃至暴烈的聲息、行動的詞彙，我們可能就得在一盤散沙、漫無路向的漠地、草原上惘然四顧，猶豫左右，就得在三岔路口、十字路口和多向的路口上迷困發呆。所以，有時候，我們知道「總結如下」「概括起來」的專橫無理、挂一漏萬或有你無我、他在我亡的蠻橫，但也不能不使用這種專橫的概括與總結，來進一步理清和凝視事物的紋理、肌理與真相。

美國那麼大，終歸是要被一號公路提綱挈領貫穿在那真正的地大物博的土地上。沒有一條絲綢之路的出現，我們的先人就無法知道除中國之外，世界上還有許多別的國度、人種、部落、羣族、語言和物產。而文學，正是這個世界上各個國度、族羣、語言、物產與情感最可能更豐富、全面和準確的反映。文學的豐富性，超過了人類一切的學科。文學中可以有哲學、數學、醫學、建築學、宇宙學乃至各種各樣的細碎與龐雜，但其他學科，卻不一定可以有文學。比如說，你

不能用數學來計算人的情感、人性與靈魂吧。你不能用醫學 —— 中藥、西醫來治療建築中的坍塌和崩潰。不能說一座房子倒下了，請一個醫生開個處方熬一劑藥，那房子就又直立起來了。

這就是文學無可比擬的豐富性和複雜性。文學中可以存在世界上的一切。但文學以外的其他學科，對許多不相關的門類卻是無能為力的。

那麼，又怎樣去總結、理析文學呢？誰去總結、理析文學呢？文學自己會完成這一切。文學是人類最謙遜低調的學科，它對自己概括、總結後，向人類和讀者宣佈了它的簡單性，說無論我怎樣的豐富與變幻，複雜與凌亂，但總結說來，概括如下 —— 武斷和權威的詞彙到來了。詞彙帶着行動的聲音，如憲法帶來的法律的條文與款項。「概括」說 —— 世界上最複雜的最簡單，最無解的問題往往就是一個「急轉彎」。而文學無論多麼詭異與神秘，豐富與複雜，其實也就兩件事情：

現實與想像！！

現實與想像，或說實在與虛構，這是文學的兩大源泉、兩大舞池與舞台。無論一個作家如何寫作，都在這現實與現象的空間中藉助語言或以語言為目的、本質的展開敘述、舞蹈人物和施展作家的筆墨與才華，天賦與力量。「關關雎鳩，在河之洲。窈窕淑女，君子好逑。」這是寫實的。「盤古開天」「女媧造人」「后羿射日」「嫦娥奔月」「共工怒觸不周山」等，這些都是想像的，虛構的。一切文學的起點，都

源自這兩大根鬚和土地，無論後來我們怎樣寫作，都在這虛構與實在的兩大空間中騰挪與努力。《荷馬史詩》《一千零一夜》《神曲》《堂吉訶德》《西遊記》《紅樓夢》，每一個民族文學的源頭與高峯，都無法超越現實與想像——實在與虛構這兩大空間。

文學有史以來，都在這兩個空間中展開和行走。無非它的方向是由遠至近，由大到小，由天上到地下，由神話至現實，由人的物事到內心的一個過程。比如說從最早的關於天之上的神話，到今天關於人之心的現實與想像；由過去對宇宙想像虛構的敘述，到今天對現實世界的狀繪（現實主義）和對人內心的想像之細解與描述。無論人類產生、留下了多麼浩瀚、偉大的作品，神話或傳說，電影或繪畫，詩歌或小說，也都不能超越現實與想像這兩大範疇，兩個空間。那麼，文學到底有沒有第三空間存在呢？到底有沒有第三範疇可供作家構思、寫作、騰挪他的筆墨去施展他的寫作才華呢？

哈姆雷特從德國求學回到宮內，父王已經死去，叔父克勞狄斯已經登基為王，而母后也已匆匆嫁給新王克勞狄斯……一切都在陰謀之中，一切都在假像和既成的事實中。但死去的父王的鬼魂，卻每天夜裏都在宮廷的露台上等待兒子的到來，並在這露台上告訴了兒子事實的真相……一個鬼魂的訴說，當然是虛構，是想像，是不可能的發生。但他說的卻是事情的真實與真相，存在和發生。這樣一個場景，究竟應該屬於想像的空間，還是應該屬於實在的空間？還是在文學的兩大空間之中，屬於「第三空間」呢？《一千零一夜》中最著名的「雙

夢記」的夢，毫無疑問是人們生活中最真實的存在。人人都會做夢，如同人人都必須吃飯。而夢中的事情，卻又往往是現實中不可能發生的發生，幾乎永遠屬於想像、虛構的範疇。

相傳，古時候，巴格達有位富翁，家財萬貫。但時隔不久，家財耗盡，變成了一個一貧如洗的人；他無可奈何，只有通過艱辛勞動，才能維持生計。

一天夜裏，他做了個夢，夢境中遇見一個人，那個人對他說：「你的生路在米斯爾，到那裏去謀生吧！」

他醒來之後，立即啟程前往米斯爾。當他到達米斯爾時，天色已晚，便睡在一座清真寺裏。那座清真寺旁有一座住宅。就在那天夜裏，一羣盜賊進了那座清真寺，由清真寺溜進那座住宅。宅主聽到盜賊進宅的動靜，立即大喊大叫起來。省督聞訊，立即帶人前來抓賊。賊見有人來，慌忙逃走了。

省督離開那家宅院，走進清真寺，發現睡在那裏的那個巴格達人，便將他抓走，嚴刑拷打，直打得那個巴格達人死去活來，然後將他關押起來。

那個巴格達人在監牢裏被關了三天後，省督才提審他，問道：「你打哪裏來？」

「我從巴格達來。」

「你來米斯爾有何事啊？」

「我做了一個夢，夢見一個人對我說：『你的生計在米斯爾，到那裏

去謀生吧！』我來到米斯爾，發現夢中人告訴我的生路竟是這樣一頓皮鞭毒打。」

省督一聽，禁不住哈哈大笑不止，連大牙都露出來了。他說：

「你這個沒頭腦的傢夥，我曾做過三次夢，都夢見一個人對我說，『巴格達有座房子』，並且向我描繪了一番。那個人說：『院內有座小花園，園中的噴水池下面埋着大量錢財。你趕快去巴格達取錢財吧！』儘管這樣，我都沒到巴格達去。你真是沒有腦子，卻為了夢中見到的事，輾轉奔波；要知道，那都是幻夢。你這不是自討苦吃嗎？」

說罷，總督給了那個巴格達人幾個第納爾，並且說道：

「拿這幾個錢當盤纏，回家去吧。」

那個巴格達人接過錢，一路辛苦跋涉，返回巴格達。

那位省督夢境中的那座房舍，正是巴格達人的家宅。

巴格達人回到家中，到噴水池那裏一挖，果真發現那裏埋着許多錢財。安拉開恩，他一下子成了腰纏萬貫的富翁。世上竟有這樣的巧事！[115]

前面說過，這是《一千零一夜》中最著名的關於夢的故事。這個故事使博爾赫斯非常着迷，幾乎影響了他一生的小說寫作。那麼，那個使巴格達人離開巴格達去米斯爾的夢，和省督告訴巴格達人，他自己三次都做的同一內容的夢，這個「雙夢」是屬於想像還是實在？倘若我們視現實為文學的第一空間，超越現實的想像為第二空間，那

115　同前，出自《一千零一夜》第四卷。

麼，那個被夢「夢到的真實」，又屬於第幾空間呢？再前所述，《圓形廢墟》是博爾赫斯這類寫作的經典。小說所寫的，全部都是人物夢中的事。而夢中的事，又都似乎如「存在」一樣。然到小說最後，博爾赫斯又告訴讀者，連做夢的人，也是別人夢中的人。夢中人的夢，夢中夢的事，這無疑問是藉夢而虛構。但又有誰可以否認人類做夢不屬真實的範疇、不是真實的存在呢？可是真實，這些夢又怎麼可以屬於「真實」的第一空間呢？不屬於文學的第一空間，可又不是一種純粹的「想像」，如此，它不屬於第一空間，也不屬於第二空間，這就證明，文學除了第一空間和第二空間，還有第三空間的存在。

.... • ....

在《百年孤獨》中，有無數今天我們認為是「魔幻」的情節，諸如馬孔多人第一次見識冰塊時發現冰塊「熱得燙手」「永遠割不完、死不掉的植物」「集體失憶」「血液由下向上爬過台階流過門檻」回到家裏報喪，及人在愛情和性亢奮時，會導致動物瘋狂的生育，一場雨一下就幾年等等等等，這些情節，毫無疑問是「神奇」的，「魔幻」的，當我們去追究這些神奇、魔幻的情節所發生的場域時，我們發現，把這場域歸至文學現實的第一空間是不對的，因為它們「似乎」不是現實的，現實中「不太可能」這樣頻頻發生這些奇幻的事。那麼說，我們將其歸位到文學的第二空間去，發現這也「似乎」不恰當，不確切，因為它雖然是想像，是虛構，但卻在生活中「仿佛」「可能」確實是真實的，時有發生和可能發生的，決不是神話、巫技、傳說中的純

屬想像空間的事。於是，馬爾克斯說，我是完全的現實主義。卡彭鐵爾則說，這是「神奇的現實」。而這種神奇的現實，讓我們再次想到馬爾克斯「幾乎可以倒背」的小說《佩德羅·巴拉莫》中的科馬拉和半月莊，幾乎都是村人、莊人死亡後的寂荒之地，然而「兒子」去尋找父親的足跡，在那兒的所聞、所見、所經歷的一切，又幾乎都與死過的亡靈相處和發生。這是真的還是假的呢？屬於第一空間還是第二空間呢？還是不屬於第一空間，也不屬於第二空間？當我們用神奇、魔幻這樣的概念、詞彙以「風格」「主義」「方法」來分析這類小說時，我們其實疏忽了一個問題，那就是無論是甚麼主義和方法，故事都必須在「空間」和「時間」中發生。那麼，這個好像第一空間又不是第一空間的空間，好像是第二空間，卻又像第一空間的空間，到底屬於哪個空間呢？卡彭鐵爾和馬爾克斯則對此有個共同的表達，它屬於文學的「第三範疇」。這兒說的範疇，是指現實為第一範疇，想像為第二範疇，而在現實與想像之間 —— 如同現實為地，想像為天，那麼這天地之間的空間，既跨着現實，又跨着想像，在現實與想像之間搖擺、活動、生成的文學故事或故事中的情節與細節，它們發生和被敘述的場域，就為第三範疇。亦即第三空間。

關於拉美文學和拉美文學中的第三範疇，那位中國的學者，拉美文學專家，最早把馬爾克斯、博爾赫斯、卡彭鐵爾、巴爾加斯·略薩、科塔薩爾和阿連德等「文學爆炸」和「魔幻現實主義」介紹到中國的陳眾議先生，在《阿連德的本色與雜色》一文中，曾經帶來過阿

斯圖里亞斯對「第三範疇」的清晰解釋：

　　簡而言之，魔幻現實是這樣的：一個印第安人或混血兒，居住在偏僻的山村，敘述他如何看見一朵彩雲或一塊巨石變成一個人或一個巨人……所有這些都不外是村人常有的幻覺，誰聽了都覺得荒唐可笑、不能相信。但是，一旦生活在他們中間，你就會意識到這些故事的分量。在那裏，尤其是在宗教迷信盛行的地方，譬如印第安部落，人們對周圍事物的幻覺印象能逐漸轉化為現實。當然那不是看得見摸得着的現實，但它是存在的，是某種信仰的產物……[116]

　　由此，我們也就可以非常清晰地感到第三範疇，亦即更清楚、簡白的說辭為「第三空間」在文學中的初成、發現和在寫作上的成熟，直至被全世界文學創造的認同、接受、並被廣泛借鑒與使用，是從細節、方法到完全的思維的一個過程。如格里高爾在《變形記》中只是一個小說的荒誕的情節，但在卡夫卡的整個小說中，荒誕從「風格」「主義」成為他認識世界的方法、思維後，而今已經成了整個世界文學的方法與思維，成為了人類認識世界的方法論。第三空間亦是如此，無論它最早起源於哪部作品，是《伊利亞特》中那座坐落在地面（現實）上的特洛伊城和天宇（想像）上由宙斯統領指揮的奧林匹斯山宇上的人與神、神與人共處的原生地（第三空間），還是共工在人間（現實）的萬難之後，拿頭怒撞不周山的天的柱子（想像）的過程中、路

---

116 《文匯讀書週報》2007 年 6 月 26 日。

途上（第三空間），再或起源於中國最早的神書《山海經》或但丁的《神曲》裏，這些都已不再重要。重要的是它在 20 世紀的文學中，成為了一種奇特、獨立的文學景觀，成為了一種傳統文學中最新的不可迴避繞行的文學文本與實在，成為了今後我們寫作的重要的創造與吸收的資源。而且，業已成為了一切有志於文學創造 —— 不是簡單的創作者的可靠的傳統。

· · · · · ·

現在，我們來分析一下第三空間寫作的過程。或說作家在第三空間的技術、技巧和寫作實踐的可能。一部文學作品，沒有技術、技巧是不可能的事。沒有技巧與技術的作品，一定不是可稱為成品的作品。一如一幅畫，無論你多麼古老和現代，你為甚麼這樣畫，而不那樣畫？為甚麼這樣用色、用光而非那樣的用色與用光？這是思維的不同，但也是技巧與技術的不同。當然，也是畫家對世界認識的不同。莫奈的畫，把每一葉荷花上的水珠和水珠上的月光都要畫出來，柔美到使人想要用舌尖去舔那水珠、花香與月光。可是，梵高炙熱的火黃會燙傷燒掉人的眼睫毛，看一眼就想要朝後退幾步，擔心不後撤退步，其光色會使眼睛被刺到盲然與失明。而且在他的畫光畫色裏，又深含了他人生和命運的不測和力量。「從前有個山，山上有個廟⋯⋯」這是多麼古老、傳統的故事的開篇，不講究、無技巧到如嬰兒餓了看見伸來的調羹會自然張口一樣。一切都是本能的，不是習來後得的。可是，這個開頭又隱藏着多麼古老與現代的講故事的技法，是經過千

錘百煉，無數的篩選、淘汰後留下的最妙的講故事的方法。

文學沒有無技巧的寫作，只有無創造的技巧。一切說我決不講究技巧的作者，要麼是在技巧上爐火純青到不着痕跡，要麼是因無知而為無知做自辯，打掩護。第三空間的寫作既已存在，那麼就有有跡可循的過程 —— 技巧、技術、方法或主義的實踐 —— 就如同從此岸到彼岸，如果沒有過渡的橋樑，就一定會有渡河的船擺。

我們注意一個情況，在卡夫卡最初的短篇寫作中，當荒誕成為他文學的主要元素，甚或是他認識世界的方法時，他小說的那些不合邏輯、超乎常理的荒誕的情節，從此岸到彼岸是沒有過渡的（零因果），是含有鮮明的生硬和生澀，帶着強烈的人為痕跡的。《騎桶者》中的「我」騎桶去買煤時，那煤桶的飛翔不是煤桶要飛的，是卡夫卡讓他起飛的。當另一個人變為甲蟲時，作家是沒有預設「人而為蟲」的任何條件的。是作家讓他「一夜醒來變成甲蟲的」。一句話，這種荒誕是讓人生疑的，不能取信於人的。但在《變形記》中彌補這一點的，是卡夫卡虔誠的寫作態度和近乎百分之百的關於格里高爾在變成甲蟲後，以其家庭、親人為主的包括社會在內的對他 —— 甲蟲認識的驚愕、預設、適應、冷疏直至甲蟲死去的全過程，都是寫實主義的。百分百的現實主義的。而非如《騎桶者》那樣，使荒誕貫徹於小說的始終。由此及彼，這種「人變蟲」式的不可能的荒誕，並非是卡夫卡的獨創和獨有。如上學期我們講的法國作家馬塞爾的《變貌記》和《穿牆過壁》，19 世紀果戈里的《鼻子》《外套》等小說中類似「鼻子不

翼而飛」的丟失之荒誕，則比格里高爾成為甲蟲的荒誕早了百多年。但是，在果戈里和馬塞爾的荒誕敘述中，作家始終是一種遊戲、嘲諷的態度，而其荒誕的情節，是同《騎桶者》那樣貫穿至小說的頭尾以及全過程，哪怕有時淪為一種誇張的滑稽也在所不惜。因為作家自己也並不相信人的鼻子會不翼而飛，不相信普通人能夠穿牆過壁，所以其中包含着為了傳奇而傳奇、為了誇張而想像的成分，自然也就在滑稽和誇張的諷刺中，自始至終保持着傳奇、遊戲的文風。因為這種自始至終的戲謔的態度，讀者自然不會去追究其誇張、荒誕的合理性 —— 一當讀者接受了這種遊戲、傳奇、誇張的文風後，自然就放棄了對「真實」的現實主義的追究。而卡夫卡則完全不同，雖然他在《騎桶者》和《老光棍布魯姆費爾德》等小說中，還如果戈里和馬塞爾一樣帶着滑稽、遊戲的寫作態度，但到了《變形記》《飢餓藝術家》和《在流放地》等作品，其荒誕還在，但作家那種寫作中的滑稽、遊戲的態度卻一掃而空，蕩然無存，取而代之的是真誠、虔敬和深沉的愛與同情心。而在故事的敘述上，又採取了百分百的現實主義敘述邏輯。正是這兩點 —— 作家態度、立場的真誠與敘述上現實主義的邏輯性，使讀者放棄了對荒誕的「不可能」的追問。一如當一位說書人以最痛心的態度，含淚來敘述一樁滑稽之事時，我們不會拿那滑稽傳奇的真實去懷疑、去叩問，而會因為說書人悲戚、真誠的態度和有板有眼的認真而感動，並隨之落淚和思考。

卡夫卡在相當程度上，正是以其痛心的真誠和荒誕中百分百的

現實主義的敘述贏得了讀者與論家，但這並不等於他荒誕中不合理的不存在，只是讀者對其放棄了懷疑而已。就是說，讀者不予追問，而「不合理」卻始終還在。

那麼，當寫作到了第三空間出現時，這種荒誕仍然存在，但對荒誕真實的懷疑已經不在了。第三空間的不凡之處，恰恰就是作家找到了文學的第三空間，化解了讀者常存心中的「不合理」的疑問。面對博爾赫斯的夢幻中的人與事，去追究真實與否毫無疑問是追究者們的癡，是追究者的荒誕與呆愚。馬孔多鎮上發生的一切在現實與想像之間的人之事，當你視它為第一空間時，它是屬於想像的第二空間的，當你認定它為第二空間的想像時，它又是現實中存在和可能存在的——這種在精神、情節、細節上的人與事，在其邏輯上的「半因果」[117]，正就是第三空間最大、最堅實的使荒誕從此岸到彼岸的橋樑與擺渡，使一切不合理成為合理的場域和舞台。

我們去追究烏蘇拉[118]會不會活着把裹屍布纏在身上幹甚麼？因為她都活了百歲了，死神每天都蠅蚊一樣在她面前飛來飛去了。

追究那個為德國人做了間諜的中國人俞聰[119]在被馬登上尉追殺時到底遇沒遇到那個迷宮花園有甚麼意義呢？因為作家說迷宮本來就不在現實中，而在夢一般的小說中。

事情就這樣，果戈里和馬塞爾、左琴科們在小說中荒誕、滑稽的

117　同前《發現小說》，第 107–113 頁。

118　《百年孤獨》，上海譯文出版社，1984 年 8 月，黃錦炎、沈國正、陳泉譯。烏蘇拉是小說中活至百歲的人，其活而裹屍的情節見小說 324 頁。

119　博爾赫斯小說《小徑分岔的花園》中的人物。

不合理，因為遊戲、傳奇、誇張和諷刺，讓我們會心一笑而不去追究其中的邏輯了。如果去追究，我們就會成為那些小說中的人物而顯出滑稽、荒誕和被諷刺。卡夫卡筆下荒誕的不合理，因為他的巨大的真誠和苦痛，還有他荒誕後現實主義的邏輯關係，嚴密到密不透風的敘述，也讓我們放棄了對其荒誕邏輯真實的追問，更何況 K 在他寫作中的出現，其荒誕已經不再是作家故事中的情節與人物，而是生活之本身，是人之本身的存在了。當他抓住了人和現實世界本身的荒誕與異化的本相時，一切的情節、細節也便都有了讓人難言的合理性。而當第三空間在成熟的季節恰好出現在文學河道的時間上，也便讓荒誕、異變、怪奇等，有了自己生長、發育和敘述的舞台，一如作家在繁複、雜亂的生活中，找到了一片最獨特的土壤，而在這不一樣的土壤上，種植、生長出怎樣不一樣的花草、果木與稼禾，都是必然的，應該的，而生長出和他物、他人一樣的果實，才是不該的、奇怪的、值得懷疑的。

《日熄》（我又說到它）是一本幾乎完全發生在現實與想像之間或之外的第三空間的故事。是一次對第三空間明晰的寫作和嘗試。當「夢遊」成為第三空間中生長萬物的土地時，在這塊土地上，又有甚麼事情、情節、細節和故事不可能發生、存在呢？神秘、荒誕、異化、奇幻、詭異，所有現實以外的想像和現實最內部的邪惡、善良、人心、溫暖、醜陋等，又有甚麼不可以去寫呢？因為，人與人類的夢遊，使一切的邏輯關係都發生了混亂，重新開始了排列組合，在這

兒，去追求常規的真實與合理，必然是最大的荒誕與不合理。而這時，最難的不是故事、人物、情節、細節的合理不合理，而是你怎樣讓你的寫作自始至終和我們所處的「真實的現實」「真實的人性與人心」—— 現實中的「中國人」—— 保持着割不斷的深刻的聯繫，從而不使你的人物與故事飄起來、飛起來、虛起來，而成為一場寫作中無意義的風。

⸻ ● ⸻

在拉美文學中，對關於夢、關於在現實與想像之間的雙跨界遊蕩的「類真實」「擬真實」或曰「似真實」的第三空間是不難理解的，但還有一種「被省略掉的想像的邏輯」—— 換言之，被省略的「不合理」的寫作，在第三空間的範疇中，又會呈現出甚麼樣的寫作空間 —— 寫作風貌呢？若昂·吉馬朗埃斯·羅薩[120] 的短篇《河的第三條岸》，總是被我反復提及和引用，這證明了我閱讀的局限，可也可能是這個短篇相比拉美文學的更為突出的獨特性。父親因為家庭的緣故，用含羞草木私下訂製了一條小船，終於在某一日裏乘船而去，漂流在門前闊大的河面上 —— 和亞馬遜河一樣原始、開闊而又激流洶湧的河面和蘆葦蕩。而此時，家庭中的母親、姐姐們，都是沉鬱與沉默的，只有還在少年的「我」，滿帶着對父親思念的憂傷，經常給岸邊的崖洞中放些父親必需的衣物與食品，直到姐姐長大、婚嫁、生子，從河邊搬

120　巴西作家（1908–1967），《河的第三條岸》為其短篇代表作。

到城裏去住，衰老的母親也跟着姐姐住到了城裏。

家裏，只還有未婚的「我」。而「我」也因為歲月從少年到頭髮灰白的中年 —— 大約為中年吧。總之，時間就這麼過去了幾十年 —— 大約幾十年，也許父親已經八十歲、九十歲、一百歲……總之，他已經非常老了，從來沒有上過岸。而「我」—— 那個從少年到中年都內心承擔着父親逃離家庭的自責、追問的兒子，也終於下決心到岸邊高呼：

> 「爸爸，你在河上浮游得太久了，你老了……回來吧，你不是非這樣繼續下去不可……回來吧，我會代替你。就在現在，如果你願意的話。無論何時，我會踏上你的船，頂上你的位置。[121]」

每次讀到這兒，我都會淚水盈眶，怦然心跳。因為這兒表達了兒子與父親那最為真摯的情感。因為，父親聽到了兒子的喚聲，真的從水面朝着兒子劃過來。可是，當父親真的準備上岸，由兒子去頂替他的位置時，兒子害怕了，恐慌了，又扭頭不顧一切地跑掉了……從此後，父親就再也沒有在河面出現過。而兒子，也因為內心「廣漠無際的荒原」而擔心自己活不了太久，希望自己死後，有人把他裝在船上，順流而上，在河上迷失。

小說僅僅三千來字，其情感的豐富，宛若裝滿憂傷的薄袋，隨時都有脹裂的可能。無論它是契合了我們東方人倫理情感的痛點，還是

---

121 《河的第三條岸》，南海出版社，1998年，第67頁。

作家在最日常處寫出了人類家庭、父子間那種最複雜難言的靈犀，但無論如何，它都是一篇少見的佳製。都是一篇在內真實[122]和第三空間上值得探討的作品。

這裏說的內真實 ── 小說中情感與靈魂的真實顯而易見，毋需贅言。而說的第三空間，它既非博爾赫斯的「夢空間」，亦非胡安．魯爾福、卡彭鐵爾、馬爾克斯、略薩、科塔薩爾等所呈現的「神奇的現實」的現實與想像，實在與虛構的中間地帶的第三空間。《河的第三條岸》從呈現出的文字講，它是寫實的，現實主義邏輯的，第一空間的。關於實在之外的想像與虛構，它幾乎不着一字，不着一句。既沒有博爾赫斯不斷在自己小說中闡釋、暗示的夢與迷宮，也沒有馬爾克斯在實在與虛構想像中的「他（吉卜賽人墨爾基阿德斯）拽着兩塊鐵錠挨家串戶地走着，大夥兒驚奇地看到鐵鍋、鐵盆、鐵鉗、小鐵爐紛紛從原地落下，木板因鐵釘和螺釘沒命地掙脫出來而嘎嘎作響，甚至連那些遺失很久的東西，居然也從人們尋找多遍的地方鑽了出來。[123]」的文學「磁力效應」 ── 所謂魔幻邏輯中的「半因果」關係。那麼，它是一篇現實主義小說嗎？倘是一篇現實主義小說，如下的問題又該怎樣回答呢？

一、父親在河上浮游數十年，他的吃、穿怎樣去解決？那個少年的「我」，隔三差五地給河岸崖洞送的食物、衣物能解決他半生幾十

---

122 同前，見《發現小說》，第 151 頁至 156 頁，論「外真實與內真實」。

123 《百年孤獨》，同前。第 1 頁。

年的河面漂浮嗎？

二、父親終年在河上漂浮，他會冷嗎？會熱嗎？他會生病嗎？他生病了怎麼辦？

三、驅使父親離家出走最直接的原因是甚麼？

四、難道村人、家庭和其他的親人不會划船去河上把他找回嗎？

五、父親到底在河上漂了多少年？小說中為何沒一處有準確的時間呢？父親最終是死了還是活着呢？

六、在父親漂浮半生的生命過程中，其他人物 ── 母親、姐姐們又都是甚麼態度和行為？

　　……

如此等等，當我們把《河的第三條岸》當作現實主義小說來看時，我們可以從中找到十條、二十條乃至上百條的疑問與邏輯的問題。可把它當作一則寓言小說（它也確是一篇寓言小說）去看時，小說中所有敘述的細節又都是生活的，真實的，具體實在的，是現實主義的。父親的出走，母親總是把兒子偷偷送給丈夫的食品、衣物放在兒子最好找的地方；姐姐結婚了，生子了，穿着婚紗站在岸邊把嬰兒高高地舉起來給父親觀看，以及兒子、母親、姐姐等對父親真切、細膩到不能再真切、細膩的思念，記者想要拍到父親在河面漂浮的照片，而父親發現記者後朝蘆葦蕩深處的滑游和躲藏……

所有用文字呈現的，都是生活的真實與實在，亦如那只甲蟲成為甲蟲後的敘述樣。所有省略的，都是「成為甲蟲」的疑問與不可能，

都是「磁鐵與那些紛紛掉落和滾出的鐵釘與鐵器」的磁力場與半因果。這就是《河的第三條岸》的奇妙與創造，不凡與啟悟。在小說的空間意義上，敘述出來的存在，都是現實中第一空間發生的或可能發生的。而第二、第三空間的想像與可能，全部被作家省略了。

這篇小說的意義，不僅是羅薩給讀者寫了甚麼，在我看來，它更在羅薩給讀者有計劃、有方法地省略了甚麼 ── 一切可能的想像、疑問和應該在第二或第三、第四、第五……空間的發生，都被作家巧妙地省略和不言了。這種省略 ── 空間的省略 ── 更準確的說法，可謂「省略空間」，如博爾赫斯的夢空間，馬爾克斯的現實與想像之間的「第三範疇」，我們稱這種「省略空間」為文學的第幾空間呢？

就簡約、籠統地稱第一空間和第二空間之外的文學舞台 ── 新創造的文學場域都為第三空間吧。而羅薩無意間所呈現的「省略空間」古已有之，如我們常說的「省略」，不是空間的省略，而是真實情節、細節的省略。而《河的第三條岸》，卻是完整的省略了其他空間的整體。所以，它也才是小說從此岸到彼岸的寫作中，有了「第三條岸」，有了「省略空間」的新空間。

2016 年 6 月 11 日 於香港科大

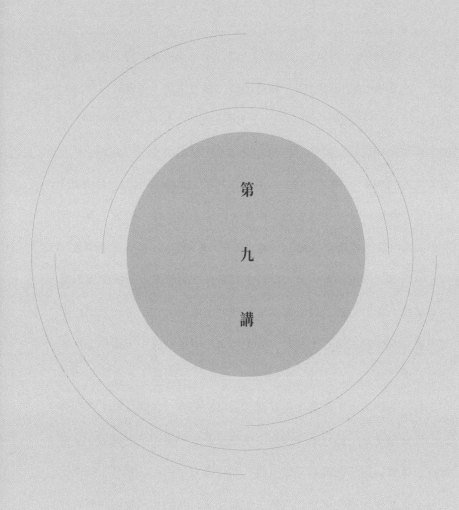

第

九

講

反諷

：

關於一種態度與立場的寫作

反諷：關於一種態度與立場的寫作

1995 年前後，約瑟夫·海勒的《第二十二條軍規》使美國「黑色幽默」的文學大船登陸中國，與此同時，還有索爾·貝婁的《賽姆勒先生的行星》，品欽的《萬有引力之虹》，馮內古特的《冠軍早餐》，加之這一時期同船登陸的「垮掉的一代」中凱魯亞克的《在路上》，金斯堡的《嚎叫》與《祈禱》，還有作為黃色小說出現的《洛麗塔》和《北回歸線》等，使得中國文學傳統中的正襟危坐、英雄主義、君子相貌和社會主義現實主義的「偉光正」「高大全」，在一夜之間被沖得七零八落，不堪一擊，加之當時王朔寫作中對崇高、正統的犀利諷刺與解構，使得社會主義中國文學高樓的坍塌聲，直到今天都還迴響着地震、海嘯般的餘音，乃至於近些年來，中國政府、中國作協想要修復社會主義的文學大廈 —— 對於主旋律、正能量、頌國歌黨的每一次努力的建築中，都還伴隨着邊建邊塌的聲音。長期以來，那些評論家和文學史家，都以為給中國文學帶來最大影響的是由拉美「文學爆炸」衝擊波捲來的魔幻現實主義，而我個人以為，其實真正顛覆了社會主義文學大廈的文學，改變了中國作家文學觀和文學觀內的世界觀 —— 不是世界觀下的文學觀的，是這一時期到來的充滿着諷刺、頹敗、誇張和迷惘及對一切都持解構態度的美國文學。這一時期，中國讀者面對《在路上》《嚎叫》《第二十二條軍規》《北回歸線》《南回

歸線》《洛麗塔》《五號屠場》《冠軍早餐》等一波一批、席捲而來、帶着顛覆意味的美國小說，在批評家看來，到來的是「迷惘的一代」「垮掉的一代」和「黑色幽默」等派別與主義，然對於作家而言，則是「肆無忌憚」「想像的自由」和文學面對現實的「百無禁忌」。—— 一句話，文學無禁區。自由高於一切。唯有自由，才為真實。唯有自由，方可以擺脫革命文學和傳統現實主義在題材 —— 不僅是方法上的禁錮與約束，更是內容本身的無有不可，無有不能。

　　直到今天，中國作家在談論世界文學中的 20 世紀時，都在議說卡夫卡、馬爾克斯、博爾赫斯，法國「新小說」、戲劇的荒誕派和杜拉斯及意識流和意大利的卡爾維諾，而被疏忽和遺忘的是這時的美國文學。這種集體相約般的對巨大衝擊的遺忘與疏忽，如同無意識一樣，也如同有預謀一樣，不約而同，齊默啞然。為甚麼會這樣？這多少包含着今天的寫作者們，在特定寫作環境中對自由的一種逃避；也同時有一種對強悍的反感和疏遠，而對偏弱的親近與同情。拉美文學對中國文學的影響，除了那些作品對中國作家的征服，還有這種國人的「第三世界」觀。從感情而言，中國文學找到了「落後地區文學發達」的證據，可以以此樹立、並證明着中國文學在未來的可能性。而經濟、政治、軍事、文化和好萊塢都非常發達的美國，雖然文學也一樣強悍 —— 那種「垮掉」「迷惘」和「黑色幽默」中，正透着敢於面對一切的自由與力量，但卻被人類與作家們共有的「冷疏」心理和有意的沉默給視而不見了。用沉默給坦然遺忘了。從另外一個更為文學

的角度說，美國文學對中國文學的影響，也是一種未完成的影響。所以，因為「未完成」，遺忘和緘默其影響也就是自然而然了。

這兒以美國文學為例，探討其完成與未完成，將是件不僅有趣而且極有意義的事。開宗明義，直言本質，拉美文學對中國文學的影響，更多是方法、技巧、技術、主義、風格等怎麼寫的影響。而美國這時的文學，就不僅是怎麼寫，更多還在寫甚麼 —— 它讓我們怎麼去認識時代、認識人，認識社會對人的磨損 —— 那時十年「文革」和更長的極左的革命，對中國人帶來的人本身的傷害，絲毫不亞於二戰給美國和美國人帶來的侵擾與迷困。借鑒美國文學中的怎麼寫和寫甚麼，對中國文學如何認識時代、批判社會、剖解革命，其實更為直接而有力，並對文學也更有從根本上顛覆與改造的意義。可惜的是，中國社會對「文革」否定的不徹底性，對革命認識的怯弱性，加之政治、意識形態及否定和否定之否定的反復來往，此漲彼消的左與右、保守與改新的爭位，使得文學從內容上 —— 對人與時代的文學認識，從一開始，就註定着一種擱淺的失敗。所以，當美國文學帶着鮮明的對人與時代嘲弄的否定到來後，自然就會隨着中國的政治和革命以及長期形成的傳統、正統的觀念而擱淺，而終止。

王朔的寫作，是這種文學從內容本身革命的開始，也是一聲振耳而絕後的斷響。分析王朔的所謂「痞子文學」的起與落，以及今天王朔小說在中國文學中的斷代與無繼，無論他在藝術上的貢獻大小，從內容上說，將能很好地理解美國文學在中國文學中影響的未完成性與

斷崖式的中止。正因為中國文學始終沒有從內容上完成 —— 直到今天，乃至可能的未來 —— 都難以完成某種真正的省思、背叛與革命，也才使中國文學對外來文學的汲取和借鑒，更多的是在方法的革命上，而非內容上的革命間。更多只是技巧、技術的借鑒與創造，而非面對複雜的社會與今天形成的最為複雜的「中國人」—— 如同魯迅當時對「中國人」的全新認識樣，在百年之後，中國社會與中國人，都已發生了巨大的變化，然而，中國作家卻未從文學的根本上完成新的對「中國人」的認識與文學之敘述。正是因為這種在內容上的不可能性，才導致了中國作家在文學技術、技巧上更大着力的可能與實踐。

於是，中國文學到今天基本完成了技術、技巧的全面啟悟、借鑒與創造，而在內容上，對人、現實、歷史、真實的想像與寫作，卻是半廢的、停滯的、未完成的。因此，我說我們最需要的美國文學在內容上對文學的中國之現實的顛覆性，對人與社會的再認識，也是一種未完成。

······ ● ······

正傳歸來。這一時期的美國文學名著甚多，但其中哪一部可謂文學中的《聖經》，卻是難有一論。但他們所共同包含的一種來自作家立場的藝術實踐 —— 使作家的世界觀、人生觀在文學中的那種成功轉化為藝術的方法與力量，對世界文學的衝擊，卻是有目共睹，不可小覷。而這種藝術創造的力量，從整體而言，其根源就是自由創造與對社會現實和世界現狀反諷力量的集中噴發。回顧起來，似乎再也

沒有哪一個國家或語種的文學，可在相當長的一段時期，都以作家最不同的個人方式，包含着一種全新的共同的藝術風向 —— 反諷。而使那些年許多重要作家的重要作品，無論你主要以甚麼藝術面貌呈現於世，而對人與世界的反諷，—— 不單單是一種果戈里式的誇張與諷刺、幽默和批判 —— 都作為作家的思想、態度、立場包含在作品中。而且這種反諷的存在，構成了 20 世紀文學的重要特色之一，不僅在美國，而且是在全世界，在整個 20 世紀，都如四月的春寒，吹襲着 19 世紀文學的莊重，使得 20 世紀的文學，充滿瞭解構與重建的意義。從某一向度去說，在 19 世紀的經典中，《歐也妮・葛朗台》《罪與罰》《紅與黑》《還鄉》《紅字》《悲慘世界》《復活》及狄更斯的寫作，幾乎所有偉大的作品，都包含着對社會與法律的不公、虛偽和被玷污的批判；而且這種批判也一向是莊嚴的，嚴肅的，如同盧梭面對世人的懺悔樣。但是，到了約瑟夫・K，作家面對法律和世界的態度，發生了微妙的變化。K 的不斷被審問，寫出了法律的荒誕，但在這種對法律往日正襟的批判中，開始有了鮮明的遊戲性嘲諷含在其中了。由此而去，那在等待中的戈多[124] 和馬丁夫婦[125] 的長談而不識，與其說是寫了人與人之間關係的冷漠，倒不如說是寫了對人與人關係的嘲弄。「今天，媽媽死了。也許是昨天，我不知道。我收到養老院一封電報，說：『母死。明日葬。專此通知。』」這說明不了甚麼。可能是

124　指《等待戈多》的無解劇情。
125　指尤涅斯庫代表作《禿頭歌女》中馬丁夫婦的談話內容。

昨天死的。[126]」這中間，我們讀到的不僅是作家零情感的敘述，更多的是那股濃烈的作家對人 —— 一個兒子對母親和世界冷漠的擔憂與更為深層的冷嘲。

潘達雷昂在陸軍服役，他為人忠厚，盡職盡責，有一天上級突然密令他帶一支流動妓院到邊境城市進行勞軍，因為那兒的士兵，人在盛年，荷爾蒙多於、大於了軍紀，因此不斷發生糟蹋婦女的各種醜事惡行。於是，這位忠於職守的上尉，就帶着母親、妻子和妓女們，去執行密令，用「慰勞」的方法，嚴肅軍紀去了。[127] —— 這個荒誕不經的小說故事，其諷刺性不言而喻。那種將諷刺置於力量的首位，也正是將所謂的揭露與批判的端莊，也同時置於被解構和諷刺的位上。與此同時，當我們說的前述人物與作品，多為冷嘲、暗諷時，到《潘達雷昂上尉與勞軍女郎》，也就坦然成了顯諷與熱嘲。還有布魯姆[128]、阿Q、赫索格[129]、亨伯特[130]、盧密奇[131]以及《鐵皮鼓》，《美國》三部曲[132]和《有話對你說》[133]《我伺候過英國國王》[134]《一九八四》《動物莊園》《霍亂時期的愛情》等等，我們讀過的，未曾讀過的，無論在那些作品中主旨、主題是甚麼，但卻都包含了諷刺與幽默的反諷，都

126　同前，加繆名作《局外人》的開篇。
127　略薩小說《潘達雷昂上尉與勞軍女郎》的主要故事。
128　《尤利西斯》中的人物。
129　索爾·貝婁小說《赫索格》中的主要人物。
130　《洛麗塔》中的教授。
131　英國作家大衛·洛奇小說《小世界》中的教授。
132　美國作家帕索斯的代表作。
133　英國作家哈尼夫·庫雷西的代表作。
134　捷克作家赫拉巴爾代表作。

成為那些作品中的韻味、情趣和熱暖滑稽的詩意，層層線線、點點片片地鋪排、隱躲在作品中。可以說，誇張、諷刺與幽默，在 19 世紀之前，在塞萬提斯、拉伯雷和果戈里那兒，還是作家個人的一種獨立風格的話，到了 20 世紀的寫作，已經不是哪個作家個人的追求與獨特，而是成為了一種作家大多寫作的普遍藝術被廣大和擴展，被無限的豐富與創造，也從而成為了一種諷刺與反諷的文學理念，遍佈、根植、分散在了 20 世紀文學中。只不過這種理念，到了 20 世紀的兩次大戰後，無論是緣於戰爭災難、國情現實還是人類所處的實在的社會環境，再或是文學發展的一種必然，都率先在美國作家那兒集體的風起雲湧，雷擊電閃，成為世界文學的龍捲風。起於三、四十年的「迷惘」，成於五六十年代的「垮掉」與「黑色」，席捲着歐洲乃至四溢漫延到世界各國。《洛麗塔》《北回歸線》《冠軍早餐》《南回歸線》《在路上》《嚎叫》《祈禱》《裸體午餐》《吸毒者》《達摩浪人》《囚鳥》……。確確實實，再也沒有哪個國家、哪種語言，在幾乎為同一時期的世紀之中，作家們是如此的集中、坦裸、自由無羈、左右無絆地面對世界、人類和國家的現實，去寫人在現實中自覺還被迫的瘋狂、放蕩乃至文學中長期被批判、囚禁的人的邪淫與滑稽。這種寫作，無論是說其「迷惘」，還是「垮掉」，再或為荒誕和「黑色幽默」，但其中都包含着濃烈的對人、行為及人類舉作與行動的無盡的諷刺與嘲弄。將其人類的行為（如《北回歸線》《第二十二條軍規》《冠軍早餐》等面對第二次世界大戰）化為冷嘲與熱諷的巨大畫板，

盡情地漫畫與諷刺，從而突出了自由和生命意義的巨大，超越任何戰爭的正義與非正義。再或撕下人類知識、文明和精英的面具，把所有人的虛偽都放在慾望的面前，加以赤裸裸撕揭、剖解、描繪和面帶嚴肅的嘲弄，讓人類的醜，都還原為人的本來。如《洛麗塔》《在路上》和《嚎叫》等，都深含着作家對人的理解的自由與放縱，卻也深含着作家對世界（現實）的深惡與痛絕。在這一系列名噪天下的作品中，無論是作家面對人物，還是作家面對世界，再或為作家面對文學與文本本身（如《在路上》《冠軍早餐》及《五號屠場》），都鮮見地包含了寫作者強烈的對人、世界和寫作本身的戲謔性嘲弄。在這兒，在文本中，現實主義留下的那種面對世界的莊嚴態度沒有了，那種對人的尊嚴不遺餘力的愛與維護沒有了，對文學本身的嚴肅與崇高，也在文本中像扔一本發霉的舊書一樣不在了。留下的除了作家各自最獨有的對文本和那文本中作家對現實世界最獨有的認知與寫作外，共有的就是荒誕、誇張和無奈的諷刺與解構。這就形成了作家對世界與人的共同反諷的態度和立場，或多或少，或鮮明或暗藏，彌漫、覆蓋、浸滲在這些作家的作品中。而當我們把這種共性如同在田野、莊園、路邊或作家的房前屋後，撿拾在一起比對晾曬時，就發現那晾曬後突出的顆粒，無論是美如珍珠，還是醜如芥蒂，再或普通如瘡疤的黑豆或黃豆，也就大體為如下的粒狀和結晶：荒誕、誇張、幽默與自我的嘲弄等。—— 如此，解構成了最為重要的目的，至於傳統文學中的批判與建立，所謂的理想與崇高，都如痰液和臭雞蛋樣被吐將出來、扔將

出去了。於是，反諷成了一個世界文學的主要構件，被世界各國的作家認領和接受，也正如幾乎所有的作家都甘願認同荒誕的意義樣，反諷也就成為了一個世界文學中鮮明的標識存在着。

• • • • • • • • •

簡單將文學的反諷理解為一種自嘲，一種回過頭來的諷刺和對諷刺的諷刺，大約是一種單純、單調、狹隘的文學理解。我們這兒說的反諷，是包含了超越着作品風格、主義和文學追求的作家的世界觀、人生觀的文學立場。如凱魯亞克寫作《在路上》，金斯堡寫作《嚎叫》與《祈禱》等，文本所呈現的，不僅是文學，而且是作家。是作家面對世界的態度。是他們的人生立場驅動他們創造那樣的作品，而不是那些作品的偶然、自然的呈現，創造、塑造了他們作為作家的人。一如在我們看來，是《邊城》《丈夫》《蕭蕭》和《長河》等，一部部、一步步創造（塑造）了今天的沈從文，而非沈從文的世界觀驅使沈從文一蹴而就、**轟轟隆隆**就產生了那樣的作品。換句話說，有的作品是在世界觀和人生立場的驅動下所產生。有的作品是在作家朦朧或鮮明的文學觀下所產生。

並不是說有鮮明世界觀和文學觀的作家就好於那些有文學觀而無人生立場的作家之作品，而是說，在我們今天閱讀的那些美國文學中，從閱讀的角度去說，這一黃金時期的作家和作品，都鮮明地含帶着作家對於世界與人和現實的認識。而從閱讀回想他們的寫作，似乎是先有他們面對世界與現實的立場，也才有了從他們作品內部爆發出

來的那種巨大而鮮明的反諷的力量，因此，這些作品也才在文學中最大限度地擴展了反諷的文學蘊意。—— 一如往日我們說的，當我們看到一個不會化妝的女人過度地塗脂抹粉，看到一個從不打扮、一生邋遢的男人突然有一身並不合體的西裝革履時，我們說你這粉妝化得好美呀！我們說你的西裝非常漂亮啊！這直接、簡單的反諷，如同王朔小說中不斷出現的那類句子 —— 給你一點陽光你就燦爛樣。—— 它們當然為反諷。但卻遠遠不能包含彌漫在整個 20 世紀文學中反諷的意義。20 世紀文學中的反諷，超越了傳統文學中的幽默、諷刺、誇張和在這些特性中的批判，它包含着作家對人與世界的無奈和冷喻，包含着一種絕望與告別，包含着毀掉一切而無視或難以建立的破壞。從文學的骨子裏去說，他是對世界的一種「冷」，而非那種 19 世紀宣導的「愛」。—— 哪怕在作品中充滿着世俗生活的熱暖的韻味，而對世界，卻是決絕的，寒涼的，心懷絕望的。

尤索林頭一回見到隨軍牧師就狂熱地喜歡上了他。

因為肝有點疼，尤索林住在醫院裏，但還算不上是黃疸病，這使醫生們感到很為難。如果已經成了黃疸病，他們就可以給予治療。如果不變成黃疸病，疼痛又消失了，他們就可以叫他出院。可是這種老夠不上黃疸的情況實在叫他們不知道該怎麼辦是好。

每天上午總有三位醫生來查病房。他們精神飽滿，神情嚴肅，口若懸河，眼力卻不濟。陪着他們一起來的是精神飽滿、神情嚴肅的病房護士達克特，她也是不喜歡尤索林的病房護士之一。他們把尤索林病床床腳上

掛的治療卡看了一遍，很不耐煩地問了一下病痛的情況。一聽他說還是老
樣子，這些人似乎很是氣惱。[135]

　　我們再一次以海勒的《第二十二條軍規》為例，為甚麼單是這
部小說在諸多的「黑色幽默」中，無論在中國，還是在其他的語言，
而被更多的人談及和被讀者所喜愛 —— 就中國而言，不僅是它先於
別的作品在中文中撲進了讀者的懷抱，而且還因為它在反諷 —— 這
一世界文學的新品構件中，來得更為突出、得體和鮮明。從人類歷史
去說，激烈的第二次世界大戰，正義與非正義，從來沒有如二戰一樣
鮮明過。人類的戰爭史，有史以來都是公婆爭理的吵鬧，而唯有這次
戰爭，在人類史上顯出了黑與白的正義和非正義。但就是這樣一場人
類調動了一切力量、鮮血和生命，從而使正義戰勝了非正義的戰爭，
尤索林也還要逃避戰爭、正義和道德，在醫院裏裝病、躲藏，並且還
時時有着無賴、滑稽的舉措。作為一名軍人或英雄，他還不停地在醫
院裏和人爭吃喝、爭假期、爭着上街購物和遊玩。毫無疑問，在尤索
林身上，表現的不是一個人簡單在戰爭面前的怕死與不怕死，而是對
人類戰爭 —— 無論是正義還是非正義的兒戲、嘲弄和無盡的諷刺。
作家在這兒對人類幾乎是唯一一次黑白分明的戰爭進行身臨其境的嘲
笑，他放下了作家往日對正義高俯或仰視的文學態度，既不對人類的
戰爭進行那種托爾斯泰面對俄羅斯式的審視，也不像陀思妥耶夫斯基

135　（美）約瑟夫·海勒，《第二十二條軍規》，內蒙古文化出版社，1995 年 11 月，南文、趙守
　　垠、王德明譯，第 1 頁。

面對宗教神靈那樣虔誠低跪的仰視。人物在戰爭正酣之時，躲到戰爭間隙的一個後方醫院，這就給人物提供了一個對戰爭進行既緊密參與、又冷眼旁觀的有距離的瞭望台，使之可以冷視戰爭而指手畫腳的說道與評判。在尤索林的眼裏，他一點點地發現，原來戰爭是一台正在演出的鬧劇，而海勒和他筆下的人物們，卻是早已拿到那幕演出劇本和看透了導演的觀眾。因此，人物就可以對貌似嚴肅，而生命卻在那嚴肅中如同蟻蟲，如同木偶被兒戲，被生死和被隨處的廢棄與擲扔。於是，作為故事中的人物，既無奈那台人類巨大的戰爭演出，又不願參與演出的兒戲去犧牲真正的生命，這就產生了尤索林這樣的人物和故事。這如同一個諳熟小偷行業的裏手，在面對一場巨大的人類對生命的偷窺盜竊時，他深明這場偷竊的預謀和過程。但當這偷竊成為人類最莊重、嚴肅和幾乎所有人的正義事業時，那麼這位小人物試圖揭穿偷竊預謀的所有行為，都將是反人類、反正義、反道德和反生命尊嚴的醜舉與惡行。於是，他為了活着，並不成為這巨大的偷竊的犧牲品，就必然表現得怪戾、異樣、荒誕乃至於瘋癲。因為眾人皆在莊嚴的惡夢之中，只有他是站在醒着的夢遊的邊道。所以，在小說的後半部，我們才可以看到幾乎所有的人物 —— 尤索林、奈特雷、上尉、將軍等，都在妓院瘋狂、顛癲的荒誕；也才可以領悟奈特雷讓自己的妓女睡了一夜安靜的好覺，使她醒來之後，對奈特雷有了好感，奈特雷竟因此愛上了她。為了不和她分開，奈特雷在飛滿七十次飛行任務可以回國時，也要要求增加飛行任務，把自己重新留在戰爭之

中 —— 為的僅僅是要和自己喜歡的妓女在一起。

有生以來，尤索林第一次求人了。他雙膝跪地，請求奈特雷不要自告奮勇，要求執行七十次以上的飛行任務。這時，一級準尉懷特‧哈爾福德果真患肺炎死在醫院裏。奈特雷申請接替他的職務。他就是不肯聽尤索林的話。

「我不得不多飛幾天，」奈特雷詭譎地笑着說，毫無理由地固執己見。「否則他們就要把我送回國了。」

「真的嗎？」

「除非我能帶她跟我一起走，否則我不想回國。」

「她對你就這麼重要嗎？」

奈特雷垂頭喪氣地點點頭，「我也許再也見不到她了。」「那麼，你就停止飛行，」尤索林竭力勸他說。「你已經完成了你的飛行任務，你又不需要飛行津貼。幹嘛不去申請接下一級準尉懷特‧哈爾福德的職務，如果替布萊克上尉工作你都受得了的話？」

奈特雷搖搖頭，因為羞愧交集雙頰變得陰鬱起來。「他們不會答應的。我跟科恩中校談過。他告訴我：要麼多飛行幾次，要麼就送我回國。」

尤索林惡狠狠地咒罵了一聲。「這簡直卑鄙透頂。」

「我可不大在乎。我已經飛了七十次，沒有受過傷。我認為我還可以再多飛幾次。」[136]

136　同前，《第二十二條軍規》，第三十五章，第 473 頁。

而最終，因為奈特雷渴望更多的飛行，尤索林去找了邁洛幫忙。而邁洛到卡思卡特上校那兒，他卻將戰爭視為交易，而將七十次的飛行任務提升到了八十次。而奈特雷卻在重新獲得的「保衛祖國」的飛行中陣亡了。這一迴圈式的怪圈的情節往復——因為愛妓女而去保衛祖國，因為保衛祖國而陣亡，從而永遠的失去自己所愛的妓女。——如此形成誇張、諷刺和對莊嚴、神聖、崇高無盡的解構、嘲弄的環鏈，構成了《第二十二條軍規》基本情節的散落、圖拼與人物遞進的寫作方式。這就重建了這部小說最為切重的文學要義——反諷，並不是或不僅是「第二十二條軍規」到底存在不存在，不僅是「如果你能證明你是瘋子你就必須自己提出申請來，如果你能提出申請就證明你是個清醒者」，不僅是「面對戰爭飛行大隊的飛行人員飛行夠多少次就可以退役回家過着屬於人和人類的正常而安靜的生活，而這個飛行次數的標準，又是可以由上級隨時向上浮動的」。到這兒，讀者領悟了人類在正義和莊嚴背後的荒誕，發現了人面對整個人類被正義迷惑後的瘋狂而無能為力。皮亞諾扎島上的飛行大隊，飛行大隊的指揮官卡思卡特上校，和一本正經又雄心勃勃的謝司科普夫少尉，還有食堂管理員邁洛，這位可以安排飛機去運土豆、青菜的小人物，最終也可以搞起跨國公司，大發戰爭之財，並也因戰爭而飛黃騰達。這一切都被戰爭塞滿了升遷慾望和發財美夢的皮亞諾扎島上的人，其實也都是被人類的一場巨大的正義戰爭所鼓舞的人。他們一切的醜陋、怪誕的行為，也正是正義、道義、道德的組成，而幾乎是唯

一從莊嚴、正義中醒來的尤索林，才在所有的正義面前，成為了一個小丑似的滑稽。如此，無論「第二十二條軍規」多麼的悖論和欺騙，都沒有產生這「軍規」的正義更為可怕。在小說中，我們讀到的似乎是這「第二十二條」的悖論性與欺騙性，是產生這「第二十二條」的權力機構和官僚機制，而當我們合上書頁，也就看到了這產生的土壤的深厚——正義和莊嚴。小說中人物尤索林的無病裝病、偷雞摸狗、走窯逛妓，以及愛妓女如祖國、愛祖國如妓女的奈特雷和被漫畫化而絕少人情、人性之複雜的卡思卡特上校、謝司科普夫少尉和食堂管理員邁洛等，無論我們或作者怎樣的愛與不愛，理解與批判，撫摸或唾棄，他們都是那場人類正義戰爭的參與者和犧牲者。如果我們單純地將這些人物置放在幽默——無論是黑色幽默還是紅色幽默，再或誇張與諷刺，批評或批判，同情與理解，我們都忽視了一個巨大的人類背影——戰爭——那就是自人類有了戰爭的歷史以後，第二次世界大戰是唯一一次在人類的歷史上或人類的思想行為史上，是是非清楚的，正義與非正義形成共識的。——這是非常重要的一點。當我們總是將《第二十二條軍規》和《冠軍早餐》視為反戰小說時，將《在路上》《嚎叫》《裸體午餐》視為戰後「垮掉的一代」時，我們記住的都是第二次世界大戰，我們忽略的都是這是一次人類歷史上僅有的成為人類共識的正義戰勝邪惡的人類戰爭。在這善惡共識的基礎上，重新去思考海勒他們一代人排山倒海的對戰爭的反感、批判和省思及正義戰爭對人與生命的摧毀時，這兒也恰恰更為令人觸目驚心地

顯示了他們對「正義」的嘲弄和諷刺，證明了生命 —— 人的個體的生命遠大於人類的正義與道義，儘管從人類史上說，沒有這樣的正義與道義的存在，人的個體生命，將無法活着與存在。但在文學上，作家們卻不約而同地對其進行無盡地反諷和嘲弄。從而，顯示了在 20 世紀文學中，那股集體的、不約而同的文學的反諷，是建立在更大的一個背景上的存在，而非簡單的文學風格上的追求。至少說，反諷在文學上的開拓性有如下幾點：

一、反諷在文學上的成熟與普遍，是超越了一文一本的個人文學，而成為了作家世界性集體的呈現。

二、反諷不再是簡單的諷刺、幽默、誇張、荒誕的寫作追求，而是一種從根本上說的作家的世界觀和人生觀。換言之，所有 20 世紀具有鮮明反諷意味的作品，也都是作家對其人生與世界、時代與社會的巨大省思後的無奈和絕望的對人類本身的自嘲，而非簡單的對一個人物、故事的嘲笑。

三、所有具有鮮明反諷意味的作品，都首先含帶着作家對文學和文本本身的反叛和嘲弄，沒有對文學自身的反叛，也就難以構成文學的巨大的反諷。如《在路上》的寫作經歷，《嚎叫》對整個人類詩歌的背離，《冠軍早餐》的插圖敘述，《第二十二條軍規》的反小說敘事和用談話、回憶來組接事件及在每一事件中對人物無盡的誇張、變形與超離常規生活的碎片想像等。凡此種種，所有的反諷，又都無可逃離荒誕的生成。用荒誕來孕育故事、情節與人物，又回過頭來對荒誕

持以睥睨的一笑與再笑。這也正如一個兒子的出生，無法擺脫母親的受難。而當兒子成熟之後，又不斷在省思中懷疑和嘲笑母親受孕的過程。

如此，當我們將反諷從世界觀、人生觀──而非單純的文學追求拉回到文學本身時，我們重又想到 20 世紀俄羅斯作家左琴科[137] 的寫作。這位繼承了果戈里傳統的個性鮮明的作家，大多時候都被世人認為是諷刺、幽默作家的傑出代表。因為他一生的成就多在短篇小說上，似乎就反諷而言，成就不可與海勒及亨利‧米勒同說並論，不能同美國的「黑色幽默」作家們的世界影響同說。但他一系列的諷刺小說，或多或少，有許多篇章都早已開始掙破並超越從小說單純的人物、故事中去對社會現實的諷刺和批判，早已開始有着一種對人的莊嚴、正確、正義的解構。《猴子奇遇記》[138] 就是這樣一篇小說。在左琴科的經典諷刺作品中，作家一般都是站在作家個人的道德立場，面對現實生活，對他筆下的人物和行為竭盡全力地進行道德的幽默和諷刺。但在這篇《猴子奇遇記》中，作家終於離開了人和高貴的作家的立場，站在了人的對立面──與動物同台，用動物猴子的視角，開始觀察高貴的人的行為。終於，這就在他的小說中，出現了反諷──對人的自我高貴的諷刺。將《猴子奇遇記》和《第二十二條軍規》放在一起討論 20 世紀的反諷寫作，如同將茅屋與高樓放在一起討論 20

137　左琴科（1895-1958）：前蘇聯著名的幽默、諷刺作家。翻譯至中國的代表作有《左琴科幽默諷刺作品選》和《丁香花開》等。

138　同前，見《世界短篇小說經典》（俄蘇卷），薛君智譯。

世紀首先盛自美國的摩天建築。但人類沒有茅屋的開始，也就沒有現代的摩天大樓。因此，閱讀左琴科的小說，閱讀一篇短短的《猴子奇遇記》，也就正可以理解自果戈里之後，由諷刺向反諷發展的寫作路徑，如此對理解《第二十二條軍規》和整個 20 世紀的反諷寫作，就如同找到一把側門的鑰匙。從這一側門而入，讀者也許可以輕鬆地進入反諷的現代建築羣落的展覽大廳。

2016 年 8 月 22 日 於北京

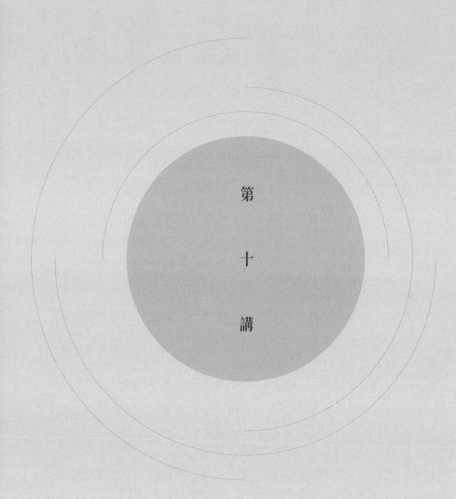

第

十

講

醜、惡、邪

：

文學面對人類的異經驗

醜、惡、邪：文學面對人類的異經驗

追根溯源，沒有人能知道文學中的審醜與審邪，最早是從哪部作品開始的。當人性進入文學的第一天起，其實人類的醜、惡、邪，都已經進入了作家的視野。如果談論文學與人性，總是迴避人類作為動物必存的邪惡與醜念，那麼文學還有甚麼意義呢？誠然說，文學的偉大，正在於它對人的善美高願的確立，對惡醜邪念的鞭辟，可你在寫作中一再地迴避邪惡與醜念，也未免太輕蔑了讀者和人類，輕蔑了文學的寬闊和意義。

文學的現代性，從根本上說，並不在於敘事的形式獲得了無盡的解放與地位，而是說，作家們相信，人類的一切想念與經驗，都是文學可以訴諸筆端的資源和可能，哪怕髒、醜到人類的糞便與污垢，從理論上說，也都是作家可以寫作的素材與可蘸沾筆尖的黑色之墨汁。但怎樣審視這些醜物惡事，而又用怎樣的筆墨去表達，那則是作家各自寫作的另外一件事情了。既然亞當和他的女人在那一瞬間，眼睛忽然明亮，看到了人的赤裸的羞醜，慌忙用無花果的葉子來紡織裙布以遮醜，那麼，這種知醜之美的行為，就已經產生了。對於文學言，不僅是人食禁果而知善惡才為文學的事，更重要的是，人看見了自己與對方的醜，才是更為文學、更為重要的。在這兒，在我們人類的醜念最初到來時，我們可以從以下三個步驟，三個層面去談說：

一、亞當和夏娃對醜念的懵懂無知之時；

二、偷食禁果之後認識了人的「赤身露體」之丑時；

三、用葉裙遮羞的行為 ── 美的到來。

雖然，在第一個層面上，對羞恥的蒙昧是人與動物一致的原始態。在第二個層面上的「識醜」，是人成為人的一次巨大的精神推動。從這兒去說，人類要感謝的不僅是上帝，還有被上帝和人類都視為醜惡的蛇。倘若不是蛇告訴了人那最初的真實，人又何以獲得眼睛的明亮而識人之醜陋呢。人類遵從上帝的意旨，視蛇為誘惑人類的萬惡之源，那是人類對神的尊崇和敬仰，但對作家而言，人性恰恰就起源於此。文學也就因此而生，倒是作家應該感謝的是蛇的誠實，蛇的真言。因為是蛇告訴了人，甚麼是世界的真相和真實，無論上帝出於怎樣美好的目的，祂都用人的蒙昧掩蓋了世界的真相。到這兒，在人獲得「識醜」的真相慧眼時，也才有了「美」的舉動 ── 用無花果葉的纖裙對「醜」的遮掩。如此，在人類的初始，其實就為人的行為清晰地規劃了三個進化的遞進：蒙昧 ── 識醜 ── 遮醜的美。由此，我們便非常清楚地看到，美，起源於醜；起源於人對醜的認識與感受。於是，人有了人性，真正的文學就從這兒開始了。關於人，關於人性的美醜、善惡、正邪的道德分辨與混雜的矛盾與疑問，也就從此綿延不絕，難能求盡了。蛇是人的一切邪惡的誘惑和源頭，可卻是牠告訴了人甚麼才是真相和真實。上帝是人類最該崇敬的神，可神並沒有告訴人世界的本相是甚麼；人的本來應該是甚麼。而且，上帝創

造了人，為人確立了是非觀與善惡觀，但卻面對世界的真相缺少了一種包容心。僅僅因為蛇讓人知道了真相 —— 人吃了那果子，「你們不一定死。因為，神知道你們吃了果子眼睛就明亮了，你們便如神一樣知道善惡了[139]」。如此，蛇就「既作了這事，就必受咒詛，比一切的牲畜野獸更甚。必用肚子行走，終身吃土[140]。」而女人，便從此要受懷胎之苦，並依附於男人而生存；而男人必須終生勞作，才能從土地獲得食糧。這樣對蛇與人的懲罰，未免太為缺少一種神的更為寬廣的包容和理喻。如此對人的世代無期的嚴懲，也正是人性變得更為複雜的開端，嫉妒、爭奪、苦役、戰爭和人的內心的慾望、強權、霸惡與邪念，也就都從這種被世代無期的懲罰中開始萌芽和生長。一切的一切，都源於人性的暴露與深展。於是，因為人有了人性，偉大的文學產生了。文學的主旨 —— 以對人性採取各樣方式的書寫與探究為要義的文學的最高標準，就這麼自然而然形成了。文學通過對人性的識醜而確立美，成了一切偉大文學之所以偉大的過程。無論這個過程是怎樣被作家窮追和疑問 —— 特洛伊的鏖戰，無論多麼殘酷，也都還是一個因為海倫和通過海倫而認識人自身的過程。但丁的地獄，無論怎樣恐怖與邪惡，都是為了確立人性的崇高而生成。魯濱遜在島上的一切艱辛，其實也都是亞當與夏娃「織裙」的經歷。到了現實主義和批判現實主義的雛形與成熟，文學的要義無論如何清晰並偏移於美好

139　見《舊約》，「始祖被誘惑」篇。
140　見《舊約》，「違背生命」篇。

與醜陋，崇高與邪惡，也都是通過識醜而抵達的審美。

　　說到底，人之所以為人，是從識醜開始的。而作為人學的文學的審美，也正是一個通過「識醜」而知美的過程。所謂的現實主義，就人物而言，無不是通過各種方式，在人性這個立足點上，揭開醜而確立美的努力。並在這個過程中，尋找與疑問「醜」的根源，而不是把一切的罪責，都簡單推卸到「蛇的誘惑」上。現實主義的魅力，正在於對「罪」「醜」的揭示這一點 —— 它不僅追問蛇的誘惑，還要追問夏娃和亞當慾望的本能與本源，追究「罪」（原罪）的「真相」的始末，追究本相的過程與緣由，乃至於陀思妥耶夫斯基式的寫作，抓住人的「原罪」的過程，其實也是「更真實」的一種本相寫作。但是，在這個追究本相的過程中，人和人類對美的敏感和熱愛，天然地高於對醜的揭示和認識，如同亞當、夏娃去見上帝時，本能地要用織裙把「醜」遮起來。這一人初的情節，約是最早以語言的方式，揭示了人類對美的愛，遠勝於對醜的展示和書寫。今天，我們無論是將《舊約》作為「聖經」去看，還是作為最早的文學聖典去讀，亞當與夏娃這一「遮羞」的過程，都是文學最早傳遞給我們的一個千年不破的隱喻：

　　人對美的敏感與嚮往，遠高於對醜的揭示和展露。

　　也正是從這兒開始，人類大量的神話、傳說和民間故事 —— 早期的文學，在產生與淘汰的過程中，凡是吻合了人對美的確立和對醜的鞭辟這一天性要求的，就在時間中留了下來，對醜的「過度展露」的，都被漸次淘汰了。如此，我們今天所讀到的最早成熟的傳統

經典，如《一千零一夜》《十日談》《詩經》《神曲》等，從內容的某個角度去說，無不是作家以各種方式，將「鞭醜立美」為文學要義之一種。而擺脫寫作方式不同的文本審美，簡單純粹地回歸到文學內容上，「識醜立美」，幾乎是文學故事（內容）最早的核心。這個文學核心的確立與延續，形成了人類、人們、讀者對文學故事（內容）最基本的要求和審美基礎。於是，文學作為人學或人的社會學存在於世時，美醜觀、正邪觀、善惡觀就這麼涇渭分明地確立並延續下來了。

——　●　——

在古典、傳統文學中，大體來說，醜、惡、邪，無論是作為審美的另外一半而存在，還是作為美的對立面而被壓抑、遮蔽或隱藏，情況無論怎樣，確切的事實是，它們是在 20 世紀真正浮出水面、光明堂皇了。薩德侯爵[141] 在上世紀六十年代的重放光芒，波德萊爾《惡之花》[142] 的進一步經典，都在昭示着「醜、惡、邪」在傳統文學中的壓抑和被遮蔽。但到了 20 世紀，這樣的寫作，無論是緣於人類思想的進一步解放，還是緣於文學現代性的一種必然 —— 人類的一切經驗，都是文學不可迴避的寫作資源 —— 已經成為現代文學最基本的常識。所以，作為不可迴避的人類經驗的醜、惡、邪，也終於成為現代文學的另外一種耀眼的光芒，閃爍不息在 20 世紀和今天的寫作中。

141　薩德侯爵（1740-1814），法國性虐文學的奠基人，代表作有《索多瑪的 120 天》《淑女眼淚》等。

142　法國詩人波德萊爾（1821-1867）最具世界影響的代表作。

當低重的天空像個蓋子

壓在被長期厭倦所折磨着的靈魂上；

當天空環抱着一望無際的大地

向我們灑下比夜更淒慘陰鬱的陽光；

當這個世界變成一間潮濕的囚室，

掙扎中的希望宛如蝙蝠一般

用畏縮的翅膀拍打着四壁

又把腦袋撞向那朽壞的天花板；

當密麻麻的雨絲向四面伸展

仿佛大牢裏無數鐵柵的形狀，

一羣沉默的蜘蛛污穢不堪

潛入我們的腦海深處撒開羅網，

幾口大鐘忽然瘋狂地跳起

向天空迸發出可怕的尖叫，

猶如一羣遊魂無家可依

開始無休止的哀號。

這是波德萊爾的《憂鬱之四》。今天，這樣的作品已經成為我們文學的瑰寶。但之前，波德萊爾所經歷的爭議和非議，卻不是我們可以想像和經歷的。把醜、惡、邪這種人類「異經驗」的另一面 ── 負面在文學中的存在 ── 開始、發展、成熟或正在成熟的析理，交給文學史家和批評家，我們放棄去討論、關心它們的來路和去處，（也

緣於我沒有這樣的能力），放棄對薩德侯爵作品中人性惡醜的影響之探討，放棄《惡之花》對 20 世紀寫作的邪醜之彰顯，回到寫作的本身，就可一眼看到在 20 世紀文學中，「醜、惡、邪」在小說中無論是作為審美成分的存在，還是獨立、直行於文學之中的精神，確是已經遍佈到如雨後之綠，日下之春。《在流放地》《飢餓藝術家》《尤利西斯》《我彌留之際》《局外人》《枯枝敗葉》《惡時辰》《洛麗塔》《冠軍早餐》《五號屠場》《第二十二條軍規》《在路上》《日瓦戈醫生》《大師與瑪格麗特》《生活與命運》[143]、《城市與狗》《鐵皮鼓》《惡童三部曲》[144] 以及日本作家芥川龍之介的名篇《竹林中》《羅生門》和魯迅的《狂人日記》和《藥》等 ── 當我們以這些早已被經典並有定評的小說為例來談論這些時，發現在 20 世紀偉大的作家中，作品裏如果沒有涉及過人類經驗的另一半 ── 醜、惡、邪的寫作是不可思議的，乃至於是不夠「深刻」和有所狹隘的。

可以說，在 20 世紀的現代作家中，沒有作家會拒絕醜、惡、邪在自己作品中的出現，也沒有作家和論家對有作家作品涉及了人類經驗的另一半而嗤之以鼻，議論紛紛，舉之以棍棒，罰之以獄監 ── 當然，如朝鮮和其他國家的情況則與之相反，不在我們的談論之列，而這裏，要說的是當另外一半的經驗已經成為文學的必然時，寫作者是如何寫作並採取了怎樣的態度去面對。

143　俄國作家瓦西里·格羅斯曼（1905–1964）的小說代表作，與《古拉格羣島》一樣慘酷、惡邪的寫實經典。

144　匈牙利作家雅歌塔·克利斯多夫（1935–2011）的小說代表作。

　　美國女作家弗蘭納里・奧康納（1925–1964）只在這個世界上活了 39 年，活着時受盡病魔的煎熬，但卻在她的有生之年，給我們留下了許多獨一無二的傑出小說。2010 年，當她的小說遲緩蹣跚地來到中國時，《好人難尋》[145] 封面上的廣告是：「『邪惡』的奧康納終於來中國了！」這句廣告驚人而又恰如其分，在讀完這部小說和她的其他小說時，你不能不驚歎，奧康納為我們展示了另外一個小說世界。這個世界冷靜而驚悚，日常而邪惡。《好人難尋》《救人就是救自己》《火中之圈》《上升的必將匯合》等，這些經典的短篇小說，是世界文學中幾乎完全陌生而新鮮的另一類。我說的陌生，是指她敘述的態度，一如加繆在《局外人》中一樣，冷寒、平靜，好像她所講述的故事，只是秋日一葉，大地一景，根本不值得抱以驚人的熱情或令人驚訝的愕然。發生了也就發生了。生活本來就是這樣子。

　　在一個非常普通的日子，老太太、兒子和兒媳，以及她的孫子和孫女，一家五口決定出去郊遊一下。然後，路上遇到了越獄的幾個逃犯。因為遇上了，認出了，逃犯們就將其滿門抄斬。這就是奧康納的經典名篇《好人難尋》的大體故事。說來簡單粗淺，就是一個殺人事件，幾乎沒有甚麼意思。但在這篇小說中，奧康納卻天才般地寫出了人的邪惡的力量，排山倒海，而又風平浪靜；暗流洶湧，而又風息浪止。

145 《好人難尋》，新星出版社，2010 年 3 月，于梅翻譯。

「你和波比・李帶他（老太太的兒子柏利）和那個小男孩（柏利的兒子，老太太的孫子）走遠點兒。」「格格不入」（越獄犯主犯）指着柏利和約翰・衛斯理說。「這兩個年輕人有話問你們，」他對柏利說，「麻煩你們跟他們到樹林裏去。[146]」

這是小說後半部分老太太一家因車禍遇到幾個逃犯，逃犯們決定要對他們滿門抄斬時的敘述交待。之後，主犯「格格不入」和老太太有了很長很長、近乎喋喋不休的交流：

「不，我不是個好人。」過了一會兒「格格不入」說，他像是認真琢磨了一下她的話，「但我也不是這個世界上最壞的人。我爸說我是個狗雜種，和我那些兄弟姐妹不同。『你知道的，』我爸說，『有些人活一輩子也不會問生活是甚麼，有些人卻要知道生活的意義，這個男孩子就是後一種人。他樣樣都要弄清楚！』」他戴上黑帽，突然仰起頭，然後又轉向密林深處，好像又害起臊來，「真抱歉，在諸位女士面前，我居然沒穿襯衫。」他微微聳了聳肩膀說，「我們逃出來的時候，把身上的衣服給埋了。等境況好點再說，現在就這麼湊合着吧。現在身上穿的是從過路人那裏借來的。」他解釋道。[147]

注意，這是罪犯「格格不入」讓同夥把老太太的兒子柏利和孫子帶往遠處的樹林去殺害時，和老太太的一段「閒聊」。在這兒，那

---

146 同前，第17、18頁。
147 同前。

句「真抱歉，在諸位女士面前，我居然沒穿襯衫。」的話 —— 一句閑言，一個細節的交待，使人不寒而慄，又不得不對主犯「格格不入」生出一絲兒「敬意」。這種因在女性面前衣服不整、未穿襯衫的「疚愧」，使人物在瞬間變得豐富而複雜。這是文明使然？還是殺人如常的平靜？但無論怎樣，隱藏在殺人犯中的那種邪惡，卻因為這種「文明」和「平靜」，而更為令人恐懼和驚怕。

　　樹林裏傳來了一聲槍響，緊接着又是一聲。然後是一片寂靜。老婦人猛地把頭一扭，聽見樹梢裏一股風聲穿過，像一陣悠長而滿足的吸氣。「柏利，我的兒啊。」她大叫。

　　「我唱過一陣子福音，」「格格不入」說，「我幾乎甚麼都幹過。當過兵，陸軍和海軍都當過，國內國外都待過。結過兩次婚，給人抬過棺材，在鐵路上也幹過，種過地，見過龍捲風，有一次看見一個人被活活燒死。」他抬頭望着孩子媽和緊挨着她坐的小女孩，她們臉色一片慘白，目光呆滯。「我還見過一個女人被鞭打。」他說。[148]

　　就這麼說啊、聊啊，無休止地用對話安頓着他們殺人後的一段時間，直到在樹林裏殺完老婦人的兒子與孫子的兩位惡魔回來。老婦人的兒媳因他們的談話「發出了沉重的喘息聲，好像喘不上氣了。『太太，』他問，『你和那個小女孩願意跟波比·李和希拉姆去那邊會你的

148　同前，第19、21、23頁。

丈夫嗎？』[149]」接着，又經過漫長的近乎無聊而可怕的談話，直到又是「樹林裏傳出一聲劃破寂靜的尖叫，緊接着是一聲槍響。」[150]

> ……老太太的大腦頓時清醒了一下。她看到那張扭曲的臉貼近了她的臉，像是就要哭了出來。她低聲說：「哎呀，你是我的兒呢，你是我的親兒！」她伸出手去摸他的肩頭。「格格不入」像是被蛇咬了似的向後一躍，當胸衝她開了三槍。然後他把槍放在地上，摘下眼鏡擦了擦。
>
> 希拉姆和波比·李從樹林裏回來了。他們站在溝渠上方，看着半坐半躺在血泊之中的老太太，她的兩條腿像孩子一樣盤在身下，面孔朝向無雲的天空微笑着。
>
> 「格格不入」沒戴眼鏡，紅着眼眶，眼神暗淡又無力。「把她拖走，和其他人扔一起。」他說着提起那隻在他腿邊蹭來蹭去的貓咪。
>
> 「她廢話可真多，對吧？」波比·李一面吆喝一面滑下溝渠。
>
> 「她可以變成個好人的，」「格格不入」說，「要是每分鐘都有人對她開槍的話。」[151]

一家三代五口的生命到此全部結束。而小說的末尾，竟然是兩個兇手對老太太那樣的評價和議論「她的廢話可真多。」「她可以變成好人的，要是每分鐘都有人對她開槍的話。」如此，我們已經清晰地看到，這一家五口的生命，並不死於逃犯的槍口，而是死於連耶穌和虔誠

149　同上。
150　同上。
151　同前。

的祈禱都無法減弱的人心的邪惡與黑暗。是人心的黑暗殺死了一家五口在陽光下的生活，而非無來由的逃犯的槍聲。面對人心的黑暗與惡邪，很少有小說會如《好人難尋》寫得那麼平靜而有衝擊力。那股來自黑暗的力量，遠大於子彈從槍膛的衝出。只可惜，所有評論、分析她文中的引文，都是對原文的支解和誤導。在這兒，我的引文也不例外。也無法讓同學們感受到閱讀原文的陰冷、恐怖、不寒而慄和來自小說的無風之驟、無水之漩的衝擊和捲流。總之，在我們討論「醜、惡、邪：文學面對人類的異經驗」時，《好人難尋》雖然是一個短篇，卻是再好不過的一個文本。小說中對幾個逃犯完全來自人性內部的「醜、惡、邪」的不可更改的人性之惡，寫得飽滿、豐富、淋漓盡致，如同我們在閱讀的盛夏，兜頭一桶冰水的澆襲，再或讀者坐在習習的晚風之中，慢慢捲來的一團外溫內烈的熾熱的燃燒。然而，如果《好人難尋》僅僅是因為寫出了這種人性之惡的陰邪，那麼它就不會是多麼好的一篇小說，奧康納也不會是一個多麼了不得的值得美國和其他世界各國的作家、讀者稱道的作家。這部小說的了得之處，並不是或不僅僅是，奧康納寫出了 20 世紀作家普遍關注的人類的邪惡、醜陋和陰暗的異經驗，而是她在這部小說中，在寫這些人類另外一半的異經驗時，不同凡俗的寫法和技法。即：奧康納在面對人的醜惡陰邪時，獨有的走向目的地的文學路徑。

----------•----------

是的，仍然以《好人難尋》為例，我們來探尋奧康納表現文學醜、惡、邪的方法和途徑。我以為，在《好人難尋》中，奧康納最不

同凡俗的寫作方法是將傳奇的日常化。化傳奇為日常，這是奧康納最驚人也最可資借鑒的寫作經驗。如上所述，所有的殺人、偷盜、搶劫，在人類的生活中都是一種極端，哪怕一個人每天都看到殺人與放火，那也是一種極端的傳奇。無非是傳奇在他那兒來得更為集中和密集，但對於他人、更多的人，也仍然是傳奇、傳奇、傳奇；極端、極端、極端。一個作家寫出傳奇與極端，並不是一件難事和功夫，你只要把生活中的極端如實道來也就傳奇了；把生活中的傳奇用文學之筆記載下來也就極端了。然而，倘若誰能把這種「極端的傳奇」轉化為「生活的日常」，那才是文學之高，藝術之高。而奧康納恰恰在這一點上，完成得不着痕跡，近乎於天衣無縫。且這樣的能力，不僅是在《好人難尋》中，而是在她所有面對極端異經驗的寫作中。《救人就是救自己》，故事清晰急促，如生活中突然插下的一把利劍，但卻讀來日常俗世，絲毫沒有傳奇、突兀之感，如同生活中的炊煙繚繞——老婦人的女兒是個殘疾啞巴，有些癡傻，和老婦人相依為命，生活在荒野鄉村。有一天，叫史福特利特的先生路過這兒借宿，也就住了下來，並開始幫助房東修理她家破敗的煙囪和十多年不再用的老汽車。事實上，史福特利特是早就看上了這輛汽車才來借宿的，而老婦人是希望女兒有個丈夫才同意史福特利特住宿的。如此三日五日，也就各得其所，史福特利特得到了那輛修好的汽車，老婦人終將女兒含淚嫁給了史福特利特，並使他們領證結婚有了法律的名分。但是，在史福特利特開車把已成妻子的老婦人的女兒帶走後，到一個叫「熱點」的

飯店，因為長途顛簸，老婦人的女兒沒等餐點做好就睡着了。

　　「*她搭了我的車，*」*史福特利特先生（對餐點服務員）解釋，*「*我等不及了。我要去圖斯卡羅沙。*」[152]

　　就這麼，史福特利特把同自己領了結婚證的啞姑娘（妻子）丟下，自己開着那輛「一直想要輛車，但從沒有那麼多錢」買的福特汽車走掉了。去了另外一個城市莫比爾。《救人就是救自己》的故事和《好人難尋》完全不同。但其異曲同工之處，都是把人性中的醜、惡、邪，寫得飽滿淋漓，而又不着痕跡。在其行文中，絲毫不預評判和論說，決不對任何小說人物帶以道德的目光去審閱。哪怕在《好人難尋》中是明白、明言的從監獄來的逃犯，奧康納都沒有在敘述態度上給人物以是非黑白的道德之分。

　　對所有小說人物以不含道德的「生活目光」，這是奧康納完成傳奇日常化最為首要的小說倫理態度。殺人犯、搶劫犯、騙子、盜賊、城裏人、鄉下人、男子、婦女、孩童，統統都是作家目光中的「生活中的人」，而非故事中 A、B 之角色，更不是正派或反派。所以，在殺人犯那兒，他會為自己在女性面前沒穿整齊的襯衫而羞愧；在騙子那兒，他會為一輛汽車而拋棄丟下一個生命，卻也會為開上汽車而主動幫助一個無助的孩子搭車而趕路，並含淚傾訴自己拋棄母親的懊悔 —— 讓所有的人物，回歸到生活混沌的原味之中，避免人物凸跳

152　同前，引自《好人難尋》中的《救人就是救自己》，第 65 頁。

出生活塵地而傳奇。這，是奧康納化傳奇為日常的強長之處。

　　其次，當我們將奧康納的小說和雷蒙德·卡佛的小說放在一起比較時，我們會發現彼此趣味和行文習慣——或說寫作方法上的截然不同，儘管奧康納比卡佛大十四歲，在她生命將盡的最後兩個月，曾經把自己的小說寄給卡佛閱讀，徵求意見進行修改，但今天卡佛呈現給我們的經過編輯的「極簡主義」，而奧康納留給我們的恰恰是文風上的「生活主義」。在奧康納的寫作中，生活的炊煙、柴草、枝蔓、懶散和無聊，從來都是她小說中着力存在的要點。決不在生活的庸常上做刪節的處理，使文風盡力呈現出生活碎屑而枝蔓的原態，而非我們說的「高於生活」的提煉。讓故事回歸生活，而非讓故事來源生活，這是她與卡佛面對文學完全反向的寫作方向。卡佛從生活中提煉故事。奧康納讓故事回到生活的本身，這不僅是風格的不同，更是文學觀的差異，儘管極簡主義多來自於編輯的辛勞。也正源於此，我們在讀奧康納的小說時，總是不停地讀到語言枝蔓下的天氣、風光、住房、物形、衣着、閑言與無意義的談話，以及人物的相貌、年齡、習慣和事件周圍、前後似乎毫不相干、可有可無，但卻與生活（非故事）本身緊密相連、不可缺或的枝蔓和塵煙。也正緣於此，我們在讀《好人難尋》時，本來是一篇極度緊張、不安和急促的小說，而我們卻從小說的開始，就讀到一家人為去佛羅里達還是去東田納西的喋喋不休的爭吵和沒完沒了的關於一家五口、老老少少照相般的描寫與為到底去哪兒的各自表現，使得這種照相、素描般的表現與描寫，寫實到極

盡，傳統到繁瑣。然而，奧康納的現代之傳奇，也正在這細碎繁瑣的日常之中。本來，史福特利特就是一個完全缺少人性的騙子，由他而起的故事，必然充滿着跌宕的節奏，但在《救人就是救自己》中，卻處處都是人和生活本來的面目與狀態。人跡罕至的一戶人家，多年失修的房子與汽車，有一搭沒一搭的對話與尋問。勞作、吃飯、抽煙、黃昏的落日與月色，進城購物的塵土與炎熱，關於價格高低的希望和失望 —— 一切物質、物化的生活，都淹沒着故事的精神和人物，而非人物引領着生活和故事。《火中之圈》的情節與火光，是可以燒毀生活而引領讀者進入愛不釋手而又驚心動魄的故事之中的，可作家卻堅決警惕故事壓迫了生活，並高於生活從生活中跳出來，於是，同《好人難尋》一樣，小說在一開始，就進入懶散、慢節奏的生活原態中。「最末一排樹木有時仿佛一堵堅實的灰色牆壁，顏色深於天空，但這個下午卻幾近黑色，後面的天空是一片觸目的灰白。『你知道在「鐵肺」裏生小孩的那個女人嗎？』普利特查德太太問。[153]」—— 這是《火中之圈》的開頭。這樣的開頭，平白、俗常，毫無吸引力。但奧康納對小說不同的理解也就恰在這平白、庸常而生活實在的敘述中。所以，在她那些堪為傑作的作品中 —— 那些寫盡了人心之暗的惡、邪、醜的人類異經驗的小說裏，開頭總是這樣，慵懶、靜止、波瀾不驚，毫無奇文妙敘之徵兆。然而，她卻正是這樣把自己小說的邪惡的

153　同前，《火中之圈》，第 139 頁。

傳奇性，不動聲色、毫無知覺地拉回到了似乎無意義而又日常、實在的生活態。讀者只有在這生活態中慢慢體味生活的原味和人物在生活中（而非生活在人物和故事中）的言行、作為，才可以一步步體會到人物的不同，故事的跌落和人性的深刻、深惡與黑暗。

在奧康納最經典的短篇裏，讀者想要在開頭一下讀到她小說的急促與懸念是不太可能的。讀到她對傳奇的傾泄、傾情的描寫也是不太可能的。她對生活老汁原味的不吝筆墨和對故事與人物傳奇性的有意散淡和弱化，這是她面對人性惡醜的又一絕佳的寫作方法和文學之態度。

故事原本應該是跌宕的，人物原本應該是黑暗的，情節也原本應該是傳奇並觸目驚心的，可在我們的閱讀中，這些跌宕的傳奇、黑暗的驚悚又都去了哪兒呢？奧康納又是怎樣將其化解為生活的碎片、煙塵將其溶入生活日常之中呢？她在描寫日常細碎的繁瑣中，真的是那麼隨意、無意嗎？回到《好人難尋》這部小說的開始，老太太希望兒子開車去田納西，而不是佛羅里達，而兒子又懶得搭理母親的喋喋不休，如此小說貌似毫不經意的開頭就成了這樣：

老太太不肯去佛羅里達，她要去東田納西見老熟人。她抓緊一切機會在柏利耳邊喋喋不休，勸他改主意。柏利和她同住一個屋簷下，是她的獨生子。此刻柏利的屁股正搭着椅子邊兒，俯身去看餐桌上雜誌橙色版面的體育專欄。「柏利，你瞧，」她說，「你瞧瞧，你倒是讀讀看這個呀。」她站在柏利面前，一手叉在乾瘦的胯上，一手在他禿腦門前嘩啦啦晃着報紙。「這兒有個自詡與社會『格格不入』的逃犯，剛從聯邦監獄越獄，正向佛羅里達

逃竄。你看看這裏說的，他對那些人都幹了些甚麼喲。你倒是看看哪。我是決不會把我的孩子們往那兒引的。要不我良心上怎麼過得去啊？」 [154]

在我的閱讀經驗中，這是最為貌似隨意又匠心獨運的小說開頭了。不想去佛羅里達，就藉雜誌上有逃犯越獄也往佛羅里達方向逃竄為由來勸說兒子。每一個讀者都可以看到老婦人的那個來自內心的小九九，小算盤，決然不會想到這部貌似懶散、鬆散的小說裏，無處都隱藏着作家精心的玄機。就這樣，枝枝蔓蔓，一步一步，讀者被作家筆下人物的生活原味所吸引，一點一點地進入生活原味的深藏之中。一家人沒有人願去田納西，老太太只好從眾和家人一塊在來日去往佛羅里達，然後是一路上的風光、吃飯，開車的開車，打盹的打盹，在車上打鬧看報等等等等，通篇數千字，都是一家人外出日常的敘述與素描。除了我們在小說看到了一家人的小叮噹、小吵鬧，別無妙處超常，就是老婦人從打盹中醒來，想起多年之前，自己和兒子住在這路上附近的植物園及植物園的老房子，想要回去看看那兩座老房子，一家人還為去和不去有了爭吵、爭吵、再爭吵。再也沒有哪篇小說像《好人難尋》那樣，不厭其煩地描寫一個家庭的煩鬧、爭吵了。雖然最後兒子在厭煩中又開車去往自己兒時的植物園和老房子，但到這兒小說已經寫有將近一萬字，這實在太考驗讀者的耐心了。太考驗作家用準確日常的生活味態吸引讀者的能力啦。即便因為又去看那老房

154　同前，第3頁。

子，途中不慎汽車翻車，又哪能靠這偶然的事故抓住讀者呢？然而，就是在這場日常而偶然的事故中，小說的敘述突然讓日常變得玄妙而深邃，神秘而清晰：

> 十英尺之上才是路面，他們只能看到路對面的樹冠。他們坐著的溝渠後面，是片更大的樹林，樹木高大、陰森又茂密。幾分鐘後，他們看到不遠處的山頭上出現了輛車，車開得很慢，車裏的人好像在看著他們。老太太站起身來，揮舞著胳膊，像演戲似的，要引起他們的注意。車子慢慢地駛過來，繞了個彎兒，一時看不見了，過了一會兒才又再次出現。在他們剛越過的那座山頭上，車開得更慢了。那是一輛黑色的大車，車身破舊，像一輛靈車，裏面坐著三個男人。[155]

請注意，這三個男人正是小說開頭老婦人不想去佛羅里達，藉兒子在看雜誌之時，說的那雜誌上刊登的有與社會「格格不入」的逃犯越獄去往佛羅里達的逃犯們。

> 老太太一聲尖叫，搖搖晃晃立起身，直勾勾地看著他。「你是那個『格格不入』的人！」她說，「我一眼就把你給認出來了。」
>
> 「沒錯，太太。」那人微微笑著應道。即便被人認出了，他好像也很開心。「不過，太太，要是你沒認出我，對你們倒未嘗不是件好事。」[156]

155　同前，第14頁。
156　同前，第16頁。

　　到這兒，我們才從奧康納敘述的日常繁瑣中醒悟過來，明白她那似乎枝蔓橫生的嘮叨與描寫裏，用生活本身的原貌，掩蓋了多少她小說故事中的傳奇、偶然、巧合、可能與不可能。才想起這貌似生活態的老汁原味的「生活流」小說，是經過作家怎樣匠心獨運的構思與講述。

　　原來，開篇那有一搭無一搭講述的逃犯「格格不入」的報導，是天大的伏筆下的巧合和偶然；原來，在這巨大的偶然中，還藏着那麼多的伏筆與暗示：「老太太頭戴一頂草編的海軍藍水手帽，帽簷上插着一串白紫羅蘭……領口還特意別上一枝布做的紫羅蘭，裏面暗藏着個香袋。萬一發生車禍，她死在公路上，所有人都能一眼認出她是有品位的太太。[157]」「他們駛過了一大片棉花地，中間一圈籬笆圍住五六個墳堆，好似一個小島。[158]」還有 —— 原來他們調車回頭要去看的植物園中的舊宅老房子，老婦人在翻車的一瞬間，想起那舊宅老房子，並不在他們去的這佛羅里達的路途上，而在她想去的田納西……終於明白，奧康納為了在小說的最後寫出人的邪、惡、醜、罪、污等幾乎所有人類的異經驗時，而在前邊給我們展示了多少人們生活的「常經驗」，並在這常經驗中深埋了通往異經驗的一個個的暗示、路標和岔道兒。

　　實在說，在寫出人類異經驗 —— 醜、惡、邪的作品中，很難有

157　同前，第5頁。
158　同前，第6頁。

誰比奧康納更為重視人類的常經驗的存在了 —— 尤其在她的這些短製中，異經驗與常經驗的搭配、混合與掩藏和交替，再也沒有誰比她能在不算太長的短篇中，給我們留下這麼豐富的關於異經驗寫作的經驗。這也正是我們對《好人難尋》和她其他短篇如此稱道的根源和依據。因此，我們似乎可以這樣說，在 20 世紀人類的異經驗 —— 醜、惡、邪，普遍進入文學後，奧康納寫出了這方面短製經典中的經典來。而她留給我們的經驗，足可以讓我們在短篇和長製中盡情地汲取與揮霍。

2016 年 8 月 31 日 於北京

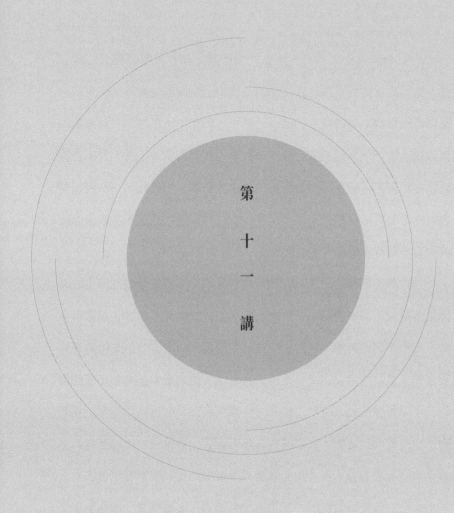

第
十
一
講

寓言
：
讓意蘊飛過時間的河

寓言：讓意蘊飛過時間的河

　　我至今偏執地認為，一切偉大的作品，都有其不可替代的寓言性。而沒有寓言的小說，在時間的長河中，試圖與時間漫漫同行，乃至於超越時間、領帶歲月的腳步，是不可能和不可思議的。這裏說的寓言性，既不是單純的寓言故事和故事中包含的弦外之音，也不是說它涵蓋和深化了神話、傳說和民間故事的意義，而是說，一切對人類現實經驗的透析、描寫的偉大之作，都有其深刻的某種不息不滅的喻義。都是關於人類和人及人性久遠、不朽的寓言。

　　在中國的詞典上，把寓言理解為假託的話。理解為假託故事或自然物的擬人手法來說明某個道理或教訓的文學作品。這實在是對寓言的窄化和詞蘊的欺壓，是對文學作品中的寓言和寓言性最狹隘的理解和淺釋。我說的寓言和文學作品的寓言性，是指那個能夠在時間的河流上，可以仰仗它來載動人物及人性漂洋過海、穿越歲月的看不見的物。以《聖經》為例，我想關於人類的寓言，再也沒有比《聖經》更為偉大的寓言之書了。人和人類是從哪裏來的，又要朝哪兒走去；人的生命在生與死的過程中，呈現出了怎樣的物形和樣貌，如此等等，關於人和人類一切不解的終極的叩問，《聖經》都以寓言故事的方式，向我們做了一一的解答。印度教中最早的《吠陀》書，關於人一出生就有高低、貴賤的階級區分。最高階級的婆羅門是從大梵天的口中而

生；次級是刹帝利，他們都是軍政界的高層人士，是從他的雙手生出。接下來，是吠舍種姓，他們一般為商人、農夫和工匠等，是從大梵天的大腿而生。最低級的是首陀羅，他們從大梵天的雙腳出世，因此永遠以勞力為業。四個種姓的階級，雖然都是大梵天後裔，但分別來自口、手、大腿和雙腳。於是，人一出生，就有了這四個階層與階級，有了永恆的高貴與卑賤。但是說到底，人類中還有連這四個階級中最低一級的從神的腳縫出生的首陀羅的姓族都不如的人 —— 那就是我們，普羅大眾。就是和後來成為偉大佛尊的縛悉底一樣的人類中的「不可接觸者」—— 那些見了以上四個階級的人不能與其說話、不能相近接觸，而每天只能「收垃圾、施肥、掘路、餵豬和看水牛[159]」的人。《吠陀》叫每個人都要接受自己出生的階級。他們的聖典教人一定要接受自己的階級才會得到快樂。為甚麼後來成為佛祖的喬達摩·悉達多，即釋迦牟尼會如此的受到人們 —— 佛教徒們數千年的世代敬愛？因為他自出生到懂事，就對這種「階級」產生懷疑，相信人是人人平等的、自由的，「不可接觸者」，是最該接觸的。於是，同樣偉大的文學寓言產生了 —— 神聖的佛經之典。回到《聖經》這部偉大的寓言之書，當我們視其為人類最偉大的文學寓言經典時，它最偉大的寓言性，不是在創世紀開篇就寫到：「起初，神創造天地。地是空虛混沌，淵面黑暗；神的靈運行在水面上。神說：『要有光』就有了光。神看光是好的，就把光暗分開了。神稱光為晝，稱暗為夜。有晚

159　一行禪師，《佛陀傳》，河南文藝出版社，2014 年 3 月，何蕙儀譯，第 17 頁。

上，有早上，這是頭一日。[160]」這，不僅是一種寓之言，更是一種神之話。通觀《聖經》真正偉大的寓言性，是它關於人類和人的寓言性。是在神創造天地萬物後，關於人的慾望、誘惑與罪惡的寓言性。「立伊甸園」「為男人造配偶」「始祖被誘惑」，被逐出伊甸而生該隱和亞伯，直到該隱心生嫉心殺其弟 —— 在這兒，關於任何人類的偉大的文學寓言也就誕生了。神話負責創造世界天地之萬物，寓言責負詮釋人和人類之萬心。這是一個偏執的人關於文學的神話與寓言的註釋和分工。而事實上，充滿了神話意味的《聖經》，能夠成為最偉大的文學寓言典卷的部分，都在它關於人和人心的浩瀚、明暗、善惡的故事上，而非那些關於人的一代一代自然衍生承傳的敘述上，甚至連諾亞方舟、巴別塔、出埃及記那樣的神話並寓言的故事，都沒有一則關於人的如該隱殺弟的故事更有人心、人性的寓言性來得濃烈與尖銳，直指人之所以為人的本性和心性。這就是神話文學與寓言文學的差別。神話在文學上着力於世界的天地萬物，寓言在文學上注重於人心與人性之根本，也正是從這個意義上去說，《山海經》更是神話的由來，而非寓言的由來。但是，佛教的經卷，當來到大乘之後，便由「度己」到了「度人」；關心與注重「自度」，也關心注重「度他」。這種純粹為了「己」與「他」的人和人類的寓言，已經完全擺脫了人類自出生就有四個族性階層的階級與「不可接觸者」的貴賤與不公，於是，使得佛經的典卷（實在太多），不僅是一種經教的典書，而且也同樣

---

160 《舊約》之「創世紀」篇。

是人類文學中最早的文學之著，是關於人的寓言故事的最早的文學書寫。

《古蘭經》和所有的道教典籍，其最有文學意義的部分，也都是關於人和人類的部分。而在文學部分中，最有其文學價值的，也都是關於人類、人心和人性最有價值的寓言所在。所以，當我們把人類一切的宗教經卷，都視為文學作品時，其文學的寓言意義，就從這兒產生了。人類一切的教籍之經典，都是文學中關於人類的寓言。或者說，是人類關於寓言的最早的文學。正是從這個角度去說，我們（我）才可以以偏執之態，固執之勢，大膽地說出下面的判斷：

人類本是關於文學的人類。

人類的存在，都是因為故事的存在。人類一旦失去了故事，也就失去了人類自身。這也正如人在某條時間之船上的航海，當船一旦消失，人就不復存在，儘管人與船同屬兩類異樣的物別；儘管船是由人類發明和創造，可一旦人類失去了時間之海中的故事的船隻，人的生命就相隨故事一併消失。故事 —— 文學之於人類，也正如海上的船之於船上的人。這也就是文學的寓言性，是文學與人類的寓言性。是偉大的文學自身的寓言性。當文學失去了這種關於人的寓言性，就一如人類所有宗教經卷中的文字，都與人和人類無關，於是，這種經卷也就會從捧經人的手中掉落，墜入埃塵，失去經卷與經典的意義。由此而言，一切偉大的經卷之典，都是關於人類的寓言的價值之在。於是，當經卷之典失去了這部分文學的關於人類與人的寓言意義，它也

就不再是經卷之典，不再是經典之卷。

————●————

現在，來讓我們共同感受這樣一段文字：

　　……在一片漆黑中，監獄的鐵門突然打開，年老的宗教大法官親自手裏拿着燈，慢騰騰地走進了監獄。他獨自一人，獄門立時在他身後又關上了。他站在門前注視他的臉整整有一兩分鐘，然後輕輕地走近前來，把燈放在桌上，對他說道：

　　「真是你？真是你麼？」他沒有得到回答，就又極速地接着說，「別出聲，別回答吧。你又能說出甚麼來呢？我完全知道你要說的話。你也沒有權利在你以前說過的話之外再加添甚麼，你為甚麼到這裏來妨礙我們？你確實是來妨礙我們的你自己也知道。但你知道不知道明天將會發生甚麼？我不知道你是誰，也不願知道真的是你還是僅僅像他，但是到了明天，我將裁判你，把你當做一個最兇惡的邪教徒放在火堆上燒死，而今天吻你的腳的那些人，明天就會在我一揮手之下，爭先恐後跑到你的火堆面前添柴，這你知道嗎？是的，你也許知道這個。」他在深刻的沉思中加了這句話，目不轉睛地緊盯着他的囚犯。[161]

　　……

　　當宗教法官說完後，他等待了好一會兒，看那個囚犯怎樣回答。他的沉默使他感到痛苦。他看見犯人一直熱心地靜靜聽着他說話，直率地盯

161　（俄）陀思妥耶夫斯基，《卡拉馬佐夫兄弟》，人民文學出版社，1981 年，耿濟之譯，第 374 頁。

著他的眼睛，顯然一句也不想反駁。老人希望他對他說點甚麼，哪怕是刺耳的、可怕的話。但是他忽然一言不發地走近老人身邊，默默地吻他那沒有血色的、九十歲的嘴唇。這就是全部的回答。老人打了個哆嗦。他的嘴角微微抽搐了一下；他走到門邊，打開門，對犯人說：「你去吧，不要再來，⋯⋯從此不要來，⋯⋯永遠別來，永遠別來！」說罷就放他到「城市的黑暗大街上」去。於是犯人就走了。[162]

　　這是《卡拉馬佐夫兄弟》中第二部的第二卷裏「宗教大法官」裏的兩段敘述。是老卡拉馬佐夫的二兒子伊凡在向他的弟弟 —— 那個透明如水晶般的阿遼沙講述他的詩作《宗教大法官》中的內容。這是作品中的作品，故事中的故事。但我相信，每一位喜歡《卡拉馬佐夫兄弟》的讀者，讀到這兒都會震驚，身上會生出陣陣的寒氣，並在這寒氣的深處，又有暖流的漫延。這種不寒而慄，寒而溫暖的感受，不僅是基督在作品裏逼真的再現，和對判祂為死的宗教大法官 —— 那位 90 歲的老人最深沉、平靜、默然的一吻，而更是對《宗教大法官》這一章節在小說中的出現，構成了這部偉大的現實主義傑作的寓言性。甚至我們可以由此而言，無論是陀思妥耶夫斯基早期的《地下室手記》，還是後來的《死屋手記》《罪與罰》《卡拉馬佐夫兄弟》，從某種意義上說，它都是現實主義作品中現代性的早期厚土，其大多具有代表性的傑作，都可謂是現實主義靈魂的現代寓言。由此延宕開來，

162　同前，第 392、393 頁。

我甚至以為，在 19 世紀最偉大的作家那兒，他們最偉大的作品 ──
凡是給我們後來留下了不朽人物的小說，都是一部一部關於人物在現
實與歷史中的人物寓言。《安娜·卡列尼娜》是關於安娜靈魂的現實寓
言。《戰爭與和平》是關於那些家族靈魂的歷史寓言。《高老頭》是關
於高老頭的社會寓言。《歐也妮·葛朗台》是關於葛朗台的人生寓言。
《悲慘世界》是關於冉·阿讓的尊嚴的寓言 …… 當現實主義把塑造人
物視做小說最為首要的任務時，其實人物的寓言意義已經產生了。一
如高老頭死前為了節約所要吹熄的蠟燭，這一不朽細節的出現，與其
說是屬於人物性格的，倒不如是屬於人物寓言的。再如阿 Q 死前要畫
圓的那個圈，它既是人物的，更是人物寓言的。由此我們可以想到在
19 世紀所有不朽的人物，大凡作為文學人物的存在，都有其合乎他性
格邏輯而又延深至他人性和靈魂深處的某些超常性與傳奇性。這種合
乎人物邏輯的靈魂性與傳奇性，也正是人物深邃奇崛的寓言性。大到
《人間喜劇》《靜靜的頓河》《約翰·克里斯朵夫》和《追憶似水年華》
這樣的浩瀚巨著，長河小說，小到我們熟知的短篇名作，如小公務員
切爾維亞科夫 [163] 為一個「阿嚏」而死，《大學生》中現實生活中的篝
火和《聖經》中耶穌受難那一夜彼得圍火而泣的哭聲。《熱愛生命》中
的關於生存的傳奇經歷，《陪襯人》中美醜陪襯的故事，這一切的一
切，其人物與故事的豐富，都有其寓言的意義。在這兒，不是說小說
的人物與故事有了傳奇性就有了寓言性。而是說，就文學的角度言，

163　契訶夫小說《一個小官吏之死》的人物。

所有的超常性，就一定包含着寓言性。而小說，無論是百分百的現實主義，還是 20 世紀的現代寫作，要追求的恰恰不是生活本身，而是「來自生活」中的超常性。就連中國式的現實主義寫作，最愛說的「來自生活，高於生活」，在寓言的層面上，也恰巧不是一句廢話，而是在佐證寫作的「超常性」。而這個「高於生活」的超常性，本身就帶有強烈的生活的寓言性。

·

討論 20 世紀文學，我們還是應該儘快回歸到 20 世紀的文學上來。如果說 19 世紀的寫作，僅僅是在現實主義的大廈中，在局部間有着現代主義的房間或現代性寓言裝飾的話，那麼，到了 20 世紀，寓言就不再是一種房間局部的意義，而是整個大廈的現代性主旨的寓言化產生。來到 20 世紀，就又要回到卡夫卡這兒來。這位己不自知而神知的小說家，我們和他一樣，都難以理解，他是如何寫出了那麼異類的小說來。這個異，我並不單單理解為是被 20 世紀接受並共識的「異化」，而是他小說中不知不覺的寓言化。《變形記》《城堡》《訴訟》（亦譯作《審判》）這三部偉大的小說，之所以偉大，就在於它們是偉大的現代寓言。是他，把寓言從神話、傳說和「藉物假言」的童式講述中，成功地拖拽帶到了人間的現實，如伊凡把耶穌請回到了人間，使神轉化成了人，使做為人的神，更見其偉大光輝般，讓其在經卷中才可存在的神聖、高遠的寓言，到人間不僅有了煙火的意義，更有了最本質的人的意義。

　　一個守門人在法的門前站崗。一個從鄉下來的人走到守門人眼前，求見法。但是守門人說，現在不能讓他進去。鄉下人略作思忖後問道，過一會兒是不是可以進去。「這是可能的，」守門人回答說，「但是現在不行。」由於通向法的大門像往常一樣敞開著，守門人發現後，笑著說：「你既然這麼感興趣，不妨試試在沒有得到我許可的情況下進去。不過，你要注意，我是有權的，而我只不過是一個級別最低的守門人。裏面的大廳一個連著一個，每個大廳門口都站著守門人，一個比一個更有權。就是那第三個守門人擺出的那副模樣，連我也不敢看一眼。」這些是鄉下人沒有料到的困難。他本來以為，任何人在任何時候都可以到法那兒去；但是，他仔細端詳了一下這位穿著皮外套、長著一個又大又尖的鼻子、蓄著細長而稀疏的韃靼鬍子的守門人以後，決定最好還是等得到許可後才進去。守門人給他一張凳子，讓他坐在門邊。他就在那兒坐著，等了一天又一天，一年又一年。他反復嘗試，希望能獲准進去，用煩人的請求纏著守門人。守門人時常和他聊幾句，問問他家裏的情況和其他事情，但是提問題的口氣甚為冷漠，大人物們提問題便是這個樣子；而且說到最後總是那句話：現在還不能放他進去。鄉下人出門時帶了很多東西；他拿出手頭的一切，再值錢的也在所不惜，希望能買通守門人。守門人照收不誤，但是每次收禮時總要說上一句：「這個我收下，只是為了使你不至於認為有甚麼該做的事沒有做。」在那些漫長的歲月中，鄉下人幾乎在不停地觀察著這個守門人。他忘了其他守門人，以為這個守門人是橫亙在他和法之間的唯一障礙。開始幾年，他大聲詛咒自己的厄運；後來，由於他衰老了，只能喃喃

自語而已。他變得稚氣起來；由於長年累月的觀察，他甚至和守門人皮領子上的跳蚤都搞熟了，便請求那些跳蚤幫幫忙，說服守門人改變主意。最後他的目光模糊了，他不知道周圍的世界真的變暗了，還是僅僅眼睛在欺騙他。然而在黑暗中，他現在卻能看見一束光線源源不斷地從法的大門裏射出來。眼下他的生命已接近尾聲。離世之前，他一生中體驗過的一切在他頭腦中凝聚成一個問題，這個問題他還從來沒有問過守門人。他招呼守門人到眼前來，因為他已經無力抬起自己那日漸僵硬的軀體了。守門人不得不低俯着身子聽他講話，因為他倆之間的高度差別已經大大增加，愈發不利於鄉下人了。「你現在還想打聽甚麼？」守門人說，「你沒有滿足的時候。」「每個人都想到達法的跟前，」鄉下人回答道，「可是，這麼多年來，除了我以外，卻沒有一個人想求見法，這是怎麼回事呢？」守門人看出，鄉下人的精力已經衰竭，聽力也越來越不行了，於是便在他耳邊吼道：「除了你以外，誰也不能得到允許走進這道門，因為這道門是專為你而開的。現在我要去把它關上了」[164]

讀完《訴訟》，或《審判》，到了這個如黑夜天燈般的結尾，我們不得不說，因為《城堡》的未完成，而《訴訟》則是卡夫卡最完整、最神秘、最令人痛心所思的偉大的寓言。關於人、關於法，關於那個法的門，關於人的宿命的不可琢磨、不可左右，更無從改變的命定。在卡夫卡那兒，它寫盡了人的「小」和「卑」。「卑小的人」，是卡夫

164　（奧）卡夫卡，《審判》，湖南人民出版社，1982 年 4 月，錢滿素、袁華清譯，第 219 頁 –221 頁。

卡全部寫作的命題。當 19 世紀都為大寫的「人」的尊嚴而落筆、神聖時，卡夫卡在 20 世紀初，那麼神聖、莊重地去寫人的「小與卑」，而且是他，把所有來自經典經卷中關於人類和人的神話、寓言、降寫到了人間的日常、細碎的煩碎中。或者說，是他把人類最日常、煩瑣無詩意的生活，藉助寓言的呈現，提升到了詩意的境界。讓人的「小與卑」有着最廣泛的人和「人類意義」的寓言性。如《飢餓藝術家》《騎桶者》《在流放地》《老光棍布魯姆費爾德》《地洞》等，幾乎卡夫卡所有被人稱道的小說，都深深地含着寓言的意蘊。

終於，在 20 世紀，寓言小說成為了貫穿始終的一道延至百年的文學奇觀。仿佛一個作家的寫作，沒有寓言的意義，也就沒有更為豐富的現代意義。福克納的《喧嘩與騷動》《我彌留之際》，貝克特的《等待戈多》，尤涅斯庫的《禿頭歌女》等，無論是小說還是戲劇，雖然都共有其荒誕的意味，卻又顯見着表徵或深層的寓言性。而到了後來那些最為坦蕩寫作的美國作家那兒，如我們多次提到的《北回歸線》《南回歸線》《第二十二條軍規》《嚎叫》《在路上》等作家的筆下，當他們所處的時代之文化背景與後來和外來的讀者感到愈發陌生和不可思議時，其故事就愈發顯出一種「傳說」的寓言意義了。而與其幾乎同時出現的加繆的《鼠疫》，及後來所謂的三大烏托邦小說《一九八四》[165]《美麗新世界》[166]和《我們》[167]，從本質上說，都是一種寓言的現實性和未來性，

---

165 作者為英國作家喬治·奧威爾。
166 作者為英國作家阿道斯·赫胥黎。
167 作者為俄國作家尤金·扎米亞金。

無非《鼠疫》和更為至後的薩拉馬戈的《失明症漫記》[168]，更多地是寫了人與人的困境的寓言，而所謂的烏托邦小說，則是人類現存與將來的政治寓言。連同今天我們可以讀到的從阿爾巴尼亞流亡至法國的作家卡達萊，既寫出了獨到的《亡軍的將領》，也寫出了純正的政治寓言小說《夢幻宮殿》[169]。還有土耳其的帕慕克，他以其相對寫實的《我的名字叫紅》被我們所知，但他其它多數的長篇小說，都有一種寓言化的寫作。當然，在我們的這些寫作講說中，不斷被談到的更為經典的《佩德羅·巴拉莫》和博爾赫斯的著名短篇及馬爾克斯那部名聲過大了的《百年孤獨》等，當分析這些小說中的寓言意味時，我們才會明白，為甚麼這些小說總是讓人「言猶未盡」，而其奧妙，也正在這些小說所蘊含的寓言性和不可道盡的多重混雜的寓言意義。如此說來，我們似乎在證明一個並不會被人認同的概率或規律 —— 20 世紀偉大的作品，都有其鮮明或深層隱含的寓言或者寓言性。

　　是這樣嗎？是。但又不是。

--------- ● ---------

　　現在，我們來討論一部 20 世紀最為有趣的小說。通過這部小說，也許能更明白文學的寓言意義和寓言性。這部小說幾乎人皆知之：《洛麗塔》。改編電影後，內地翻譯為《一樹梨花壓海棠》，實在是形象而又詩意，通俗而又陌生。面對納博科夫的《洛麗塔》，故事

168　作者為葡萄牙作家薩拉馬戈（1922–2010），代表作還有《修道院的事》《復明症漫記》。
169　伊斯梅爾·卡達萊（1936–），以上兩部作品均由重慶出版社出版，分別為鄭恩波、高興翻譯。

幾乎沒甚麼好講：一個中年男人和一個未成年少女的畸戀傳奇。1954年，納博科夫在寫完這部小說的時候，自己也擔心這個故事會招致非議，授人以柄，連自己作為作者的名字署不署上都再三猶豫。事情也正如他自己所料，在美國寄投十餘家出版社均遭拒絕，最後不得不在第二年，於巴黎的奧林匹亞出版社以黃色小說的面目問世，才得以和另外一類有特定閱讀愛好的讀者們會晤見面。

這時候，納博科夫的好運到來了。《洛麗塔》的好運到來了。英國作家格雷厄姆・格林慧眼識珠，偶然看到了這部小說，因為愛不釋手，便大加褒獎，並將其年終盤點為 1955 年的最佳小說之一，這才真正引起評論界的注目閱讀。之後，因為格林和一些讀者及反對者，為此引起了一場口水大戰，使得這場是非之爭，最終從歐洲傳到了美國文學界。到 1958 年，美國的出版社才最終得以讓該書在美國出版。出版商為使《洛麗塔》在美國載譽歸來，還為此安排、策劃了將其從歐洲帶回美國的關於「禁書」入關的種種檢查上的通過與通不過的細節籌劃，以使從法律上為其出版鋪平道路，並得以藉助可能的官司，而造成巨大的新聞事件。總而言之，《洛麗塔》的出國行為，頗有文學逃亡之感。但幾年後的再次回歸，就有些鯉魚翻身和平反昭雪的鴻運當頭了。它在美國與讀者的會晤和見面，如其所預地遭到了激烈的抗議和譴責，從而使當時名聲平平的納博科夫，迅速地名聲大振。使《洛麗塔》這部在敘述和敘述的態度上，確實令人不適卻又耳目一新的小說，長期佔有着《紐約時報》暢銷榜的第一名。在當時的

美國，來自《洛麗塔》的爭議焦點是，關於作家與藝術的社會責任問題。換言之，這部小說無論在歐洲還是全世界，所有的討論和爭議，都集中在作家和藝術應不應該承擔社會責任這一焦點上。

我們感謝這樣的爭論。所有的關於藝術的自由，都是由那些最有獨立精神的作家、詩人、藝術家通過這樣的爭論和爭論中的犧牲，為我們劈開了寫作的霧障，掃清了寫作的自由之路上的障礙。顯然，我們今天可以如此地暢談、閱讀，甚至有可能去寫各種畸戀、異戀的故事，都是那些先輩的作家們，為我們在前邊行走趟雷的結果。然而，當《洛麗塔》問世後的六十年，先前一切的爭論在今天都已不是問題或已經被理清了的問題後；當《洛麗塔》已經成為一部 20 世紀的文學名著，留在我們的閱讀裏和可以任意的討論中，有一個非常有趣、普通而簡單的問題被我們忽略了、忘記了，不去討論了。

那就是：《洛麗塔》到底寫了甚麼呢？

換言之，我們的批評家、文學史家和最有思考力的讀者，每讀一部有名或無名的作品，都能準確或相對準確 —— 至少是公說公有理、婆說婆有理 —— 結果彼此都有理地說出那部作品的「主題」和「思想」。這個文學的主題思想，常常就是論家和讀者開啟理解一部小說最關鍵的鑰匙。尤其中國的批評家，一旦首先抓住了這把打開小說大門的主題鑰匙，他就不再管那部小說的其它了 —— 結構、敘述及作家在講述這個或這一把故事中的其它方法了，哪怕一部偉大的小說，不是一部中國式四合小院子，而是錯落有致的大觀園，是一部風

格獨特的建築羣，他只要拿到主題建築的主題鑰匙，他也就可以率先宣佈，他已經佔有了大觀園和建築羣的理解、瞭望的制高點。可以疏忽、慢怠建築羣中其它的方方面面了。可以忽略大觀園中的庭院花草了。一切文學的建築和建築羣，讀者和論家，都是從尋找和抓住主題的鑰匙來開始研究大觀園和建築羣落的。也許這種抓住主題而「綱舉目張」的方法，確是理解一部小說最好的捷徑，一如走進大觀園裏，只有從大門進去，才正道光明，而從側門而入，似是旁門左道。可是，六十年來，當《洛麗塔》這部故事並不複雜、人物並不眾多，敘述和結構也不如《微暗的火》[170] 和《塞巴斯蒂安·奈特的真實生活》[171] 等作品更為奇妙、怪奧的小說一日日聲譽隆振，似要「不朽」的時候，卻至今很難找到一個論家或讀者，可以清晰、準確或相對準確地告訴我們，它的主題是甚麼，思想意蘊又包含或象徵、暗喻了甚麼。

從「洛麗塔，我生命之光，我慾念之火。我的罪惡，我的靈魂。洛 ── 麗 ── 塔：舌尖向上，分三步，從上顎往下輕輕落在牙齒上。洛。麗。塔。[172]」到「我正在想歐洲的野牛和天使，在想顏料持久的秘密，預言家的十四行詩，藝術的避難所。這便是你與我能共用的唯一的永恆，我的洛麗塔。[173]」納博科夫在這部小說中，讓他的講述者 ── 那個中年的亨伯特，從第一次見到洛麗塔就開始的慾望之念，到最後不得逃離的結局，都始終離不開他對洛麗塔的慾念之愉和

---

170 納博科夫更具個性的代表作。

171 同上。

172 《洛麗塔》，時代文藝出版社，1997 年 8 月，于曉丹、廖世奇譯。第 5 頁

173 同上，第 408 頁。

慾念之思，逃離、糾結、汽車旅館和對放蕩的貪望和嫉恨，直到最終的獄災之審，亨伯特都在嘮嘮叨叨、不厭其煩，而又激情四射地講述、自辯和展現，哪怕作家成功地把關於道德的申訴從自己身上和亨伯特這個人物身上鮮明無比地分了開來 —— 而不是如他的同族先輩陀思妥耶夫斯基，恰恰要把自己與人物合為一體，甚至人物的一切道德問題，也都是作家自己的道德無解的困糾，從而使安娜和拉斯柯爾尼科夫們的一切，都呈現着寫作者的「意義」—— 主題。而這一點，卻恰恰是納博科夫要擺脫的，生怕落入主題陷阱而成為思想的俘虜。他在「主題思想」的這一點，把作家和人物劃清了界限，又把人物和道德劃清了界限。他甚至不關心小說與道德應該是甚麼關係，甚至讓人覺得，亨伯特與洛麗塔的一切慾糾望念，都是努力在擺脫與道德和非道德相關的一切。「無關係」—— 似乎是納博科夫在寫作中最為着力、用力的迷人之處。所以，《洛麗塔》在讀者和論家中的「主題空白」，才成為了小說的主題本身。這麼說，《洛麗塔》真的是一部沒有意義的小說嗎？真的是在偉大的小說中，有一類小說因為偉大是因為「主題空白」嗎？一如人生的意義就是虛無，虛無就是人的全部的生命過程一樣。可是，在所謂虛無的人生中，我們為甚麼還要一天天地活着，並對大虛無中的小吃喝、小穿戴津津有味、津津樂道呢？問題就出在了這兒。出在我們一面說《洛麗塔》是一部在莊嚴的批評家和讀者面前「思想空白」的小說，又一面讀起來浸脾潤胃、養口養心；一面覺得它寫盡了人的無聊與黑暗，又一面充滿着光亮與詩意，這也

正如在大虛無的人生中，發現了吃飯穿衣那無窮的樂趣和意義。於是就發覺，進化了的人類之人生，活着固然不是為了吃飯穿衣，可人生又哪能逃離了吃飯與穿衣。原來，《洛麗塔》的意義就在這兒出現了。就在人生要義被高尚掩蓋的角落出現了。它不寫人生、命運和人活着的崇高與意義，它寫了無意義的美麗和人性幽暗處的本能之光亮，如一塊黑鐵發出的亮光一樣，或如用光去誘發黑暗的亮。他不寫人類與人的困境和迷惘，而寫人在面對本能的束手無策與釋放，一如一位高尚的學者和思想家，原來對路邊小店的野食喜歡到了貪婪一樣。卻原來，亨伯特一切的作為，都是人性最黑暗處的本能之光亮，而洛麗塔的少年之美，則是那點亮黑暗發光的火。而整個的一部小說，也正是一部開放的幽暗人性的寓言。

是的，也許正是這樣。《洛麗塔》不是一部尋常的小說，它是一部幽暗人性的開放式寓言。《鼠疫》《一九八四》和《失明症漫記》等，其鮮明的寓言性，除了故事之外，還在於都有一個相對封閉特定的故事環境，而《訴訟》《百年孤獨》和《佩德羅·巴拉莫》等小說的寓言性，打破了故事中封閉環境的特定約束，可卻有着特定的文化約束，離開那個特定的文化約束，那個故事將無法展開和推進，尤其《佩德羅·巴拉莫》和《百年孤獨》，倘若不在一定的文化背景下，所有人物的言行、舉動都將失去存在的可能。而這種特定的文化，也正構成了偉大寓言的沃土。然而，到了《洛麗塔》，這種產生寓言的特定環境和特定文化，都已經不再存在了。都被那個大頭作家打破了。然

而，沒有了這種特定的寓言環境和特定的寓言文化，納博科夫卻神奇地抓到了人性中最幽暗、封閉的一個特定區域 —— 人性的寓言區域 —— 那個慾望幽暗的從不為人類所公開、不為寫作者百分百揭開的黑灰之處，那個人的本能慾望的黑點，被作家燃燃的筆端所點燃。於是，所有關於人的本能的幽暗都被烈燃了，都被照亮了。這樣，從內容的意義上講，關於寓言 —— 文學的三種寓言產生了：

一、人類的寓言；

二、人物的寓言；

三、人性之寓言。

當我們把 18、19 世紀之前所有非人類寫實的經典（含宗教經典）的作品，多可歸位於是關於人類的寓言（包括神化）時，那麼，以 19 世紀現實主義經典作品為主的，又都可謂是關於人物的寓言。但到了 20 世紀卡夫卡的寓言之後，許多的經典，又都可為人與人性之寓言。這三類寓言，從形式去說，又可為封閉、半封閉和開放式的敞開之寓言。而《洛麗塔》，就正可為人性寓言中最為典型、獨到的敞開之寓言。

在中國的小說中，《紅樓夢》與《西遊記》，都有其巨大的包括神話性的寓言性；《聊齋志異》與《封神榜》是神化性大於寓言性，但卻同樣有着寓言的意義。就連《水滸傳》《三國演義》和《金瓶梅》這樣極具寫實的作品中，也不乏寓言、神話的情節、意蘊在其章節裏。

當然，更具其鮮明寓言意義的作品當屬魯迅的《故事新編》。在《故事新編》中，最具寓言意蘊的是《鑄劍》。《鑄劍》的故事既有民間傳說性，又有東方的神話性，但更具濃烈意味的是人、人類與權力的寓言性。就意義言，它寓言的意義，既有一種「人類」共有感，又有人的困境感，也還有人性的一種局限感；就形式而言，它無所謂封閉、半封閉，但又絕然不是納博科夫的現代性和開放式。它因來自中國的古典作品《搜神記》[174] 和《列異傳》[175]，所以它有特定的不能變更的時間和地點，即必須的「古時古地」。沒有這個「古時候」，故事就失去了存在的可能。所以，同學們品讀《鑄劍》的寓言意味，將會看到、聞到一般不同的寓言形狀之繚繞。在這兒，我就將《鑄劍》的寓言意味及故事構建之物形，全都留給同學們去品看和閱讀……

大家下節課見，今天到此而言終。

2016 年 11 月 於北京

---

174 《搜神記》為中國最早的神奇怪異故事集，作者為東晉史學家干寶。
175 《列異傳》為我國三國時期的怪異故事集，作者曹丕。

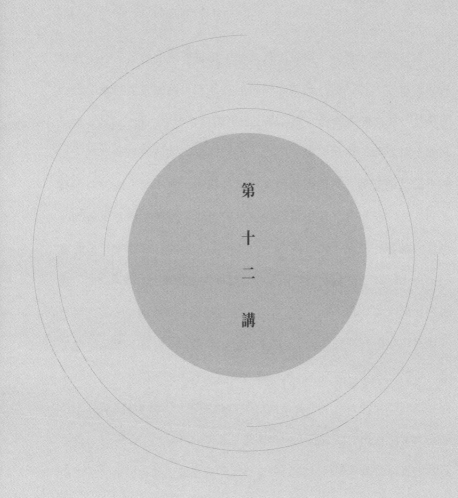

第
十
二
講

地域守根

：

現代寫作中的母地性復古

地域守根：現代寫作中的母地性復古

　　地域性和守根性，這是現代文學中相當傳統的根鬚，但因為福克納的寫作，使得那片郵票之鄉的地域意識，飽蘸着世界性的現代的墨汁，從而使地域這一帶着鄉土色彩的文學概念，包含了 20 世紀文學不可忽略的現代血脈。所以，當我們談到地域或者域地時，不能不想到福克納。是他把美國南方那片偏遠、狹小的土地，轉化成了闊大的文學世界。使那塊小地根土，成為了某種地域文學新的、現代的源頭。然而，與此同時，比他晚生二年的日本作家川端康成（1899-1972），同樣在寫作中堅守着亞洲古孤島嶼上的隔域之地，雖說有「新感覺」的「新」，在為其文學的現代意識所加冕，但之後他的復古和守根（不是守舊），則更為鮮明和獨有。在此一點上，沈從文（1902-1988）的寫作，則同樣有着在現代中守根的意味和稟持，而且這種堅守性，乃至帶有執拗的秉持和固執。而出生於 1904 年、不為大家所熟知的瑞典詩人、作家馬丁松（1904-1978），一方面在詩歌中表現着最具現代意味的宇宙想像和宇宙觀，如已經翻譯到中國的長詩《阿尼阿拉號》[176]，難以讓人想到就是這位寫出如此有其先鋒性和預見性長詩的人，會在地域的根土上，寫出近乎完全復古守根的小

176　哈瑞・馬丁松 1974 年和另一位瑞典作家艾文德・雍松分享諾貝爾文學獎。其詩歌代表作為
　　《阿尼阿拉號》，上海人民出版社，2012 年 5 月版，萬之譯。

說《蕁麻開花》[177] 來。這部小說，今天看似乎有些過份的寫實與守舊，但將其歸放到上一世紀的三十年代，世界文壇的求奇創造，風起雲湧，更更迭迭，而作家本人，又是一位多有宇宙之思的偉大詩人，如此，我們就可以看到他在《蕁麻開花》這部小說中不同一般的復歸之意了。從守根和域地的層面說，拉美的作家多都有着這一現代的特色和秉持。中國人會說拉美文學「有自己的根」和「接地氣」，我們把這種生活的熟語和俗話，挪入文學的筆談話語裏，那就是拉美文學在相比之下，更有一種地域性的世界性和守根性的現代性。這和東方文學的守根性有着某種不言而喻的聯繫。請注意，馬爾克斯在其一生筆耕不輟的 76 歲時，童心回歸，寫了他這一生最後一部小說《苦妓回憶錄》[178]，講一位老人在 90 歲的生日時，希望給自己一個最好的生日禮物 —— 找一個年少的處女，以期獲得一個充滿瘋狂愛慾的夜晚。而這部小說，扉頁上的題記是：「客棧的女人叮囑江口老人說：請不要惡作劇，也不要把手指伸進昏睡的姑娘嘴裏 —— 川端康成《睡美人》」由此，我們可以想到，川端康成的寫作，在世界上，在拉美那些文豪的內心，有着怎樣的地位和影響。也由此，我們可以把川端筆下的「雪國」「伊豆」的日本域地，和哥倫比亞的「馬孔多」域地聯繫和比較。雖然一個是充滿 20 世紀荒誕、變異的魔幻之道，而另一個，是完全詩意、唯美守持的感覺之寫實，但在文學的地域性和守根性上，卻是異曲同工，東西相映。如此，我們其實可以從美國的福克

177　《蕁麻開花》，譯林出版社，2016 年 3 月，萬之譯。
178　《苦妓回憶錄》，海南出版公司，2015 年 3 月，軒樂譯。

納閱讀到屬於歐洲的馬丁松、再到拉美的馬爾克斯，再回到亞洲的沈從文和川端康成等，會發現在原來充滿陌生創造的 20 世紀文學潮汐中，地域性與守根性，這相對於現代文學顯得「保守」「守舊」或說「傳統」的一脈偉大的寫作，在文學新浪和主義迭起的 20 世紀，從來就未曾間斷和被新的主義所淹沒。而且，隨着時間的推移，這一脈守根地域性寫作，會如艾麗絲·門羅[179] 幾乎一生都守在城郊小鎮的寫作樣，帶着頑固的復古和回歸的氣色，而在世界文學上，顯出無法褪祛的豔光。即便是加拿大的麥克勞德[180] 的一生，都同新斯科舍省的布雷頓角島守在一起，從他筆端（鍵盤）上濺起的浪花，也有着世界海水的鹹味和讓人敬起而投的尊崇的目光。

⸻ ● ⸻

以我們亞洲讀者尤為熟知並推崇的川端的名作《伊豆的舞女》為例，我們來討論關於 20 世紀寫作復古性中的三個要點：第一，為甚麼在現代寫作中，秉持復古守根的作家，其寫作多都有一種鮮明的地域性；第二，所謂守根，就是堅守一種本民族最有特質的地域文化；第三，復古守根的現代意義。到這兒，我發現了一個非常世俗的問題，在這一講「地域守根：現代寫作中的母地性復古」裏，我們談到的作家，都是獲得瑞典那個獎的人。福克納 1949 年獲得那個獎，

---

179 艾麗絲·門羅（1931–），2013 年獲得諾貝爾文學獎，一生創作帶有鮮明地域色彩的短篇小說，成就斐然，代表作有小說集《逃離》等。

180 阿里斯泰爾·麥克勞德（1936–2014），一生都固守在故鄉的布雷頓角島，創作低產，只出版過兩本短篇集《海風中失落的血色饋贈》和《當鳥兒帶來太陽》，但都是有着世界影響的最獨特的「地域作家」。

川端康成 1968 年為亞洲爭榮，哈瑞‧馬丁松是 1974 年，馬爾克斯為 1982 年。沈從文雖然沒有拿到那個獎，但在傳說中，是倘若他可以多活一個年頭兒，那頂桂冠就戴在了他頭上。和他們一樣，其寫作帶有強烈地域色彩的獲獎作家還有早在 1907 年「因考慮到理解與描寫藝術中的觀察能力，原創想像力及男子漢力量，正彰顯出這位世界知名作家之文學創作特色」而獲得那筆巨額獎金的作家魯德亞德‧吉卜林（1865–1936）；1920 年因其里程碑著作《土地的成長》而獲獎的瑞典的鄰居挪威作家克努特‧漢姆生（1859–1952）；1930 年獲獎的美國作家辛克萊‧路易斯（1885–1951）；1932 年獲獎的英國作家高爾斯華綏（1867–1933 年）和他的《福爾賽世家》，直到後來中國作家和讀者極其推崇的德國作家赫爾曼‧黑塞（1877–1962），俄國作家蒲寧和肖洛霍夫等等等等，我們例舉他們，不是因為他們都獲得了諾貝爾文學獎，而是在他們的寫作中，都有一個鮮明的屬於他們的「地域」。這個地域，不是說有了就是偉大的藝術，而是說，沒有這個文學地域的作家個人的「文學場域」，根本就沒有藝術敘事與想像紮根的土地。我們試想，在文學場域或說土地、地域這一概念時，如果沒有那條屬於俄羅斯的、也屬於肖洛霍夫的「頓河流域」，又哪兒可以有肖洛霍夫和《靜靜的頓河》的產生。沒有日本關西半島的雪域和溫泉，又哪兒有川端康成的「伊豆」和「雪國」，沒有美國南方的土地，又哪兒有福克納一系列偉大的小說。就連寫作一直都不以地域為根土，而以圖書館、夢幻和宇宙想像為小說生成根基的博爾赫斯的寫

作，也總難逃離「布宜諾斯艾利斯」和阿根廷的南部草原的約束，這就說明了一個問題，世界上任何作家的寫作，都無法離開世界上的某一個地域的存在，一如人不能離開地面而行走，羽毛筆不能離開墨汁而飛出色彩來。但這兒又有問題出現了：在有的作家那兒，地域只是故事生發的一個地方，如博爾赫斯可以讓他的故事發生在布宜諾斯艾利斯，也可以發生在西班牙的馬德里或者中國雲南的哪裏（《小徑分岔的花園》）；格雷厄姆·格林，可以讓他的故事發生在英國、美國的土地上，也可以讓故事發生在墨西哥的土地上（《權力與榮耀》）。而法國作家勒克萊齊奧，一邊被譽為是「法國在世的最偉大的法語作家」，一邊又竭盡全力，讓他的故事不是發生在法國，而是非洲或世界各地的哪裏。但對另外一類的作家 —— 我們今天所講到的寫作者 —— 地域，則不僅是他所有故事的生發地，而且是那故事必須而獨在的生發地。尤其是在他們的寫作，追求「復古」之風，追求「守根」精神。沒有那樣一個必須的「根之所在」，他的故事、人物、細節以及語言和敘述和鋪排，就會如風中的羽毛、海面的浮物。而一旦有了那塊域地之在，也就有了樹之根，城之巷和樓宇的落地。而這個落地的根基，是他故事、人物、細節、敘述等全部寫作的出發點和歸宿點。一句話：是他文學審美的開始和結束，一如頓河之於肖洛霍夫，福克納之於密西西比州北部的約克納帕塔法縣，馬孔多之於馬爾克斯，阿斯圖里亞斯[181]之於印第安人的生存之域地。

181　阿斯圖里亞斯（1899-1974）為危地馬拉作家，主要代表作有《總統先生》和《玉米人》等，1967 年因「作品深深根植於拉丁美洲和印第安人的傳統」而獲得諾貝爾文學獎。

把這個地域性的必然性，引到中國作家的寫作上，我們無法想像，王安憶離開上海的里弄會怎樣堅持她的寫作；無法想像，賈平凹沒有商州的存在，又哪兒會有今天那個文學上的「西北王」。尤其是莫言和他的山東高密縣，韓少功和他的馬橋，李銳和他的呂梁山，蘇童和他的「香椿樹街」，遲子建和她的東北黑土地……凡此種種，當批評家將其地域性簡單理解為「文學地理」時，恰恰抽去了作家在土地上行走的腳步與筋腱，是作家「僵硬」地站立在了那塊土地上，如同蠟像般，人還是那個人，筆還是那支筆，但卻已失去了作家寫作的呼吸與生命，失去了作家寫作時最鮮活的情感與共振。以我之偏見，對於作家言，地域——那構成了作家所謂文學地理的土地，如魯迅和他的魯鎮，沈從文和他的湘西，但從真正意義說開去，那不是文學的地域，而是作家之所謂作家的生活之土、生命之地，是作家自己寫作（耕作）的唯一「母地」。可當我們僅僅將某些作品中的地域名稱理解為文學地理時，我們將無法理解「母地」的文學意義；無法理解，正是那塊母地間的樹木、花草、河流、房屋、街道、牛羊……乃至於晨時的一縷陽光，黃昏中的一聲牛哞和羊叫，都在召喚着作家的靈感與筆墨，情思與憂喜，如同母親在召喚兒子的回歸一樣。

一句話，對於求根、守根的作家言，一切「復古」的回歸與求守，都是從他那最獨特的一片母地開始的。沒有這一片屬於他的母地的存在，也就沒有他的全部的寫作，沒有他文學的生命，沒有他的被視為偉大的作品。

也正是如此，一切帶有復古的 20 世紀的偉大寫作，或說可以在 20 世紀求奇創造如潮汐峯浪般的百年間，生生不息並帶着求根守土色彩的回歸，其本質，都是在尋找、求守他的那塊包含在現實的域地中的文學的母地。所以，世界上所有可稱為擁有自己文學 —— 母地的作家，都必然對應有一塊屬於他的個人的現實存在的域地。沒有這塊現實域地的存在，文學中就沒有他的母地之在。沒有這塊可謂母地的域地，一切文學上的守根復古，也都是現實中的水中撈月，空中攬雲。

--------●--------

山路變得彎彎曲曲，快到天城嶺了。這時，驟雨白亮亮地籠罩着茂密的山林，從山麓向我迅猛地橫掃過來。

那年我二十歲，頭戴高等學校的制帽，身穿藏青色白花紋上衣和裙褲，肩挎一個學生書包。我獨自到伊豆旅行，已是第四天了。在修善寺溫泉歇了一宿，在湯島溫泉住了兩夜，然後登着高齒木屐爬上了天城山。重疊的山巒，原始的森林，深邃的幽谷，一派秋色，實在讓人目不暇接。可是，我的心房卻在猛烈跳動。因為一個希望在催促我趕路。這時候，大粒的雨點開始敲打着我。我跑步登上曲折而陡峭的山坡，好不容易爬到了天城嶺北口的一家茶館，吁一口氣，呆若木雞地站在茶館門前。我完全如願以償。巡迴藝人一行正在那裏小憩。[182]

182　（日）川端康成，《睡美人》，《川端康成集》（中短篇小說卷），東北師範大學出版社，1996 年 1 月，第 29、30 頁，葉渭渠、唐月梅譯。

這是《伊豆的舞女》小說的開篇，單單就閱讀而言，它顯得很平淡、鬆散，實在而質樸，並無甚麼驚人之處。我們再來看看《雪國》的開篇。

穿過縣界長長的隧道，便是雪國。夜空下一片白茫茫。火車在信號所前停了下來。

一位姑娘從對面座位上站起身子，把島村座位前的玻璃窗打開。一股冷空氣捲襲進來。姑娘將身子探出窗外，仿佛向遠方呼喚似地喊道：

「站長先生，站長先生！」

一個把圍巾纏到鼻子上、帽耳奔拉在耳朵邊的男子，手拎提燈，踏着雪緩步走了過來。

島村心想：已經這麼冷了嗎？他向窗外望去，只見鐵路人員當作臨時宿舍的木板房，星星點點地散落在山腳下，給人一種冷寂的感覺。那邊的白雪，早已被黑暗吞噬了。[183]

這是《伊豆的舞女》的開頭。而《古都》的開頭是這樣的：

千重子發現老楓樹幹上的紫花地丁開了花。

「啊，今年又開花了。」千重子感受到春光的明媚。

在城裏狹窄的院落裏，這棵楓樹可算是大樹了。樹幹比千重子的腰圍還粗。當然，它那粗老的樹皮，長滿青苔的樹幹，怎能比得上千重子嬌

---

183 《睡美人》，第 29 頁，葉渭渠、唐月梅譯。

　　這兒我們不是討論川端小說的開頭，但我們從他最重要的小說開頭中，會發現作家在小說的開始，要把我們儘快帶入他小說中獨有的母地之地域——不是故事，不是人物，更不是如《百年孤獨》《午夜之子》和《如果在冬夜，一個旅人》那樣，希望讀者儘快進入的是作家小說文本的結構與敘述——這是在20世紀寫作中顯得尤為典型、極端的目的。但川端在他最好的小說裏，當敘述開始時，他並不是要急於將讀者儘快帶入他的不一樣的文本創造裏，而是不緩不急，慢慢道來，要把讀者一步步帶進他那最獨有的某處地域——文學的母地。所以，他在其小說的開始，都是從地物着筆，打開母地的門窗，讓讀者慢慢領略母地的地域物景之後，再走入他文學母地中的人物、風物與文化。由此，我們可以知道，在這種「地域守根」的寫作中，母地——那如照片般展示母地的物景的重要。

　　回到我們更熟悉的沈從文的寫作。在《百年寫作十二講：閻連科的文學講堂》十九世紀卷中，在最後一講「開頭與結尾：可控的開始與不可控的結束」裏，我們曾經把沈的經典短篇《丈夫》《蕭蕭》《菜園》的三個開頭給大家單列出來說道過，現在再次來品味這三個短篇的開頭，我們發現，它竟和川端小說的開頭一樣，其主旨意趣，是如此的相近。倘若我們不知道川端的小說是由葉渭渠和唐月梅翻譯過來

的，不知道《丈夫》《蕭蕭》《菜園》的作者是沈從文，我們把這些小說的開頭放在一起來閱讀，會不會有一種錯覺 —— 朦朧覺得是出自同一個作家，或同一流派，再或風格相近的作家之手呢？

落了春雨，一共有七天，河水漲大了。

河中漲了水，平常時節泊在河灘地煙船妓船，離岸極近，船皆繫在吊腳樓下的支柱上。在四海春茶館樓上喝茶的閑漢子，伏身在臨河一面視窗，可以望到對河的寶塔「煙雨紅桃」好景致，也可以知道船上婦人陪客燒煙的情形。

鄉下人吹嗩吶接媳婦，到了十二月是成天有的事情。

嗩吶後面一定是花轎，兩個伕子平平穩穩的抬着，轎中人被銅鎖鎖在裏面，雖穿了平時不上過身的體面紅綠衣裳，也仍然得荷荷大哭。

玉家菜園出白菜，因為種子特別，本地任何種菜人所種的都沒有那種大捲心。這原因從姓上可以明白，姓玉原本是旗人，菜種是當年從北京帶來的。北京白菜素來著名。

如果你覺得你不會混淆川端和沈從文的某些相近的筆墨 —— 因為他們在語言上遣詞與語句的韻律都完全不同，一如蕭紅的「園子」和魯迅的「百草園」的不一樣。那麼，他們幾乎為同時代 —— 上一世紀三、四十年代的世界文學正在奇異創造的峯起之時，為甚麼會幾乎不約而同地都在寫作上堅守着復古守根的某種精神和文學大勢而背道的寫作？如果我們熟知的沈從文，可以用因為在那時「封閉」的中國解

釋的話，我們不能忘了川端先生所處的日本時代，正是被美國文化和歐洲文學過度浸泡和侵襲的年月，而日本也正是在脫亞入歐的跑道上大步行進的時期。而川端本人，不僅是畢業於在當時都已經相當國際化的東京大學，之後在寫作成熟時期的五、六十年代，又是日本作家筆會的會長，還是國際筆會的副會長。他的寫作之路，起始於借鑒西方文學，自醉心於表現主義、達達主義而形成的日本「新感覺」派開始，最後從這條歐化之路上又退回到東方的傳統，全盤繼承日本的古根文脈，而最後終就於日本的東方之美 —— 乃至為「川端之美」，從而形成了這種復古守根 —— 現代寫作中的母地文學而成就終生，影響後人，潤澤世界。

如果我們說沈從文寫作的母地意義，還有一定的「不得不如此」的不自覺，是一種自然生成，那麼，川端的寫作，則無疑問是自覺的，選擇的，明確的。這也就是我們在這一講中要以川端為例、而非中國的沈從文的根由。但他們無論是不約而同，還是都經過審慎的選擇，就其作品而言，卻都完成了現代寫作中復古守根的母地文學。也正因為如此，我們才從他們的寫作中，是那麼相近、乃至重合（非重複）地讀到他們最經典小說的開頭，都是那麼的要筆入地域，亦景亦物，首先要把讀者帶入文學母地的地域環境，而非故事、人物和文學敘述及結構的某種創舉。「由四川到過湖南去，靠東有一條官路。這官路將近湘西邊境到了一個地方名為『茶峒』的小山城時，有一小溪，溪邊有座白色小塔，塔下住了一戶單獨的人家。這人家只有一個

老人，一個女孩子，一隻黃狗。[185]」大家都知道，這是《邊城》的開頭。「麥羅霍夫家的院子就坐落在村莊的盡頭。牲口院子的小門正對着北方的頓河。[186]」「嚴冬封鎖了大地的時候，則大地滿地裂着口。從南到北，從東到西，幾尺長的，一丈長的，還有好幾丈長的，它們毫無方向地，便隨時隨地，只要嚴冬一到，大地就裂開口了。」「一隻山羊在大道邊嚙嚼榆樹的根端。城外一條長長的大道，被榆樹蔭蒙蔽着，走在大道中，像是走進一個動盪遮天的大傘。」當我隨手從書架上抽出我以為都在文學母地意義上有着特殊意味的《靜靜的頓河》《呼蘭河傳》《生死場》等作品時，也才進一步發現，他們小說的開頭，也都和沈從文、川端康成近乎相同，都是首先要用地域中的物景，把讀者帶入作家文學的那塊獨有的母地裏去。由此，我們再回到《伊豆的舞女》和川端的寫作，就會明白，「山路變得彎彎曲曲，快到天城嶺了。」這句淺白、質樸到近乎沒有意義的敘述，內裏包含了川端和他有同樣思考的全世界的守根作家那多麼深味的母地意義。—— 正是這一句看似平淡的敘述，才把我們領進了母地文學的母地環境，把作者醉心的文學母地的蘊意；為我們打開了閱讀的門扉；為他自己，打開並剝離出了母地敘述的引子。

———————— • ————————

當然，母地寫作的文學意義，決然不會僅僅是母地物景的一味展

---

185 《邊城》，北嶽文藝出版社，2002 年 4 月版，第 11 頁。
186 《靜靜的頓河》第一部，人民文學出版社，1988 年，第 5 頁，金人譯。

示。而真正可以讓母地文學成為世界文學中偉大一族的，是母地文學中所展示的母地文化。而物景，只不過是那種文化裏最淺、最前的一層。隨之深入，便是那母地文化的深處的存在和那種文化最獨特的人物。

> 舞女看見我呆立不動，馬上讓出自己的坐墊，把它翻過來，推到了一旁。
>
> 我就近跟舞女相對而坐，慌張地從衣袖裏掏出一支香煙。舞女把隨行女子跟前的煙灰碟推到我面前。我依然沒有言語。
>
> 舞女看上去約莫十七歲光景。她梳理着一個我叫不上名字的大髮髻，髮型古雅而又奇特。這種髮式，把她那嚴肅的鵝蛋型臉龐襯托得更加玲瓏小巧，十分勻稱，真是美極了。令人感到她活像小說裏的畫像，頭髮特別豐厚。舞女的同伴中，有個四十出頭的婦女，兩個年輕的姑娘；還有一個二十五六歲的漢子，他身穿印有長岡溫泉旅館字號的服外褂。[187]

我們從這兒讀下去，母地 —— 那種地域的物景漸次被這種地域裏最獨有的母地文化所取代 —— 舞女 —— 這日本伊豆地區的舞女，承載着她作為人的美和母地文化獨特性的雙重使命，開始逐一地展現出來。無論是「馬上讓出自己的坐墊」，還是「把隨行女子跟前的煙灰碟推到我面前。」這兩個無言的細節，一面表現了人物，另一面表現的是舞女這一羣體作為文化存在的使然。一如北京的茶館，當客人落座，服務生會把長嘴的銅壺從一米之外伸倒到你面前的蓋碗茶杯。這

187　同前，《睡美人》，第 30 頁。

兒與其說是人物的行為，不如說是北京茶館文化的必然。不這樣，也就沒有了那種茶館文化的特質。而舞女，做為一種文化的存在，其在小說中的人物一經出場，就是兩次「服務於人」的細微、自然的主動，也就一下子展示出了舞女文化那種柔美、謙卑的精神。於是，愈往後讀，這種最特有的伊豆舞女的母地性文化，就隨着人物，愈加濃郁地展示出來：温泉、舞鼓、和服、歌藝以及寺廟旅館等等等等，這些都帶着最獨有、最強烈的地域性文化，成為了人物最本質的氣息與特質，成為了這些母地文學中最獨有的文學場域。使得那些人物，離開這種文化場域，就不再是這樣的人物。在這兒，毫無疑問，人物是小說最重要的中心和重心。但是，這個中心和重心，離開了這個最特殊的文化環境，將會失去人物呼吸的可能。人物與環境文化的關係，其實正是一種母與子或母與女的關係。文化是母，人物是子（女）。當小說人物是這樣特有的文化子女時，而最重要的不可忽略的，則是那種作為孕育這樣子女的母文化的文學書寫。在母地文學的寫作中，這種母文化的展示與書寫，在一定程度上，是其寫作的根本所在，甚或在某個角度說，它才是文學的目的。由此，我們從《伊豆的舞女》中的母地文化，想到沈從文的《邊城》中的母地文化，會發現他們的相近與相似，簡直到了驚人的地步：

> 渡頭為公家所有，故過渡人不必出錢。有人心中不安，抓了一把錢擲到地板上，管渡船的必為一一拾起，依然塞到那人手心裏去，儼然吵嘴時的認真神氣：「我有了口糧，三斗米，七百錢，夠了。誰要這個！[188]」

188　同前《邊城》，第 12 頁。

　　這個細節，是《邊城》中人物第一次出場的作為，和《伊豆的舞女》中的人物出場時一模一樣，都表現出一種「為人」的精神善美。之後，川端在《雪國》和《伊豆的舞女》中，開始有節制、有分寸、適時適地、從不間斷地展示那種獨有的歌妓文化；而在《邊城》中，沈從文也異曲同工、不約而同地展示着邊城的風情人情。一部《邊城》的寫作，似乎人，並非小說的中心，而邊地最獨有的邊地文化，才是《邊城》成為文學璣珠真正的閃光之處。而作為文學人物的翠翠和她的爺爺，只是為那種文化而生、為那種文化而故的「文化體現者」。他們的生命，承載的不是人的生命中某種最獨有的精神，而是為展現那種母地文化生命的生命。正是從這一點上說，從人和人物上說，《丈夫》可謂沈從文這類母地寫作中的璣珠之鑽，而非《邊城》。《邊城》是母地文化寫作最好的小說範本，但並不一定就是母地文學中最偉大的小說。它的生命之成，是成在對母地文化最獨有的抒寫上。而其失，也失在人物與文化做為母地文學天秤的兩端，人物的重量，未能衡控天秤的平衡。而《丈夫》與《蕭蕭》等作品，則讓這種平衡，達到了某種極致均衡的地步。尤其《丈夫》中寫到「丈夫」的妻子老七，在前艙同士兵陪睡，而作為丈夫的他，就在後艙暗暗地躲着，直至心知肚明地經歷了一次次妻子同其他男人的「曖昧」之後，丈夫要離開河船，回到自家為止，實在是把這種邊城男女、水妓文化和人物的內心處境，均衡準確到了「觸目驚心」。在中國的現代文學中，有魯迅純粹錐刺人心的靈魂寫作，也有《丈夫》等這樣少數的母地文化

的小說傑作，真可謂小說兩極之源的幸運。但將川端寫作與中國母地文化小說最具影響的《邊城》相較而論，川端的復古求根，對母地文化寫作與人物的均衡把控，不得不說是更為自然圓熟，其作品趨向明確，藝術之境也似乎更達到了一種美的哲學的境地。我們單從作品而言，不太能說沈從文的「文學之美」，是一種理性的哲學，但川端從現代中回身的復古守根，卻又確實是一種在世界文學中明晰努力後的理性選擇。是從理性回歸傳統的更為明確的寫作。《雪國》《古都》《千隻鶴》，以及他諸多的短篇、隨筆與文學之談，那種對日本傳統美而明確的寫作追求，則清晰得如推窗可見的晨時之光。而對這種日本之美的失去的憂傷，也更為始終和有着刻骨的疼痛。因此，他小說中的人物，作為人在母地文化中的存在，也才更有着中心的意義。不要說《雪國》和《千隻鶴》這樣的准長篇，就是連《睡美人》和《伊豆的舞女》等短篇中的人物，也同樣把人與特定的域地文化調和到了恰切的位置。於是，仍以《伊豆的舞女》為例，讀到小說的結尾，同是一種和《丈夫》中男女一樣的「分手」，前者雖然沒有《丈夫》中的人物濃烈和味重，卻同樣可以獲得一種空淡而久遠的關於人物與文化的合韻之蘊意。

　　快到碼頭，舞女蹲在岸邊的倩影赫然映入我的心中。我們走到她身邊以前，她一動不動，只顧默默地把頭奄拉下來。她依舊是昨晚那副化了妝的模樣，這就更加牽動我的情思。眼角的胭脂給她的秀臉添了幾分天真、嚴肅的神情，使她像在生氣。榮吉說：

「其他人也來了嗎？」

舞女搖了搖頭。

「大家還睡着嗎？」

舞女點了點頭。

榮吉去買船票和舢板票的工夫，我找了許多話題同她攀談，她卻一味低頭望着雲河入海處，一聲不響。每次我還沒把話講完，她就一個勁點頭。[189]

《伊豆的舞女》到此之處，小說已經基本結束，但當我們從這個短篇來牽動和分析川端的地域性獨有文化的母地小說寫作時，更應該讀的是從《伊豆的舞女》啟門而入，去領略他的《雪國》《睡美人》《古都》《千隻鶴》等作品中的關於母地文化的獨特書寫與展示。從那些作品中，我們才可以進一步的咂味出那句不可忽略的授獎詞：

因其敘事藝術以優美情感表現日本真正的獨特本質。

這裏說的「日本真正的獨特本質」，更具體明確的指向，就是川端小說中最獨特的母地文化與精神。

————— • —————

地域性——→ 母地文化書寫，這樣一個在 20 世紀文學中許多作家的寫作裏都有、並且成為其作家鮮明個性的文學構成的特質，為甚麼在胡安·魯爾福、福克納、馬爾克斯、阿斯圖里亞斯等作家那兒會朝

189　同前，《睡美人》，《伊豆的舞女》，第 50、51 頁。

着更為先鋒、激進的創造方向發展和散射？而到了馬丁松的《蕁麻開花》和川端康成、沈從文的小說寫作，則會成為帶有復古守根的特點和趨向？而在肖洛霍夫那兒，這種母地文化卻又有了充沛的革命的激情。而在我們熟知，可在世界範圍內還不太為人所知的蕭紅那兒，卻完全是一種生命生存的樣貌。從更易被我們理解和熟悉的範例去說，作品中同樣都帶有故鄉地域濃烈的母地文化的賈平凹和莫言，為甚麼前者在寫作中更傾情於復古的追求；而或者，則更趨於現代的追趕？這當然是源於每個作家的個人命運使然和閱讀的不同及對文學理解的差異，一如掛在賈平凹嘴邊較多的是中國的古典小說《紅樓夢》，而掛在莫言嘴邊常被唸叨的是美國南方的現代作家福克納。然而，事情也不要析挖到複雜難解的程度，之所以同樣擁有磚瓦草木，有人會去建造現代的建築樓宇，有人則更鍾情於傳統的草木堂舍。沒有誰比誰好，只有彼此審美價值的不同。馬爾克斯深愛胡安·魯爾福，確實在他們的寫作中，有着彼此更多的相通之處。而川端康成，在他 1969 年 9 月的隨筆式文論《日本文學之美》中，卻也那麼明確地說到：

> ……以今天同過去相比，有時我也感到不可思議。比如，十一世紀初的紫式部、清少納言、和泉式部，以及十七世紀後半葉的松尾芭蕉，他們學習、尊崇的古典文學都是共通的，為數不少。不僅是日本的古典，中國的古典也是如此。十三世紀的藤原定家、十五世紀的世阿彌和宗祇也是如此。平安時期至江戶時代的古典文學世界中，流傳、呼應和交織着同樣的古典傳統。這就是日本文學的傳統的脈絡。明治時代引進了西方文學，

遇到了巨大的變革，這脈絡好像被切斷，流通着別的血液。但是，隨着時間的推移，我越發感到古典傳統的脈絡依然是相通的。[190]

這不是一篇文學追求的宣言，但卻是走進川端文學庫藏之內最可靠的門扉與鑰匙。而我們之所以在這一講中會更多的以川端的寫作為範例，除了是因為我們中國的讀者對他更為熟知外，而且還因為他的寫作，曾經影響過中國的一代作家們。因為他的寫作，更鮮明、集中地體現了在母地文學這脈從未間斷的 20 世紀寫作中，那些對復古守根寫作更為堅定、堅持的審美的共有：傷失的美！這一點，在這一脈的寫作中，則更為集中和共通。《蕁麻開花》裏寫盡了人的生存的苦難，而可慰藉這種人的苦難的惟有故鄉那種幾近消失的來自回憶的傷失和因文化而在的温暖，宛若《呼蘭河傳》裏在麻木的生存中，卻到處暖開着回憶傷失的詩花。而沈從文和川端，乃至三島由紀夫的一些作品，也同樣是依靠着這種傷失的詩歌，去慰藉生命的寒冷。也許是我閱讀的狹隘所致，也許世界文學的本質就是如此，將文學置放在世界文學的大壇之上，會發現（感覺）愈是距離中心文化遙遠的邊地，愈易產生這種復古守根之美的特質文學。世界文學如此，而一個國家和一個語言族羣的文學亦是如此。總而言之，一個作家的寫作，一邊是水到渠成的自然發展；一邊是冷靜、理性的析理選擇。即便我們可以把復古守根的寫作，用一簡略的圖表標誌出來，其選擇，也終是要

---

190 《川端康成集》（散文隨筆卷），第 126、127 頁。

靠作家自己對文學與世界的一種悟擇而定。

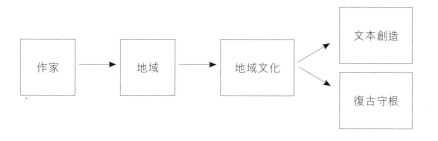

　　來自特定地域的母地文化寫作，無論是這種寫作走向復古守根的
美，還是走向另外一種現代性的文本創造，還有很多可分析條理的作
家和文本，但今天的這一講就到這兒。這一學期的最後一講，也就只
能到此收住退場。20 世紀寫作的文學豐富性，我以為遠大於 19 世紀
寫作的豐富性。關於 20 世紀的寫作，除了我們這十幾講中的各種相
比於 19 世紀寫作的不同之外，還有作家在寫作中的地位、人物在寫
作中的弱化等命題，它既是 20 世紀文學共有的，也是我們今天寫作
必須思考面對的。所留諸疑，也都留到我們明年的課堂上吧。

　　謝謝大家！

2016 年 12 月 2 日

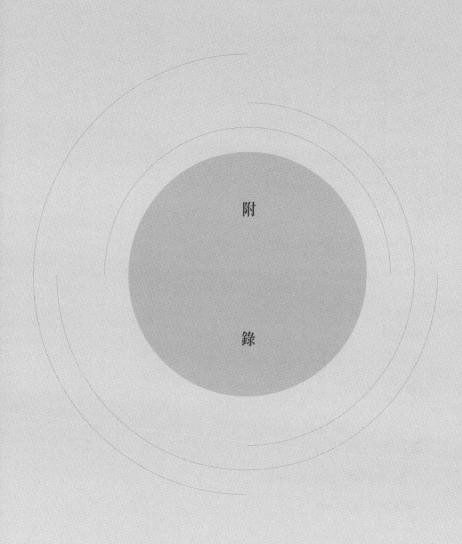

附

錄

推薦閱讀作者及篇名中英文對照

第一講

卡夫卡（Franz Kafka）：

《在流放地》（*In the Penal Colony*）

第二講

謝爾・埃斯普馬克（Kjell Espmark）：

《失憶》（*Amnesia*）

第三講

海明威（Ernest Hemingway）：

《白象似的羣山》（*Hills Like White Elephants*）

第四講

愛倫・金斯堡（Allen Ginsberg）：

《嚎叫》（*Howl*）

第五講

胡安・魯爾福（Juan Rulfo）：

《盧維納》（*Luvina*）

第六講

紀德（André Gide）：

《浪子回家》（*The Return of the Prodigal Son*）

第七講

博爾赫斯（Jorge Luis Borges）：

《南方》（*The South*）

第八講

羅薩（João Guimarães Rosa）：

《河的第三條岸》（*The Third Bank of the River*）

第九講

左琴科（Mikhail Zoshchenko）：

《猴子奇遇記》（*The Adventures of a Monkey*）

第十講

奧康納（Flannery O'Connor）：

《好人難尋》（*A Good Man is Hard to Find*）

第十一講

魯迅（Lu Xun）：

《鑄劍》（*Forging the Swords*）

第十二講

川端康成（Yasunari Kawabata）：

《伊豆的舞女》（*The Dancing Girl of Izu*）

百年寫作十二講

閻連科的文學講堂

二十世紀卷

○責任編輯：楊 歌
○○裝幀設計：立 青
○○排　版：楊舜君
○印　務：劉漢舉

○ 著者 ○
閻連科

○ 出版 ○
中華書局（香港）有限公司
香港北角英皇道 499 號北角工業大廈一樓 B
電話：(852) 2137 2338　傳真：(852) 2713 8202
電子郵件：info@chunghwabook.com.hk
網址：http://www.chunghwabook.com.hk

○ 發行 ○
香港聯合書刊物流有限公司
香港新界荃灣德士古道 220-248 號
荃灣工業中心 16 樓
電話：(852) 2150 2100　傳真：(852) 2407 3062
電子郵件：info@suplogistics.com.hk

○ 印刷 ○
美雅印刷製本有限公司
九龍觀塘榮業街 6 號海濱工業大廈 4 樓 A

○ 版次 ○
2017 年 7 月第 1 版
2022 年 5 月第 1 版第 3 次印刷
© 2017 2022 中華書局（香港）有限公司

○ 規格 ○
16 開（220 mm×150 mm）

○ ISBN ○
978-988-8488-05-6